Libretto

SYLVAIN TESSON

VÉRIFICATION DE LA PORTE OPPOSÉE

nouvelles

libretto

ISBN : 978-2-36914-572-1

Né le 24 avril 1972, géographe de formation, Sylvain Tesson a sillonné l'Himalaya à pied et roulé autour de la terre à vélo. En 1999, il traverse, avec l'exploratrice Priscilla Telmon, les steppes d'Asie centrale à cheval, sur plus de 3 000 km du Kazakhstan à l'Ouzbékistan. En 2003, il retrace à pied le périple des évadés du goulag – de la Sibérie jusqu'en Inde – raconté par Slavomir Rawicz dans *À marche forcée*. Il est également l'auteur de nouvelles, très souvent situées dans les pays qu'il a parcourus, et a remporté le Goncourt de la nouvelle en 2009 avec *Une vie à coucher dehors* (Gallimard). *Dans les forêts de Sibérie*, qu'il a publié en 2011 aux Éditions Gallimard, a obtenu le prix Médicis Essai.

À Lei

… on remplissait notre noble et unique fonction dans l'espace et dans le temps, j'entends le mouvement.

JACK KEROUAC, *Sur la route*

UN TOMBEAU DANS LES SABLES ROUGES

Myosotis: du grec, «ne m'oublie pas».

– On dirait qu'il nage.

– On dirait qu'il vole! Regarde: ses bras sont écartés. Il se stabilise dans l'air. Il étend ses ailes. Il plane au-dessus des animaux. Il frôle les cornes des antilopes, il effleure les croupes: il lévite dans l'espace, il flotte comme un songe.

– Un chaman?

– Probablement. L'hypothèse a été forgée il y a longtemps. Ce n'est qu'une supposition. Mais elle a le mérite de distiller un peu de poésie dans ces âpres parages. C'est la représentation d'un esprit humain qui, sous l'influence de drogues végétales, s'extirpe de la chair pour accomplir un voyage en suspension dans les sphères de la supra-conscience. Tu comprends? Il pénètre dans l'âme des animaux qu'il survole. Il choisit sa proie. Il s'immisce en elle, la possède, l'envoûte. Et, quand il s'y est fondu, il peut y puiser sa force, lui expliquer les raisons de sa chasse, lui demander pardon, lui dire son estime… C'est comme la photographie des visions d'un artiste en état second, des hallucinations qui hantaient sa transe. C'est une projection sur écran de la psyché altérée d'un chasseur néolithique.

Ils étaient debout devant la muraille, l'œil rivé aux gravures rupestres qu'ils avaient découvertes dans une grotte du plateau de l'Oustiourt, au centre de ce vaste socle qui sépare la mer d'Aral de la Caspienne. Oxanna livrait ses explications à Dima pendant qu'il photographiait et prenait des relevés.

– Qu'en penses-tu ? demanda-t-il.

– Que c'est un site majeur, répondit Oxanna. Certes, ce n'est pas la première découverte de représentations chamaniques dans l'Oustiourt, mais ce qui m'intrigue ici, c'est que nous sommes juste à côté d'un grand centre de culture zoroastrienne. Il y a eu ici la superposition extraordinaire de deux époques d'épanouissement artistique. Des chasseurs qui voyageaient dans leurs rêves, puis plus tard des bâtisseurs de cité qui adoraient le soleil... du beau monde ! Presque au même endroit !

Elle était émue de se tenir avec lui au fond de la grotte, dans la sombre fraîcheur. L'instant concentrait les deux ingrédients nécessaires et exactement suffisants à son bonheur : la découverte scientifique et la présence de l'homme qu'elle aimait. Il s'aperçut qu'elle s'était rapprochée de lui et qu'elle lui tenait le bras. Il eut un gentil mouvement pour se dégager.

– Il est temps d'y aller, j'ai relevé la position de l'abri. Sacha nous attend à la voiture.

Elle se sentait ridicule. Une fois encore, il l'avait repoussée. Et, même s'il y mettait une délicatesse extrême, chacune de ses rebuffades lui était un coup au cœur. Elle resta un moment, seule, devant la danse ésotérique qui s'appropriait la paroi. Le sol millénaire qu'avaient foulé les pieds nus d'un artiste accueillit une larme, aussitôt bue. Ce sable avait été lavé par les eaux de l'océan aux époques oubliées, quand Caspienne et Aral appartenaient à la grande mer originelle. Puis les forces souterraines avaient soulevé le socle, et le plateau de l'Oustiourt naissant avait quitté le fond des eaux pour accueillir la vie terrestre et les Hommes.

Oxanna essuya ses paupières et sortit de la grotte, laissant le chaman à la lévitation qu'il avait entreprise six mille ans auparavant.

Ils reprirent la route. Ils quittèrent les ruines de Beleu. Ils ne parlaient pas. Sacha conduisait vers le sud-ouest, la Caspienne, dans la direction de l'escarpement d'Uval Muzbel qu'ils avaient décidé de fouiller.

– Il y aura peut-être des traces rupestres dans les éboulis, au pied des talus... avait dit Oxanna.

Depuis plus d'un mois, les trois Russes naviguaient de versants de grès en dépressions salées, roulant sur les glacis, défrichant leur itinéraire dans des horizons vierges. Ils exploraient le moindre bombement, décortiquaient chaque anomalie du relief, traquaient la moindre cavité, la plus étroite caverne qui aurait pu abriter les ardeurs artistiques d'un sculpteur ou d'un peintre. Ils collectaient les fossiles qui reposaient – privés de leurs eaux – à ciel ouvert. Ils dessinaient, cartographiaient, relevaient et annotaient. Ils lisaient les signes que l'Oustiourt disposait sous leurs yeux. La région qui avait autrefois servi de voie d'accès au tzar pour conquérir les terres du sud excitait à présent la curiosité des Soviétiques. Les commissaires des Politburos avaient la passion d'étudier leur territoire. Ils aimaient par-dessus tout les leçons de choses, les classifications, les études. Ils auraient mis leur Union dans un musée...

La Lada des trois Russes forçait les pentes vers l'inconnu. Le comité d'exploration scientifique de Tachkent avait fourni le véhicule. Chaque république de l'Union contribuait à la progression des connaissances, mais c'était toujours Moscou qui, la première, recevait et traitait les informations.

Ils sillonnaient à présent une zone de dépressions salées dont le sol croûté et parfaitement lisse offrait aux pneus de Sacha le velouté d'un tarmac. Les basses cuvettes se succédaient en chapelet. Entre deux effondrements, ils regagnaient le plateau en s'y juchant à coups d'accélérateur. L'Oustiourt, vieille carapace rabotée depuis des siècles par les vents des steppes, déroulait sous le ciel sa surface brûlée. Parfois la

Lada traversait un champ de broussailles sèches poussées à hauteur de cheville. C'était à cette pauvre couverture que les troupeaux sauvages d'antilopes et de chameaux devaient la vie. On voyait les bêtes en sursis divaguer dans le lointain. L'hiver, quand par malheur la pluie tombait sur le plateau, il suffisait de quelques jours de gel pour qu'une gangue de glace interdît aux animaux d'accéder à leur pitance. Les cadavres jonchaient alors le sol.

Oxanna somnolait, doucement écrasée par la vibration du désert à laquelle faisait écho le vrombissement du véhicule. À chaque chaos, un tintement : les bouteilles de vodka (que Sacha vidait à petits coups chaque fois qu'il faisait le plein d'essence) cognaient contre les bidons de carburant. Dans son demi-sommeil, elle rêvait de Dima qui, lui, restait silencieux, fixant du regard le vide immense.

Ils s'étaient connus au laboratoire de paléontologie de Tachkent. Il était géologue, elle archéologue, spécialiste de la préhistoire du Kyzylkoum. Quand les crédits avaient été débloqués pour mettre la « mission Oustiourt » sur pied, on les avait envoyés mener l'expédition exploratoire dans la partie centrale du plateau. Elle était pour quelque chose dans leur association : elle avait beaucoup insisté auprès du chef du département de recherche pour que le géologue l'accompagnât. Cela faisait un an – depuis que Dima avait rejoint l'équipe du professeur Chichkine – qu'elle en était tombée amoureuse. Mais elle n'avait jamais reçu, en retour, qu'une cordiale indifférence. Elle avait manigancé sa venue en pensant que les solitudes de l'Oustiourt seraient propices à leur rapprochement. Elle croyait que les changements de décor influent sur le cours des choses. Erreur. Il était resté le même à son égard. Ses sentiments n'avaient pas plus varié que le drapé des pierriers sur les versants de l'Oustiourt. Elle souffrait de le sentir à la fois si proche et inaccessible. Et elle n'arrivait pas à goûter pleinement le succès de la mission.

Jusqu'alors, ils avaient identifié un paléolac, retrouvé la trace de l'ancien cours de l'Amou-Daria (du temps où il préférait le creuset caspien pour déverser ses flots), découvert un site zoroastrien inconnu, cartographié les limites d'un graben jamais identifié jusque-là, inventé un pan d'abri couvert de gravures chamaniques…

L'Uval Muzbel approchait. Ils décrivirent une large courbe et contournèrent la muraille abrupte pour aborder au pied de l'escarpement. La falaise était fichée dans le sol comme un rempart. Ils évitèrent une saillie qui s'avançait sur le glacis comme l'angle d'une étrave. On distinguait sur la paroi le dessin des couches, étagées comme une pile d'assiettes témoins du festin des millénaires. Chaque strate disait que les âges lointains avaient patiemment attendu leurs heures pour superposer leurs traces. Dima louchait sur le feuilletage de ce livre fossilisé à ciel ouvert. Pas besoin de creuser, de fouiller, de déblayer pour comprendre le passé. L'explication était là, immédiatement accessible, rangée soigneusement, disposée pour le lecteur sur le rayonnage de la géologie. Les pages de la sédimentation promettaient des découvertes. Ils passèrent au pied d'un éboulement. Un pan entier de roc s'était effondré et l'empilement des débris constituait une rampe d'accès naturelle sur le revers de la falaise, une sorte de gradin arasé qui balafrait la face en diagonale.

– Tu crois que nous pourrons monter ? demanda Oxanna à Sacha.

– Et pourquoi pas ! répondit-il en enclenchant la première.

La Lada s'engagea sur le biseau et cahota à faible allure. Ils avaient l'impression de s'enfoncer dans le corps même de la paroi. Ils s'élevèrent par paliers. Ils atteignirent le faîte du talus. Ils passèrent devant l'entrée d'une cavité creusée dans la falaise par l'érosion des ans, des vents et des froidures, juste sous le crêt sommital.

– Une tanière de loup ou de renard, dit Sacha en s'arrêtant sur le seuil. Il y a même encore les carcasses d'antilopes qu'ils y ont traînées.

La Lada se rétablit sur le revers.

De là-haut, l'Oustiourt se livrait. Les secrets de la topographie capitulaient sous la perspective. Les Russes identifièrent quelques reliefs majeurs qu'ils portèrent sur leurs cartes, photographièrent méthodiquement le panorama, repérèrent à l'horizon une ligne bleue qui ne pouvait correspondre qu'au liseré lointain de la mer Caspienne. De nouveau, Oxanna ressentit cet envahissement de bien-être, cette sensation de langueur heureuse qu'elle avait éprouvée tantôt, devant les gravures. Une fois encore : ce double bonheur d'un paysage à la beauté originelle et de l'homme à ses côtés. Et de nouveau Dima brisa l'enchantement, sentant confusément que naissait un silence ambigu et voulant à tout prix éviter une explication ou, pis encore, une question.

– Sacha nous attend, il faut redescendre, la nuit tombe, dit-il.

À la voiture, mauvaise surprise : un pneu crevé.

Sacha et lui mirent du temps à changer la roue.

Elle les laissait travailler, regardant la nuit touranienne gagner du terrain sur les flancs orientaux du plateau. Le balcon où ils se trouvaient, posté vers l'ouest, résista jusqu'au dernier moment. Et puis la nuit s'abattit comme un sabre. Le vent se leva, enfin délivré. Il avait attendu toute la journée pour prendre sa part au jeu des éléments.

– On va devoir dormir ici, constata-t-elle.

– Non, dit Sacha. Nous serons mieux sous l'escarpement. Je connais ce vent-là. Il annonce une nuit glacée. C'est l'Oustiourt : fournaise le jour et hiver la nuit.

– Tu ne comptes pas redescendre maintenant ?

Il lui sourit de toutes ses dents.

– Ayez confiance : je peux rebrousser chemin sans aucun danger.

– En pleine nuit ? Par la vire ?

– Les phares sont puissants, et j'ai fait Stalingrad.

La Lada se dirigea vers le débouché de la rampe. Sacha semblait sûr de lui. Les phares fouillaient la nuit. Jusqu'au moment où la jeune femme s'étonna :

– Pourquoi roulons-nous depuis si longtemps ? Ne devrions-nous pas être déjà dans l'affaissement ?

Sacha ne répondit pas. Ils errèrent encore un moment dans le vent. Le Russe murmura :

– Je cherche, je cherche...

Et ils comprirent qu'ils étaient perdus.

Le boutoir des rafales faisait vibrer la carrosserie.

– Sacha, arrêtons-nous ! Nous trouverons la sortie demain, en quelques minutes. Ne prenons pas le risque de...

Ils tombèrent. Longeant les abords de la falaise à la recherche de la ligne de faiblesse, ils avaient frôlé plusieurs fois le crêt jusqu'au moment où le sol se déroba sous les roues.

Il est rare que les flancs des vieilles falaises sédimentaires soient parfaitement verticaux. Les siècles d'érosion, l'acharnement des vents à raboter les roches, modèlent les angles, émoussent les rebords. De loin, les tranches de paroi donnent l'illusion d'être coupées au cordeau, mais elles se délitent en une série de paliers érodés.

Ils rebondirent. De vire en vire. À chaque étage de leur chute, ils subirent les effets d'un tremblement de terre. Et puis ce fut le silence. La Jeep s'était stabilisée au pied de la falaise.

Le véhicule était retourné, les vitres pulvérisées, le matériel éparpillé. Le jour et la chaleur réveillèrent Dima. Ses yeux s'ouvrirent sur un champ de bataille. Ceux de Sacha s'étaient définitivement fermés. Le Russe s'était fracassé le crâne contre une pierre en saillie qui avait pénétré dans l'habitacle. La géologie lui était définitivement rentrée dans la tête.

La jeune femme vivait encore. Dima sortit par le pare-brise béant. Il entreprit de déloger Oxanna. Il arracha ce qui restait de la portière et tira doucement le corps blessé. La douleur la réveilla. Elle hurla. Il l'allongea sur le sol. Elle s'évanouit. Il estima qu'ils avaient chuté d'une soixantaine de mètres. Les impacts avaient ralenti la Lada qui s'était arrêtée sur le talus d'éboulis du pied de la falaise. La courbe de la chute avait épousé le profil du versant. La Lada avait en quelque sorte atterri en douceur après le dernier rebond. Dima se signa trois fois. Au cas où la Force Supérieure qui avait orchestré ce miracle serait encore disposée à les secourir.

Une partie du chargement avait été expulsée et perdue lors de la chute. Semée au vent nocturne. Il restait quelques litres d'essence, des bidons d'eau, une caisse de vivres. Échantillons, carnets de relevés, photographies : tout leur travail s'était envolé.

Dima était indemne. Pas une écorchure. Il se trouvait simplement naufragé au pied d'un talus, au cœur de l'Oustiourt inconnu, au côté d'une agonisante et d'un mort.

Il songea à l'abri qu'ils avaient repéré lors de la montée. S'il réussissait à y transporter la jeune femme, au moins pourrait-il lui épargner une mort de bête solitaire. Il fallait retrouver la naissance de la rampe qui les avait conduits au sommet.

Il eut besoin de la journée entière pour le trajet. Sous le ciel chauffé à blanc, il porta Oxanna, comme un sac, jusqu'à la cavité. La douleur la réveilla souvent. Quand elle comprit qu'il la transportait sur ses épaules, elle balbutia des remerciements et quelques mots amoureux qui l'exaspérèrent. Que croyait-elle ? Qu'il s'épuisait à charrier son corps pantelant pour la séduire ? Elle, dans sa demi-conscience, prenait sa sollicitude pour de la tendresse et ne se lassait pas de sentir sur son ventre le roulis des épaules de Dima. Il lui aménagea une couche sur le sol. Elle avait le bassin fracturé mais pas d'hémorragie. Simplement une incapacité totale à faire le moindre pas. Elle ne pleura pas, parce qu'il s'occupait d'elle et qu'elle ne désirait rien d'autre. Il effectua encore plusieurs allers et retours pour rapporter ce qui pouvait être sauvé : les bidons d'eau, la nourriture, et des lambeaux de tissus qu'il put récupérer.

Puis il dégagea Sacha de son cercueil de métal et l'ensevelit sous des pierres, à quelques mètres de l'épave. Il se demanda avec quoi il pourrait constituer une croix puis, se souvenant subitement que Sacha était un athée féroce, il se contenta d'empiler les blocs pour protéger le corps des charognards. Il déversa l'essence sur la voiture, jeta une allumette. Il espérait qu'on remarquerait la fumée. Il savait que la ville industrielle de Novy Ouzen, qu'ils auraient dû rejoindre le surlendemain, puisque leur mission s'achevait, n'était qu'à trois jours de marche de l'escarpement – à cent kilomètres tout au plus. C'était un centre d'exploitation d'hydrocarbures. Il passait parfois des équipes d'ingénieurs, au loin, à l'autre bout du glacis. Ils vadrouillaient dans les étendues pour inspecter les structures de forage et vérifier les gazoducs qui striaient la steppe. Il n'était pas impossible qu'on remarquât la colonne de fumée.

En revenant à l'abri, il réfléchit : il avait sauvé du désastre quelques cartes et une boussole. En se chargeant d'un bidon d'eau de dix litres, il pouvait tenir trois jours : suffisamment pour atteindre l'installation de Novy Ouzen. Il laisserait à la jeune femme de quoi survivre ainsi qu'un fusil contre les loups : il reviendrait la chercher avec des secours au soir du quatrième jour. Elle aurait amplement de quoi attendre jusque-là. Il y avait des vivres et de l'eau pour une semaine.

Elle était allongée sur deux peaux de saïgas moelleuses, quoiqu'un peu sanguinolentes.

– Qu'en penses-tu ? lui demanda-t-il.

– Que tu m'abandonnes, comme toujours, plaisanta-t-elle.

– Ce ne sera pas trop dur ?

– Non, mais je ne serai pas heureuse, car tu ne seras pas là.

– Je reviendrai avec les secours et…

– Tu pourrais m'en donner d'autres.

Elle ne s'embarrassait plus des convenances. Elle allait droit au but. Elle était comme l'Oustiourt : nue et directe.

– Je ne te l'ai jamais dit, reprit-elle, mais je te…

– Si, tu me l'as dit. Et je t'ai répondu. Je suis désolé. Je tiens à toi et je te sauverai. N'aie pas peur de…

– Peur ? Mais qui a parlé de peur ? Je n'ai aucune peur, ce que j'éprouve est bien pire : une peine immense.

Il la fit dîner et l'obligea à boire, disposa le matériel en arc de cercle autour d'elle, de manière qu'elle n'ait qu'à étendre les bras pour se saisir de ce dont elle aurait besoin. Il la borda avec une bâche de toile cirée et creusa un trou près d'elle dans lequel il se blottit.

Elle ne dormit pas, goûtant les heures nocturnes passées à ses côtés. Sa présence lui faisait oublier les élancements de la fracture. Elle redoutait les premiers rais de lumière qui sonneraient la séparation. Saurait-elle supporter l'immense solitude ?

– Quatre jours. Je ne te demande que quatre jours. Je reviens avec le médecin du poste, on aura de la morphine et tu seras ramenée sans douleur à Novy Ouzen. De là, il y en a pour quelques heures par la piste jusqu'au port de Schevshenko. Un bateau t'évacuera vers Astrakhan…

– Les loups ? questionna-t-elle.

– Ils ne t'attaqueront pas tant que tu leur montreras que tu es vivante ! Le fusil est à ta droite. La crainte l'emporte sur la faim chez les loups. Si tu vois un mufle, tire. Les autres ne viendront plus. D'ailleurs, rien ne nous dit qu'il y en ait encore dans les parages.

– Tu ne m'oublieras pas ?

Il l'embrassa sur le front, lui sourit gentiment, rétablit la toile sur son corps et sortit de l'abri.

Il portait le bidon en bandoulière et, à la main, le baluchon qu'il s'était préparé, rempli de boîtes de sardines. Il descendit la rampe, gagna le pied de la muraille où les cendres de la Lada fumaient encore. La vue de l'immense étendue, vrombissante de chaleur, noyée dans la vibration de l'air, le découragea un instant. Il régla la boussole, prit le cap, se fixa le repère d'une petite éminence et se lança tête baissée.

– Si j'abats cinquante kilomètres aujourd'hui, je serai à la moitié du chemin. Je peux faire le trajet en deux jours.

Mais le sable de l'Oustiourt retint chacune de ses foulées. Au soir tombant, après seulement trente-cinq kilomètres, il arriva en vue d'un pinacle rocheux sculpté par l'érosion. Il bivouaqua au pied du monument élevé par le vent à la gloire du vide. Le froid l'empêcha de dormir. À l'aube, il reprit la marche. Au soir de ce deuxième jour, il avait parcouru quarante-cinq kilomètres. Il gagna le rebord d'un dernier escarpement avant Novy Ouzen. Du sommet, il distingua le tapis de lumière de la ville encore éloignée de quinze ou vingt kilomètres.

– Trois heures ! Trois heures ! se répéta-t-il.

Il décida de continuer. S'il atteignait son but dans la nuit, il pourrait être de retour à la grotte le lendemain soir. Oxanna n'aurait ainsi que trois jours d'attente. Mais il y avait le dernier obstacle… Le talus accusait une centaine de mètres de dénivelé : un versant abrupt interrompu par des ressauts verticaux. Il savait que ce rempart se déroulait au nord et au sud sur des dizaines de kilomètres et qu'il aurait été trop long de le contourner. Il décida de marcher à l'estime, droit vers les lumières, et de forcer un à un chacun des paliers qui piégerait sa route. Il désescalada le crêt qui ourlait le rebord du versant, puis ce fut un gymkhana dans les blocs en vrac du pierrier croulant. Soudain, une rupture de pente brutale. Un décrochement plus haut que les autres correspondant à une couche dure que l'érosion n'avait pu mordre ajoutait une marche géante à l'escalier géologique. La nuit le privait du sens de la perspective. Il longea le rebord, pensant que la falaise finirait par s'abaisser progressivement. Mais il se rendit vite compte qu'elle filait dans la nuit, régulière, opposant la herse de sa verticalité. Il entreprit donc d'escalader à rebours la section rocheuse. Quelques mouvements. Ses pieds tâtonnaient, en quête de prise. Il descendit trois mètres. Tout à coup, sa prise de main céda. Il décrocha. Il eut le réflexe de s'écarter de la falaise et de sauter, au jugé, se disant qu'il ne devait plus être très loin du sol. Cinq ou six mètres ? Mais dans l'obscurité…

Quand il se réveilla, il faisait encore nuit. Il porta une main à sa tête. Du sang. Il fit un pansement de son foulard. Douleur dans la nuque et à la cheville droite. Il se leva, s'éloigna, moitié marchant, moitié rampant, dans le cône d'éboulement qui menait au bas du talus, puis prit pied sur le glacis où venait mourir la pente. Il se traîna vers les lumières des usines. Scintillements de lucioles. Feux follets à l'horizon. Les brûleurs au sommet des cheminées dansaient comme des flammes de bougie. Étoiles devant les yeux. Il tituba. Il avança encore un peu. Il s'écroula sur les cailloux, évanoui.

– Amnésie partielle, camarade Leonid Mikhaïlovitch.

– C'est-à-dire, docteur ?

– C'est-à-dire qu'il ne se souvient pas des événements des dix derniers jours. Rien. Le trou noir. Le désert. En revanche, tout ce qu'il a appris, éprouvé, vécu auparavant est intact.

– C'est ennuyeux, cette histoire, dit Leonid Mikhaïlovitch, car ils étaient trois. Il y avait avec lui la jeune archéologue Oxanna Nebesky et un chauffeur de Kazan, Sacha-je-ne-sais-quoi. C'était une équipe du laboratoire d'Anatoli Chichkine.

– Ouais. Je sais. Le professeur... D'ailleurs, il a télégraphié ce matin, de Tachkent, pour savoir si les recherches avançaient.

– Normal qu'il s'inquiète. La fille était son élève préférée. Elle était devenue son assistante ou quelque chose comme ça.

– En fait, expliqua le médecin en fouillant dans un dossier, le patient se souvient parfaitement du début de la mission. Il dit qu'ils ont même fait des découvertes importantes dans l'Oustiourt central. Il parle d'un site rupestre et de traces zoroastriennes. Mais après, rien! *Nitchevo!* Il est incapable de comprendre comment il s'est retrouvé sans connaissance à quelques kilomètres de l'installation... Il est mortifié à l'idée qu'il est peut-être arrivé quelque chose à la petite Nebesky et au chauffeur.

– Comment ça «peut-être arrivé quelque chose!», dit Leonid Mikhaïlovitch. Évidemment, qu'il leur est arrivé quelque chose! Sinon, on ne l'aurait pas retrouvé à demi-mort, seul, à quelques kilomètres de Novy Ouzen avec le crâne défoncé! Il sait que la police enquête?

– Il a reçu ce matin la visite d'un commissaire du KGB d'Astrakhan. On l'a interrogé, mais il semble au-dessus de tout soupçon. Il ne peut pas simuler son amnésie, je suis catégorique. Je l'ai confirmé au commissaire. La seule façon de lui faire recouvrer la mémoire serait de lui infliger un choc mental violent.

– Merci, docteur.

Leonid Mikhaïlovitch, le chef de l'exploitation pétrolière, sortit soucieux. Trois jours auparavant, une équipe de techniciens qui rentrait vers la base avait découvert le corps. On l'avait transporté auprès du médecin, qui avait diagnostiqué un traumatisme crânien responsable de l'amnésie, la rupture d'une cervicale et l'arrachement des ligaments de la cheville. Leonid rentra dans son bureau et demanda à son secrétaire si l'on avait des nouvelles de l'équipe de secours qui avait été envoyée le jour même de l'arrivée du blessé.

– Rien, chef. Mais les indications que nous possédons sont tellement vagues que les types ont l'impression de rechercher un grain de sable dans les dunes du Kyzylkoum...

SEPT ANS PLUS TARD.

Comme tous les soirs avant de fermer le laboratoire, Dima regarda la photo de la jeune femme. On la voyait, en tenue militaire, brandissant une fibule scythe. Il se souvint combien elle l'avait aimé et comment il avait été contraint de lui opposer froideur et indifférence pour qu'elle comprît qu'il ne voulait pas d'elle. Il soupira. Toute la journée, comme cela lui arrivait à certaines périodes de l'année, il avait tenté de reconstituer le fil des événements. Mais il butait sur le vide. L'anniversaire de naissance de la jeune femme approchait. Il organiserait comme toujours depuis sept ans une cérémonie au laboratoire, à laquelle seraient conviés les vieux parents de la disparue. Ils avaient eu bien du mérite à accepter de le revoir sans lui reprocher quoi que ce soit.

– Professeur, demanda sa secrétaire, votre élève Volodia Grossman qui a conduit l'expédition d'Afrique voudrait vous parler. Il arrive directement de l'aéroport.

– Je ne vous embêterai pas longtemps, dit Grossman en passant la tête par la porte.

Il était hirsute, sale et souriant.

– La mission a été bonne ? questionna Dima.

– Au-delà des espérances, c'est pour cela que je n'ai pas pu attendre demain pour vous voir. Je voulais vous montrer les Polaroid.

– C'est gentil, Volodia, il ne fallait pas, soupira Dima.

L'autre déposa sur la table une pochette remplie de photos.

– Nous avons isolé un site majeur de peintures rupestres. Une chance que les Libyens nous aient donné carte blanche... Regardez, voilà les clichés ! Là, des têtes rondes. Là, un groupe animalier magnifique. C'est sur le contrefort méridional de l'Agouakhane. Personne n'y avait mis les pieds avant nous ! Des conditions d'accès très dures ! Ivan Kalmikov a même attrapé une insolation ! Et là, regardez ! Un nouveau mystère : un groupe d'hommes dansant avec des excroissances aux coudes et aux genoux ! J'ai déjà des hypothèses... Et puis ça ! La plus belle peinture, à mon sens. Regardez ! C'est une femme couchée dans une grotte, en haut d'une falaise, là, voyez : ils ont représenté une voûte au-dessus d'elle et là, sur son flanc, cette entaille : on dirait qu'elle est blessée au bassin. Professeur ? Dima ! Vous... Il y a un problème ?

Le géologue s'était levé. L'air hagard, il traversa la pièce, surgit dans le bureau de son assistante qui s'apprêtait à partir. Elle recula, effrayée par l'expression de son visage.

– Quand part le prochain vol pour Astrakhan ?

Les pièces manquantes au puzzle des événements de l'Oustiourt s'étaient ajustées dans son esprit. Tout avait rejailli en lui, parfaitement préservé, émergeant de la nuit.

Il décolla le lendemain. Il avait prévenu de son arrivée les autorités locales qui l'attendaient sur la piste d'atterrissage. Il exigea de partir sur-le-champ. L'officier du KGB protesta que le voyage avait dû le fatiguer et qu'il valait mieux attendre le jour suivant. Mais le regard de démence qu'il obtint en réponse cloua ses réticences. Le convoi s'ébranla. Les véhicules de la Milice ouvraient la marche. Dima ordonna de prendre la direction de l'escarpement de l'Uval Muzbel... Il retrouva sa route à travers l'Oustiourt. Il guida la caravane de Jeep à rebours du chemin qu'il avait parcouru à pied. La falaise s'éleva dans le lointain.

– Voilà le mausolée, pensa-t-il.

À la jumelle, il retrouva la tache noire laissée par la voiture brûlée. Il n'eut aucun mal à débusquer la rampe. À certains endroits, protégées des rafales, les traces des pneus étaient encore visibles. Personne n'était donc passé en ces lieux après eux. Il invita les officiers à le suivre jusqu'à la grotte. Il ordonna que les voitures s'arrêtent à distance et qu'on le laisse aller. Les kagébistes n'osèrent pas protester. Les membres du convoi, immobiles dans le silence, le regardèrent marcher vers le seuil de l'abri.

Il rentra.

Elle était là.

Elle attendait, endormie.

Son visage parcheminé était tourné vers le plafond.

Les vêtements, conservés, flottaient autour de son corps que sept années de sécheresse avaient momifié. Les loups n'étaient jamais venus. Ils avaient dû déserter la région.

Combien de temps avait-elle attendu ? Combien de jours avait-elle tenu ? Il toucha sa joue, ses doigts rencontrèrent la surface d'un cuir craquelé. Le parchemin de ses paupières recouvrait le vide des orbites. Elle n'avait pas dû accomplir le moindre mouvement car elle reposait exactement dans la position où il l'avait laissée. Elle n'avait pas épuisé les vivres : on n'a pas faim quand la soif torture. Il lui couvrit le visage de son chapeau. Il détacha le collier de perles qu'elle portait autour du cou. C'était la seule chose qu'il emporterait d'elle. Il fallait à présent convaincre les kagébistes, obsédés par la procédure, de la laisser reposer là, dans la sépulture naturelle où il l'avait déposée et où la mort l'avait cueillie. C'est en se retournant pour sortir qu'il vit le message. Elle l'avait gravé avec son couteau sur une pierre qui affleurait près d'elle.

Tu n'as sans doute pas réussi à atteindre Novy Ouzen à temps pour me sauver. As-tu pu au moins te tirer de la longue traversée? Je haïrais l'Oustiourt s'il t'avait fait du mal. Je regrette que tu ne sois pas revenu…

Je pars en faisant le simple vœu que tu ne m'oublies jamais et me conserves une place dans ton esprit que j'aime.

Adieu, amour manqué, puisses-tu toujours te souvenir de moi.

Oxanna.

OSSIP, GARDIEN DE ZOO

L'alcool est un médicament pas encore au point.
MIKHAÏL BOULGAKOV
Le Maître et Marguerite

– Comme ça, on t'a encore ramassé ce matin endormi dans la cage aux singes ?

– Oui, chef. Mais ça n'arrivera plus. Je me suis laissé déborder par cette bouteille.

– Et si un jour un gorille t'assomme ou qu'un fauve t'arrache le ventre, hein ? Qui ira prévenir ta Matriona ? Et comment me recevra-t-elle, ta pauvre femme ? Qui devra répondre aux questions de la Milice ?

– Pardon, chef. On a fêté l'avancement d'Irina, hier. Vous savez ce que c'est : il y a toujours un verre qui suit le dernier.

– Et si on ne t'avait pas trouvé ? Imagine le scandale : le public te découvrant couché dans la paille, cuvant ton vin sur la panse d'un macaque. Il m'en coûtait ma place ! Et les néocommunistes du syndicat ! Ils auraient été capables de m'accuser de mettre mes employés en cage !

– Hélas, chef... je le jure, j'arrête, pleura Ossip.

– « J'arrête ! » Tu n'as que ce mot-là à la bouche quand elle n'est pas pleine d'alcool. Voilà dix ans que tu me serines ça, dix ans que je te laisse racheter ta conduite et dix ans que tu trahis ma confiance. Tu es encore pire que Nikolaï Lobatchevsky, mon fils incapable que j'ai renié.

– Chef... chef... je suis un bon gardien !

Le directeur secoua la tête, se pencha sur un tiroir d'où il extirpa un dossier estampillé « OSSIP » en grosses lettres rouges, ce qui présageait les pires foudres. Avec une délectation qui lui restait de l'époque où il dirigeait le bureau du KGB d'une bourgade de Sibérie, il tourna les pages une à une.

– C'est accablant, Ossip : en 1992, tu laisses s'envoler de leur cage quatorze aras du Brésil sous le prétexte qu'ils t'empêchaient de dormir.

– Ils jacassaient horriblement !

– Mais qu'est-ce que tu faisais dans leur volière ? Le conseil d'administration accepte alors de te garder car tu réussis à les capturer tous. Mais quelques mois plus tard on te retrouve dans la cage aux chevaux de Prjevalski en train de seller un étalon. Aux gardiens qui t'arrêtent, tu expliques que tu t'apprêtes à chevaucher vers la Mongolie à la demande du cheval qui veut revoir sa steppe natale.

– Il m'avait semblé... enfin... le cheval...

– Tu étais ivre, Ossip ! Tu venais juste d'avaler cinq cents grammes[1], voilà la vérité ! Et au début de l'année 1993 : tu passes deux mois à l'hôpital militaire pour une morsure à la hanche infligée par une femelle hippopotame que tu essayais d'embrasser en criant : « Matriona ! Matriona ! »

– J'ai confondu chef, c'est tout...

– Et en 1994 : libération d'un lion que tu voulais installer sur le piédestal d'entrée du zoo à la place de la statue démolie par une émeute en 1991 !

– Je croyais bien faire... les visiteurs regrettaient la sculpture...

– En 1995 : tu verses cinq litres de vodka dans la ration quotidienne des rhinocéros.

– Ils crevaient de faim, directeur ! J'avais lu dans une revue scientifique que la vodka contenait autant de calories que le saindoux. C'était pour les sauver.

1. En Russie, on compte l'alcool en gramme. (Un petit verre correspond à cinquante grammes.) *(Toutes les notes sont de l'auteur.)*

– Tais-toi ! Tu te défendras après, ivrogne. Tu cherchais des compagnons de beuverie, voilà le fond des choses. La suite : 1996, décembre. Tu repeins les deux éléphants du Bengale aux couleurs de l'Ukraine. Bleu et or ! Cent quarante mètres carrés de peinture sur les pauvres bêtes. Qu'est-ce qui t'as pris ? Tu ne supportais plus de les voir roses ?

– Aïe ! Aïe ! Ne vous moquez pas, chef. J'étais un peu gris, je trouvais les éléphants tristes dans leurs habits de poussière. En bon patriote, j'ai voulu les pavoiser.

– À présent, 1997 : tu lâches un anaconda dans le Dniepr.

– Il était en laisse, chef ! Je lui faisais prendre l'eau, il avait besoin d'exercice. Rendez-vous compte... son vivarium ! Deux mètres sur un : l'enfer.

– Et tu ne pouvais pas prévoir la terreur des baigneurs devant un serpent de cauchemar descendant tranquillement le fleuve ?

– Ma tête, chef. Ma pauvre tête me faisait si mal ! Je ne m'apercevais de rien, j'avais le cerveau comme une méduse.

– Et l'hiver 1998 ! Tu disparais pendant trois jours, on te retrouve dans les pattes d'un kodiak d'Alaska qui hibernait aussi profondément que toi.

– C'est que ça vous assomme, ces nouvelles vodkas. Rien à voir avec les anciennes distillations de l'Union. Vlan ! C'est un coup sur le front et vlan ! un autre sur la nuque, et vous vous retrouvez dans la fourrure d'un ours.

– Assez ! Tu déshonores ce zoo. Tout le monde se tient dignement ici. Pas un employé à la dérive. Mais toi, l'ivrogne perpétuel, non seulement tu es une honte publique, mais en plus un danger. Qui a laissé un puma pénétrer dans les bureaux en 1999 ?

Ossip bondit, la main sur le cœur.

– Chef ! Par saint Séraphin de Sarov ! Je le jure ! Le système de réchauffement de sa cage était à plat. Il en allait de sa survie.

– Et la survie de la petite Petrouchka Ivanovna qui s'est retrouvée face à lui ? Une stagiaire de dix-neuf ans !

– Est-ce ma faute si le Gouvernement nous coupe les crédits ?

– Tu étais saoul à mourir, Ossip ! Tu ne savais pas ce que tu faisais ! Un puma dans un bureau ! Avec une jeune Ukrainienne ! On a dû déranger l'armée pour le capturer.

– Chef, je vous en supplie, épargnez-moi ! Ma tête va éclater comme un vitrail…

Ossip se pencha légèrement en avant et, d'une main, avec un geste lent, s'agrippa au coin du bureau qui tanguait comme un cargo dans l'océan de ses vapeurs.

– Voilà que tu as maintenant des faiblesses de femme et qu'il faudrait te ménager ! Et le voisinage ! Tu l'as ménagé, le voisinage, lors du concert sauvage au début de l'année 2000 ?

– Oh non, murmura Ossip, pas ça…

– Trois guitares électriques, des enceintes, une batterie, un chaman sibérien avec une guimbarde acoustique : vous avez fait un raffut d'enfer devant des bœufs musqués innocents.

– Ils dépérissaient, chef. C'était pour leur bien. Ils s'étiolaient comme des feuilles d'automne. Eux, si gros, si puissants et si tristes. On a voulu leur faire une petite fête.

– Et une fois de plus la Milice a dû intervenir. On vous entendait jusqu'à la place Pouchkine. Et vous étiez tellement imbibés que vous ne teniez plus debout. Tu as une chance immense, Ossip ! Vingt fois tu as été au bord du limogeage mais vingt fois tu as été repêché, parce que même tes pires ennemis du conseil d'administration te reconnaissent un don unique pour soigner les bêtes. Tu pourrais passer la nuit dans la gueule d'un lion sans une égratignure. Tu es une espèce d'imbécile miraculeux aux pieds de qui s'agenouillent les panthères. Mais cette fois, la patience du conseil est à bout. On demande ta tête. J'ai sauvé ta peau après un débat féroce :

nous te laissons une dernière chance. Au moindre écart, tu seras libre de convoler toute la journée avec tes bouteilles, mais… hors du zoo !

– Chef, vous ne comprenez donc pas ! Je hais la vodka. Elle le sait d'ailleurs : elle se sert de ma haine. Elle l'aiguise dès le premier verre et me susurre ensuite qu'elle est l'unique moyen de l'éteindre. Elle agit en deux coups, comme à la guerre : d'abord l'artillerie prépare le terrain, épuise les défenses, puis les flots s'engouffrent comme une colonne de fantassins qu'on n'arrête plus, qui déferle sur un pays et vous emporte tout : la tête, la raison, la vie. Malheureusement, j'aime ce champ de bataille. Je m'y sens bien, j'y trouve des idées neuves. Sobre, je suis ivre d'ennui.

– Eh bien, tâche de te dénicher des occupations ! Et loin du goulot. Souviens-toi : un bouchon claque, et c'est toi qui sautes !

Le directeur rangea le dossier et congédia le gardien.

Ossip, tristement, reprit le chemin des cages et vaqua à ses œuvres : il distribua les rations aux oryx, nettoya la litière de l'okapi, restaura la balançoire des entelles, changea l'eau du gavial, soigna la plaie d'une once, lava le bassin du mamba et jeta aux fauves les quelques tristes abats qu'autorisaient les budgets misérables du zoo.

Le soir, alors que les animaux reposaient au fond des cages et que seul le manège des chauves-souris de Madagascar brisait la paix de la nuit, Ossip veillait dans son cabanon construit entre la cage aux primates et le bâtiment des invertébrés. Devant lui, une bouteille de vodka attendait qu'il lui déclare la guerre. Ossip résista pendant des heures puis, au terme d'un affrontement intérieur dévastateur, plein de larmes et de pensées obscures, il ouvrit la bouteille comme on arme un revolver. Pas de bouchon à vis : un simple opercule de métal qu'on fait sauter du pouce et qui signifie qu'on ne rebouche pas, qu'il faut aller jusqu'au bout de son geste, qu'on doit tout boire, et qu'après avoir fait goûter le parfum de l'air libre à une bouteille il faut la mettre à mort.

Quelques gorgées. Quelques mouvements du coude. Quelques spasmes. La langue en feu. Le gosier en copeau. Le poison répandu. Les veines infectées. La tête emportée et la pensée fondue. La bouteille était vidée et la honte bue, et Ossip, sous la lune, divaguait entre les cages, cherchant dans les yeux fermés des orangs endormis une consolation, un regard amical.

Ossip remue son remords et sa haine de lui-même et le souvenir des menaces du directeur. Sa pensée est une bouillie confuse, noyée dans les blancheurs javéliques de la vodka.

Mais soudain… On a bougé sous la lune ! Ossip a vu distinctement une silhouette humaine traverser une allée à cent mètres de lui.

– Par saint Nicolas ! Un fantôme, sorti de ma tête ou de ma bouteille ! Dieu du ciel, à mon secours !

Parfois l'angoisse des ivrognes leur donne un courage insoupçonné. Ossip suit l'apparition. L'ombre contourne une volière, longe l'enclos des yacks, laisse à sa droite les antilopes et s'arrête devant la herse de pics qui barre l'accès de la fosse aux ours. L'ombre n'est pas une ombre. L'ombre s'appelle Nikolaï Lobatchevsky. C'est le fils du directeur du zoo que son père a chassé après qu'il lui eut annoncé qu'il vouerait sa vie au rock et qu'il partait, sur les routes, rejoindre le groupe Apokalypse. Nikolaï a erré longtemps dans les faubourgs postsoviétiques ravagés de désolation. En deux ans il n'a donné qu'un seul concert : dans un garage abandonné de la zone industrielle de Tallinn, en Estonie. Affamé, il est revenu à Kiev, caché dans un train de marchandises. Il est arrivé aujourd'hui. Il a retrouvé la ville de son enfance, poussé par cette croyance que l'existence sera toujours plus facile là où elle a commencé. Il n'a pas osé frapper à la porte parentale. On oublie à quel point la parabole de l'enfant prodigue est odieusement humiliante aux oreilles de l'enfant qui revient. Il a divagué dans la capitale. Il a demandé la charité. Mais à Kiev, il n'y a pas de quoi garnir la main tendue d'un mendiant. Fou de faim, il a volé un couteau au marché et, la nuit venue, il est entré dans le zoo, son jardin d'enfance qu'il connaît mieux que tout. Il s'est dirigé vers la fosse aux ours. Il s'est dit que rien ne serait plus délicieux qu'un steak d'ourson. Il pourrait même vendre la viande au marché noir. Il suffit de faire vite et en silence. Il connaît les ours : petit, il jouait avec eux. Il n'a même pas pensé à s'attaquer aux gazelles ou aux ânes.

Il escalade la barrière. Il enjambe les pics d'acier. Il se pend à la grille. Il saute dans la fosse. La lune décoche un éclat sur la lame du couteau qu'il tient entre ses dents. Ossip a tout vu. Il regarde la silhouette qui progresse à présent sur le sable, cherchant la tanière.

– Arrière ! Démons de ma tête ! dit Ossip. Visions maudites ! Rideau ! Je ne veux plus de guerres sous mon crâne. C'en est fini du règne des hallucinations. *Davaï!* Au lit ! Au cabanon !

Ossip ne se retourne même pas quand le hurlement de douleur de Nikolaï Lobatchevsky, fendu en deux par une patte d'ours, déchire sa gorge en même temps que la nuit.

– Au diable les monstres ! Enfants de vodka frelatée !

Le lendemain à sept heures du matin, la Milice arrête Ossip qui sera jugé le soir et condamné à dix années de réclusion pour non-assistance à personne en danger.

VOLODIA,
PRINCE DES ENFANTS

– À bas les politicards !

– Les véreux, les enrichis, les chiennes : aux fers !

– Le maire ! Le maire aux fers !

– À la cale !

– Au clou !

– En terre !

– Au poteau !

– Rendez-nous nos enfants, on vous laisse le maire !

– Aux armes ! Aux pioches ! Trois fois merde !

Les manifestants scandaient leurs slogans, s'échauffant de leur propre colère dans le jour hivernal. Ils descendaient la *prospekt* Lénine qui menait à la mairie, emmitouflés dans des superpositions de hardes. Une marée de loqueteux. Le ciel était bleu cristal, plafond d'un palais de glace.

Le thermomètre marquait – 10 °C. On craignait que l'été n'arrivât trop vite. L'inexorable débâcle de la terre. L'incontinence des surfaces. La colique des substrats. La boue alors lâcherait ses flots et envahirait tout : les routes, les perrons, les cours, les prairies. La Sibérie serait engloutie. Même le ciel dans le bourdonnement des chaleurs nouvelles prendrait une teinte de glèbe pâle. Et la boue s'invitant à recouvrir le pays régnerait jusqu'aux nouveaux assauts des gelures d'octobre. L'hiver, lui, au moins, malgré ses griffes, offrait au pas du marcheur la netteté d'un sol lisse et dur. Et – 10 °C, c'était la température idéale : pas encore de fondrières sous les pieds, mais pas non plus de froidures douloureuses : nul besoin de sortir la garde-robe de combat, les chapkas et les bottes, les paletots fourrés qui donnent aux Russes de Sibérie des allures de cosmonautes divaguant dans les blizzards.

Tout aurait été pour le mieux si le jeune Pavel, huit ans et demi, n'avait pas été trouvé mort vers midi, le visage en lambeaux, le corps dépecé et les entrailles vidées. C'était le sixième cadavre d'enfant qu'on mettait en terre depuis quinze jours dans le village sibérien de Komsomolsk Na Kamtchatka. Il y avait eu d'abord Ivan, puis Sergueï, Leonid, et puis les petites jumelles que rien ne séparait jamais, Natascha et Ludmila. Aucun d'entre eux n'avait dix ans. Tous étaient morts dans les mêmes conditions. Depuis des jours les datchas retentissaient des sanglots de femmes. Plus un sourire sur les visages. Seulement des larmes pour pleurer le sang coulé.

Le plus incroyable était qu'on connaissait l'assassin. Ou plutôt les assassins. Car les ours avaient toujours agi en bande.

L'ours du Kamtchatka est un ogre. Le cauchemar des coureurs de taïgas. Il domine la famille des ursidés. Il surplombe le grizzli, il écrase l'ours brun, il plane d'une tête au-dessus de l'ours à collier, il hante les horizons de Sibérie, n'ayant trouvé à la mesure de sa puissance que la désolation de ces terres oubliées. Parfois, quand la faim le torture, il oublie que l'homme est le danger suprême et, s'enhardissant, il pénètre dans les villages, saccage les plantations, fouille les décharges et de temps à autre croise un enfant…

– Que font-ils, Sacha ? demanda le maire.

Il était assis, fébrile, le dos à la fenêtre, attablé devant une bouteille de vodka promise à une fin rapide. Derrière le rideau, d'un œil discret jeté par le carreau, le conseiller-secrétaire scrutait les événements.

– Ils arrivent à grands pas. Droit vers nous. Hé ! À croire qu'ils connaissent le chemin !

– Il y a des meneurs ?

– Non. Je ne reconnais aucun de ceux qui dirigeaient les manœuvres lors de la destruction de la fabrique. Ils étaient bien remontés, faut dire que cinq mois de retard dans le versement des…

– Bon Dieu, Sacha, je ne vous demande pas une chronique. Je veux savoir ce que je dois faire.

– Écoutez, maire. Il y a des femmes. Beaucoup de femmes. Ce sont elles qui marchent en tête. Elles ont même des pioches et des outils. Elles sont remontées comme des mineurs du Donbass. Elles sautent de colère. De vraies piles. Il faut les éteindre. De l'eau ! De l'eau ! Il faut que vous leur parliez. Les femmes, ça a besoin d'entendre des tas de paroles. Dites-leur que vous êtes consterné pour le petit Ivan…

– Ah ! merci ! Le Gouvernement fait bien de vous payer ! J'aurais jamais pu trouver ça tout seul !

– Dites-leur que vous pensiez que les chiens postés aux entrées du village suffiraient à écarter les ours, mais que vous vous êtes trompé, que vous le reconnaissez et que vous leur proposez une autre solution. Radicale.

– Laquelle ? rugit le maire. Laquelle ?

Le jeune secrétaire exposa son idée au maire qui n'en finissait pas de vider la bouteille de Standard. Par intermittence, les cris de la foule ramassée sur le parvis du bâtiment couvraient ce conciliabule de la dernière chance. Le maire siffla une bonne lampée et alla ouvrir les battants de la grande fenêtre.

– Assassin !

– Bourreau d'enfants !

– Monstre pourri !

– Capitaliste !

Quelques projectiles fusèrent. Un fer à cheval, une truelle, un gros oignon avec sa motte de terre. Le maire referma la fenêtre et grommela entre ses dents :

– Les rustauds, ils vont voir si j'ai peur d'eux !

Sous le regard effaré du secrétaire qui l'exhortait à la prudence et à la diplomatie, il attrapa sa bouteille et descendit l'escalier. Il poussa la grande porte de la mairie et parut sur le perron, le torse offert aux violences.

Les Sibériens ne s'attendaient pas à le voir surgir seul, son courage pour unique bouclier, et l'effet de surprise pour toute stratégie. On ravala les injures. Le froid accueillit le silence.

Le maire s'avança jusqu'à la première marche.

– Camarades, citoyens ! Je partage votre douleur. Ivan était comme mon fils. Nous vivons des temps tragiques. Y a-t-il pire mort que venue de la dent du fauve ? Mais attention ! C'en est fini de la menace ! À partir d'aujourd'hui, le danger disparaît. J'ai la solution…

– Maire ! Il aura fallu six enfants pour que tu la trouves ! Cela fait cher l'hésitation !

– Mais, rétorqua le maire, est-ce que je n'ai pas fait placer une garde de chiens autour du village dès la première attaque ?

– Bourgeois ! Citadin ! Moscovite !

– Ne sais-tu pas qu'enchaîner un chien c'est le condamner ? Pauvres *sabakis*[1] ! Tu as dressé la table de l'ours. C'est comme si tu avais attaché des poulets enduits de miel.

– Laissez-moi vous expliquer ce à quoi j'ai réfléchi. Je tiens la parade.

– Pas trop tôt ! maugréa un vieux kolkhozien.

– Cela ne me rendra pas Ivan ! hurla une femme.

– Propose toujours, maire !

Il jeta un coup d'œil vers la porte d'entrée, derrière laquelle il savait son adjoint caché.

1. Chiens, en russe.

– J'ai eu l'idée il y a quelques heures et je l'ai longuement pesée avec mon premier secrétaire, Sacha Vassilievitch.

« Salaud de menteur ! » pensa Sacha.

– J'ai consulté un spécialiste de l'université de Petropavlovsk au téléphone, continuait le maire. Il m'a expliqué les mœurs de la bête. L'ours prend tous les risques quand il a faim. Sa raison lui commande de croiser au large des villages. Mais l'instinct est plus fort qui le pousse vers les fumets de cuisine et l'odeur des déchets…

Une motte de terre lui rasa le visage.

– Foutu maire ! On n'est pas là pour un cours de zoologie.

– Ce que je veux vous faire comprendre, c'est que, l'hiver ayant été très rigoureux, il faut redouter d'autres attaques. Les ours se sont réveillés il y a un mois pendant le redoux, mais depuis quelques jours le thermomètre descend et…

– Voilà qu'il recommence sa conférence !

– Il nous fait le professeur !

– On n'est pas à Pétersbourg !

– Animal !

– Laissez-moi parler, nom de Dieu ! Je vous explique que des incursions d'ours sont à craindre. Il faut donc que vous sortiez armés de chez vous. Aucun pas sans fusil hors de vos murs. Vous en avez assez l'habitude quand aucun danger ne menace ! Demandez à Tatiana !

On entendit un soupir. Tatiana était la jeune veuve d'un tractoriste abattu par un habitant du village un soir de soûlerie sous prétexte qu'il refusait de raccompagner l'ivrogne à bord de sa moissonneuse.

– Eh, maire ! voilà que tu remues les fanges et les tristesses !

– Laisse Evgueni en paix sous la terre !

– Impie !

Pluie de mottes, grêle de boulons et de vieilles godasses.

Le maire se protégea la tête des mains. Puis quand la tempête fut passée :

– Écoutez-moi ! Vous allez assurer votre propre sécurité. Vous remiserez toute nourriture stockée dehors. Vous brûlerez tous vos déchets, vous guetterez les bruits suspects, vous ne vous aventurerez pas dehors la nuit, vous ne vous endormirez pas dans la neige assommés de vodka. Quant aux enfants, je leur commets un agent de sécurité. Un milicien ! Un *spetznat* ! Vous entendez ! Une garde rapprochée qui les escortera à chaque pas jusqu'à l'école et les raccompagnera chez eux, un par un, sous la protection d'un fusil ! C'était ça, ma surprise ! Un ange gardien ! Que peut-on imaginer de mieux ?

– Qui va payer ? jeta une voix.

– L'Oblast et l'Armée. J'en ai déjà référé au *palkovnik* [1] chargé de la sécurité de la région.

« Quel culot… » murmura le secrétaire retranché dans l'encoignure.

– L'Administration est d'accord pour financer cette expérience, reprit le maire. Nous serons un laboratoire. La Sibérie aura les yeux sur nous.

Il s'enivrait de ses propres mensonges, il semait les promesses :

– Un soldat sera spécialement détaché. Il deviendra l'ombre des petits écoliers. Il veillera sur eux du matin au soir. Il ne les quittera jamais d'un pas. Il tirera sans sommation sur le premier ours en vue. Fini les drames ! C'est le retour de la vie dans les rues ! Le village aux enfants !

Les Russes applaudirent, très satisfaits. La foule était retournée. Le maire avait sauvé sa tête. Une fois de plus, il se sortait des périls grâce à une acrobatie de dernière minute. Il était un rescapé permanent du siège éjectable. Chaque victoire remportée sur le fil avait fini par lui procurer l'illusion d'être inamovible.

– Eh, maire ! quand est-ce qu'il débarque ici, le protecteur ?

1. Colonel, en russe.

– À la première heure, cria le maire qui n'en avait pas la moindre idée. Dès demain !

Il regagna la mairie sans attendre d'autres questions.

– Je m'en suis tiré, Sacha, dit-il triomphant.

– Dites plutôt que c'est moi qui vous en ai tiré !

Le maire le toisa.

– Sache, petit chéri, qu'une idée n'appartient pas à celui qui l'invente mais à celui qui la publie. Et moi, je suis allé la brandir face à des avinés hurlant pendant que tu camouflais ta faiblesse derrière cette porte.

– Et maintenant ? persifla le jeune secrétaire. Maintenant que, comme à l'habitude, sont semées les promesses et brossé le tableau des lendemains, maintenant que sont apaisées les houles, comment allez-vous le recruter, votre garde du corps ?

– L'Afghanistan, Sacha ! L'Afghanistan !

Sacha soupira. À chaque fois que se dressait une embûche sur la route du maire, il convoquait à la rescousse l'un de ses anciens compagnons d'armes de la vieille guerre. Le réseau des soldats de l'Hindu Kuch était un inépuisable vivier. Il suffisait d'appeler à l'aide pour que, du fin fond de la Russie, surgisse un camarade qui, sans demander d'explication, avec la fidélité pour seule autorité, se mette à disposition, prêt à tout.

– J'ai mon idée, pensa tout haut le maire. Je sais l'homme qu'il nous faut.

Volodia arriva au village le lendemain soir. Il avait répondu à l'appel du maire comme on claque des talons. Tel le chien qui jaillit de la niche muscles tendus, œil aux aguets, crocs offerts alors que, quelques secondes auparavant, on l'aurait cru plongé dans l'apathie d'un demi-sommeil, il avait quitté la ville où il touchait une pension d'ancien combattant qui lui laissait juste de quoi arroser de vodka les choux qu'il volait, à l'aube, dans les champs des voisins. Il avait voyagé comme on part en campagne : tous ses vêtements sur lui, un paquetage insignifiant mais, en bandoulière, une lourde caisse de bois recouverte de cuir. Sa seule richesse. Un fusil à lunette dragounov. Une arme de sniper. Pour tuer de loin, avec l'avantage de ne pas avoir à croiser le regard qu'on va éteindre. Le dragounov lui avait servi à semer la terreur chez les rebelles afghans en fauchant ses cibles à un ou deux kilomètres de distance sans jamais laisser supposer d'où pouvaient venir les coups : invisible et implacable.

Il avait été le meilleur tireur de son temps. Il avait fait la guerre à distance, sans livrer bataille. Il avait donné la mort sans y toucher jamais. Il n'avait vu de l'ennemi que des silhouettes dans son œilleton gradué. Il n'avait jamais éprouvé la moindre rage. Il n'avait pas ressenti la haine. Il avait simplement servi l'Union avec un souci de technicien, réglant sa visée, ajustant son tir, tenant ses apnées, pressant la détente. Il avait fait la guerre en artisan soucieux du bel ouvrage.

Blessé quelques jours avant le retrait des troupes soviétiques, il n'avait jamais pu retravailler après sa démobilisation. Il avait laissé les années s'écouler entre les rives de ses souvenirs. Et voilà que soudain le maire de Komsomolsk Na Kamtchatka, son ami, lui proposait une nouvelle mission, une deuxième guerre, une chasse à l'ours, une autre vie.

– Ah, Volodia ! cher Volodia. Tu aimes la chasse à l'ours, n'est-ce pas que tu l'aimes ? demanda le maire en l'accueillant à grandes accolades à la station d'autobus.

– La chasse, Igor ? Comment ne l'aimerais-je pas ? Mais ce que j'aime par-dessus tout, ce sont les enfants. Je vais être très heureux de les protéger.

Volodia ne mentait pas. Esprit simple, cœur limpide, âme fraîche, il avait gardé une innocence brutale malgré les années meurtrières. Il pouvait tour à tour éprouver les plus poignantes angoisses pour d'infimes incidents et traverser les pires tragédies avec une indifférence de bienheureux. Quelle femme aurait voulu épouser un tel enfant, et de surcroît lui en donner ? Il était resté solitaire, avec son fusil, ne s'entendant bien qu'avec ses semblables de cœur.

On mit sous le commandement et sous la responsabilité de Volodia le petit peuple écolier de Komsomolsk Na Kamtchatka. Spectacle inoubliable. Par les rues du village que les marées de boue commençaient à gagner, on voyait un essaim de mômes gravitant à grand bruit autour d'un colosse en armes qui, ivre de leurs cris, nourri de leur gaieté, illuminé par le tourbillon, s'emmêlait les jambes, perdait un peu la tête et sentait monter en lui une vigueur nouvelle.

Les enfants l'adulaient. Volodia était le chaînon manquant entre les limbes de l'enfance et les grisailles de l'âge adulte. Il comblait le fossé. Il était l'un des leurs dans le corps des autres. Il était la passerelle qui reliait les deux rives et, en sa présence, ils avaient l'impression de danser sur le pont. Volodia exultait. Il avait parfaitement endossé l'habit de gardien officiel de la population enfantine du village. Il cornaquait une meute d'angelots diaboliques, régnait sur une cour chérubine. Il se sentait lui-même l'aîné des enfants d'une famille d'orphelins. Il rompit avec l'extérieur, s'enferma dans son rêve, s'enfuit dans l'illusion. Il régressa dans une seconde enfance, ne parla plus aux adultes. Comme le maire avait prévenu ses administrés qu'il était un peu original, on ne s'en étonna pas. On le laissa baigner dans sa douce folie.

Il ne quittait pas les enfants. De temps en temps, il abattait un ours trop intrépide. Chacun de ses petits protégés porta bientôt, vissée sur le crâne, l'une des chapkas en fourrure qu'il confectionnait le soir, seul dans l'appartement de fonction que lui avait alloué le maire.

– Volodia ! Volodia ! La chanson du petit bouleau !

– Volodia ! Tu ne cours pas plus vite que l'escargot ! Tu ne m'attraperas jamais.

– Volodia ! Volodia ! Encore un beignet.

– Volodia, dans tes bras !

– Volodia, et moi ? et moi ?

– Volodia ! Volodia !…

Volodia ne faiblissait jamais. Il honorait chaque caprice sans faillir. Rien ne lui importait que la gaieté de sa troupe. Il n'aurait pas supporté une ombre sur le visage de l'un des petits. Il riait avec eux comme une grosse bête angélique. Quand il les escortait, on aurait cru une nuée de poussins jouant dans les jambes d'un cheval de labour. Bientôt, les enfants le sollicitèrent pour les travaux d'école. Mais Volodia n'était pas très adroit pour résoudre les exercices. Il dut beaucoup s'appliquer pour compter, calculer, conjuguer, décliner. Pour achever à temps les devoirs confiés, il ne dormit plus. Il travaillait jusqu'à l'aube afin de satisfaire chaque commande. Et il continuait pendant la journée : une fois les écoliers rentrés dans l'école, il partait attendre la fin des cours sur le talus de terre qui bordait la grand-rue et, le fusil en bandoulière, il sortait de sa vareuse en laine un paquet de copies sur lesquelles il se penchait. Ses doigts de plantigrade habitués à tenir le manche des couteaux tapotaient souvent le papier.

Les maîtres furent enchantés des progrès de leurs élèves. Non que Volodia fût très doué, mais il s'acharnait avec tant de vigueur et d'amour que, désormais, chaque devoir était remis sans retard ni oubli.

Puis les enfants entraînèrent Volodia dans leurs jeux du dimanche. Il dut les emmener courir la taïga. Il leur montra comment reconnaître la mûre sauvage et la camarine noire. Il ravissait des airelles aux buissons pour les offrir aux petites mains empressées qui picoraient dans ses larges paumes. Il apprit aux plus grands à piéger les lièvres au collet. Il tressa des couronnes de saule pour les chevelures de ses protégés. Il tailla des patins dans un os d'ours pour glisser sur les dernières plaques de glace. Puis, quand les chaleurs eurent rendu leur liberté aux eaux, il charria les enfants sur son dos au cours de longues nages. Il s'essouffla dans les rondes, fit le loup dans les taillis, se brisa l'échine à porter sa troupe quand il fallut jouer au cheval.

Volodia veillait. Volodia travaillait. Volodia jouait. Volodia protégeait, consolait, soutenait. Il était le recours à tous les chagrins, le témoin de toutes les joies, le baume de tous les coups et le réceptacle de tous les secrets. Pourtant, Volodia n'était ni un père, ni un frère, ni un ami car, dans l'esprit des enfants, il était l'un des leurs. Il était devenu le roi des enfants de Komsomolsk Na Kamtchatka.

Les parents s'accommodèrent avec bonheur de la popularité du soldat. La marmaille désertait les foyers, rendant à leur tranquillité les cours des fermes et les chambres des isbas. Volodia leur inspirait confiance. Ces yeux ronds d'ange attardé... Cette spatule de nez plusieurs fois cassé et qui restait pourtant franc... Cette bouche tranchée d'un coup de ciseaux au-dessus d'un menton carré. Quel mal aurait-il pu arriver à une progéniture placée sous la protection d'un tel portrait d'honnêteté ?

Chacun trouvait son compte dans les bons services de ce gardien. Le maire, en premier lieu, qui décora Volodia de la médaille de la Ville quand il eut descendu, à bout portant, un ours de cinq cents kilos qui chargeait la petite Vera restée en arrière du groupe. On fut également content que Volodia gardât les enfants le jour où le village entier se rendit aux obsèques du gardien du parc Gogol qu'on avait retrouvé assassiné dans son cabanon. On fut soulagé de le voir consoler si affectueusement les six filles du professeur de géographie qui s'était tué en tombant de son grenier. On fut ravi de pouvoir lui confier la garde de l'école quand tous les professeurs furent convoqués par la police qui enquêtait sur la disparition du proviseur du collège.

Les enquêteurs avaient fini par se pencher de près sur ce coin perdu de Sibérie saigné presque chaque semaine par un nouveau crime. En quelques mois, on perdit encore le pope, l'épicier et deux kolkhoziens.

– Volodia ! Volodia, tu me l'as promis !

– Jamais, Sergueï ! Jamais je n'aurais pu te le promettre !

– Mais tu le feras, dis ? N'est-ce pas, Volodia ?

– Sergueï, c'est impossible ! C'est mon ami ! Je ne peux pas ! Je dois te dire non... Je suis très peiné de refuser mais je ne peux pas. Tu ne dois pas me le demander...

– Tu n'as jamais rien refusé aux autres et à moi tu dis non. Je vais pleurer et te détester.

Volodia secoua la tête.

– Sergueï, mon petit, je t'en prie, je t'en prie...

– Mais il m'a frappé quand j'ai franchi à cheval son lopin devant sa datcha. Il m'a giflé ! Il est méchant. Je n'ai pas abîmé sa clôture.

Les enfants écoutaient la conversation, silencieux et graves. Katarina prit la parole.

– Et moi, Volodia ! Un jour, il m'a fait renvoyer de l'école pendant deux jours en m'accusant d'avoir cassé le carreau du grand magasin. Mon père m'a battue à cause de lui. Sergueï a raison : c'est un horrible renard.

Oxanna se mordait la lèvre depuis quelques minutes.

– Volodia, Volodia ! Moi, si je ne lui dis pas « merci, petit papa », « bonjour, petit papa », il me donne des tapes et me prive de choses et d'autres, je ne l'aime pas !

– Tu dois le tuer, Volodia ! cria Sergueï.

– Tu dois ! tu le dois ! reprirent les autres.

– Tu as tué le gardien de parc qui nous interdisait la pelouse !

– Et l'épicier qui avait des yeux derrière la tête...

– Et mon cochon de père ! Tu as bien fait, Volodia, de le balancer du haut de son toit.

– Et le nôtre, qui, sans cesse, frappait maman !

– Et le proviseur ! Le proviseur qui ne voulait jamais nous laisser prendre l'air. Il est pour toujours caché sous le fumier !

– Tu l'as bien eu celui-là, Volodia !

– Et le pope qui nous faisait si peur !

C'était un concert de pépiements. Chaque enfant cherchait à couvrir la voix des autres. Volodia en était étourdi.

– Tu vois bien, Volodia ! Tu dois le tuer ! Tu ne nous as encore jamais rien refusé ! Tu dois tuer le maire !

– Mes petits… mes tout-petits, pleura Volodia.

De ses grosses mains qui auraient fait ployer un étalon de trait, Volodia rassemblait à lui les têtes de ses oiseaux. Ils lui demandaient l'impossible. Ils exigeaient trop. Supprimer son ami. Tuer l'ancien camarade. Celui-là même qui – en l'invitant à veiller sur les enfants – lui avait ouvert les portes d'un paradis.

Aussi naturellement qu'il pansait les plaies des genoux ou dénichait des nids dans les églantiers, Volodia s'était mis à tuer pour faire plaisir à ses petits commanditaires. Meurtres en série dont le seul mobile était de plaire aux enfants, de répondre à leurs caprices, de voir s'épanouir un sourire sur une face ronde. Une fillette rapportait que son père la menaçait de pain sec ? Un garçon racontait que son maître l'avait tancé ? Un bonbon avait été refusé ? Une raclée distribuée comme punition ? C'était à chaque fois un acte de mort qui était signé. Périssait dans la journée celui qui avait osé faire couler une larme sur la joue de l'un des enfants. Les petits désignaient du doigt la personne à abattre. Et le verdict tombait, toujours implacable :

– Volodia ! Volodia ! Le tueras-tu pour moi ?

Et Volodia tuait. Sans contester. Avec le naturel d'une nurse affectueuse qui répare une injustice. Plein d'amour, il égorgeait, assommait, étranglait. Dix années de guerre passées à vivre traqué lui avaient appris à ne pas laisser de traces.

Mais le maire…

Son vieil ami… le frère d'armes des luttes afghanes… un second… un complice, un double!

Il essaya de raisonner ses petits juges. Mais on ne compose pas avec la peine d'un enfant.

Dimitri l'accusa de les abandonner.

Marinika gémit qu'il ne les aimait plus.

Larissa lui tira la langue.

Svetlana, les yeux dans les yeux qu'elle avait en fente lui décocha la plus empoisonnée des flèches en soupirant que, hélas, le temps du Royaume était révolu et que Volodia avait fini par rejoindre le monde de la raison et l'âge adulte.

Sergueï, son préféré, ne voulut même pas lui parler.

Volodia se sentit vaciller. Les enfants étaient au bord de le destituer. Comme les rois trop faibles qui aiment leurs sujets plus que leur charge, il céda.

D'une voix blanche:

– Je le tuerai. Je le tuerai… D'accord… N'en parlons plus.

Les enfants se précipitèrent dans ses bras, le fêtèrent et, de leurs petits poings fermés, essuyèrent les larmes qui baignaient son visage.

À l'aube, un coup de fusil partit. Une balle fusa longtemps dans l'air sec. Elle fila vers la fenêtre d'une belle datcha dont la cheminée fumait à la lisière du village. Elle fora deux petits trous dans le double carreau. Elle passa le salon et, sans dévier sa course, rentra dans la salle à manger pour se loger dans la nuque du maire de Komsomolsk Na Kamtchatka, qui, ce matin-là comme tous les autres, préparait le thé noir dans le samovar. Il tomba sans un cri en travers de la table, brisant de sa masse un service entier de porcelaine.

Volodia avait tiré de très loin. Pensant que la distance adoucirait sa honte, il avait réglé son fusil au maximum de sa capacité et avait décoché le coup depuis un champ, à près d'un kilomètre et demi de la maison du maire.

Seulement, la balle l'identifiait. Ce meurtre-là, contre nature et contre son gré, il avait voulu le signer pour ne pas échapper à la punition. Le soir la Milice l'arrêta. Un interrogatoire mené à bride abattue sur son dos lacéré lui fit avouer très vite les autres meurtres. Il ne raconta pas pour qui ni pourquoi il avait agi. Sans dire un mot des enfants, il inventa de vagues mobiles. On conclut au sadisme et une cour hâtivement constituée jugea bon de le faire fusiller sans tarder. Il fut conduit au poteau dans le bourg de Luchegorsk à cinquante kilomètres du village.

Les parents, n'ayant plus Volodia pour garder leurs enfants, les emmenèrent assister à l'exécution. On parqua l'assemblée dans le fond de la cour de la caserne.

Les parents. Les enfants. Le peloton. Volodia contre un poteau, qui se décrochait le cou pour tenter d'apercevoir un petit visage chéri. Il ne put croiser aucun regard : les enfants se cachaient dans les jupons. Avant que claquent les culasses, il entendit seulement :

– Regarde bien, Sergueï, voilà comment finissent les méchantes personnes !

Le lendemain, à Komsomolsk, un ours attaqua un enfant au détour d'une ruelle et emporta dans sa gueule la petite dépouille pour la dévorer tranquillement, comme le font toujours les bêtes sauvages.

TROIS MÈTRES SUR HUIT

Ce matin, j'ai eu un peu froid aux os.

Un froid qui fait mal et provoque de petits frissons douloureux. Je pensais, moi, qu'au contraire il anesthésiait les sens…

Pour me réchauffer, j'ai regardé le ciel.

J'ai assisté au déploiement de l'aube. Une aube de huit mètres de long sur trois mètres de large.

Oh, pas une grande aube, mais belle !

Consolante.

Un signe d'amitié du ciel.

Dommage que mon champ de vue soit si restreint. S'il avait été plus large, j'aurais pu tout voir du spectacle : les traînées, les mèches de nuages, les moutonnements… Mais là ! Tout était entre parenthèses. Trois mètres sur huit pour voir le monde ! C'est pas une affaire.

Quel jour sommes-nous ? J'ai froid.

Mais le jour !

Mardi ?

Ce que je peux contempler, avec l'aube, c'est l'extrême pointe d'une aiguille rocheuse. Un piquant rouge : l'antécime sud du mont Chkara.

Il y a un énorme bloc posé sur le sommet, en équilibre, légèrement surplombant, attendant encore le mouvement de quelques siècles pour basculer. Toute la montagne joue à cette partie d'équilibre et de chute. Je me souviens que, avant de partir, j'ai vu cette publicité : « *Vue imprenable sur les cimes dressées vers le ciel.* »

Dressées vers le ciel ?

Foutaises !

Les sommets s'écroulent. La montagne est une vieillarde en décomposition. Elle regarde le chemin parcouru. Elle aspire au repos. Elle veut retrouver la vallée et les fondations quittées depuis si longtemps. Il n'y a que les poètes et les fous pour croire que dans l'élan de ses lignes il y a l'attraction des cieux ! Kawabata, imposteur !

Sous le sommet de l'aiguille, il y a un trou.

C'est une pointe percée.

Faut-il que la paroi soit fine pour que les forces aient réussi à creuser à cet endroit ! Maintenant qu'il fait grand jour, je vois bien la trouée. Et le ciel qui se montre, derrière. Parfois je contemple pendant des heures cette curiosité. L'aiguille percée.

Quel tricot prépare-t-elle, cette aiguille ? Mon linceul, qui sait ? Quel fil viendra se loger dans ce chas perché ? Un écheveau de nuages quand viendront les tempêtes ? Le sillage des oies sauvages, quand elles remonteront vers la Sibérie. Non ! Non ! Pas d'insanités ! Les oies sauvages ne passent pas par le chas des aiguilles de pierre. Il ne faut pas que je commence à raconter n'importe quoi. Sinon je vais m'endormir doucement, en divaguant.

Mon Dieu, ce froid qui me tue lentement !

Le ciel change.

Je le vois pâlir, et ma flèche de roc rouge devient noire.

Un ciel de trois mètres sur huit.

Ces nuages qui arrivent, ne s'agirait-il que d'un voile provisoire ? Peut-être que le temps ne se dégrade pas sur l'ensemble du massif. Mais dans mon horizon à moi, c'est sûr, il vire malade.

Mes trois mètres sur huit, c'est une parcelle de monde. Une petite ouverture sur le cosmos. La seule que mon regard puisse emprunter depuis des jours et des jours. Depuis… depuis… mais quel jour sommes-nous ? Quel jour suis-je ?

Finalement, je suis plus attentif à l'univers que tous ces voyageurs qui sillonnent les latitudes. Moi, je connais chaque centimètre de la parcelle qui m'est impartie. Eux perçoivent à travers leurs yeux affolés le flou défilé des immensités. Que leur reste-t-il ? Le souvenir d'un fusement de paysage, une vapeur d'impression diluée dans l'excès des visions ?

Le ciel est mort à présent, uniformément blanc. Je n'aime pas ça. La pâleur, c'est signe que le froid revient. Et le froid, c'est la mort. Je n'aurai même pas ma caresse de soleil aujourd'hui.

Normalement il vient à moi pendant trois quarts d'heure, vers midi.

C'est ma joie.

Ma sucrerie.

N'est-il pas sucré, le rayon qui vient lécher mon oreiller de glace ? D'abord il y a l'ouverture qui s'illumine comme une lèvre de cristal. Puis la lumière se répand. Elle envahit tout et m'enveloppe progressivement. J'ai la sensation de prendre un bain de miel. La température ne baisse pas mais la couleur de feu me réchauffe.

Quel jour sommes-nous donc ?

Il me semble qu'une nouvelle nuit vient de se passer.

Aurais-je dormi ?

Je ne sens plus mes jambes. Elles me sont devenues inutiles, étrangères. Elles sont raides. Deux béquilles. Ont-elles jamais été autre chose que deux béquilles ? Au moins, avant, elles me portaient.

Des oiseaux ! Une migration !

Je les ai vus passer à tire-d'aile, fuyant vers le sud. Ils ont traversé très vite ma déchirure. Je ne les ai aperçus qu'un instant : le temps qu'ils fusent de l'un à l'autre côté de mon ciel réduit. Une migration de trois mètres sur huit ! Courte visite ! Mais j'ai été heureux. Enfin, quelques êtres animés dans mon morceau d'horizon, mon éclat d'extérieur, ma facette de vitrail.

Je suis tout blanc. C'est qu'il a neigé. La pointe percée est plâtrée. Le bleu est revenu. Il m'a semblé voir des alpinistes se dresser au sommet. Ils ont dû peiner dans les derniers mètres avec cette neige qui recouvre la paroi. Ont-ils bivouaqué, accrochés à la muraille ? Je ne peux pas m'être trompé.

Il y avait bien trois silhouettes découpées sur le gros bloc en équilibre.

Puis ils sont redescendus et ont disparu de mon champ de vision.

Peut-être sont-ils de la vallée, partis en course pour le week-end ?

On serait donc dimanche…

Mon dos est ankylosé, le froid monte en moi comme une saison. Les pieds sont déjà en hiver mais ma tête encore lucide où se réfugient chaleur et lumière est encore en été. Pas pour longtemps. Je vais bientôt devenir un bloc de chair gelée.

Seules les pensées me réchauffent. Je suis un glaçon pensant.

Un avion est passé avec son sillage de coton derrière lui. Il m'a occupé toute la journée car j'ai essayé de déterminer sa direction. Je pense qu'il volait vers l'Est. Où s'enfuyait-il ainsi? Bakou ? Tachkent ou Saigon ? Pays de vie tiède et grasse. Le panache est resté longtemps dans l'air immobile. À bord, combien de passagers ont-ils remarqué le grand glacier ?

Cette idée m'a fait pleurer.

J'ai versé des larmes qui ont gelé en perles de nacre au coin de mes yeux.

Car pas un seul n'a pu deviner, à dix mille mètres de distance, que je reposais là, depuis des jours et des jours, en dessous d'eux, perdu et seul, au milieu du Caucase, au fond de la crevasse qui m'a happé l'autre matin…

LA SECONDE CÔTE D'ADAM

Heureux ceux qui n'ont pas vu et qui ont cru !
JEAN, XX, 29

Où va le blanc quand la neige a fondu ?
SHAKESPEARE

Je n'ai pas vu Dieu.
IOURI GAGARINE

Le 10 mai 1950.

Quinze jours qu'ils progressaient. De marche en marche, sur l'escalier himalayen. Ils avaient quitté les touffeurs abrutissantes des étages subtropicaux. Ils avaient laissé derrière eux les vallées fertiles et les terrasses cultivées, mouchetées de tourelles en bois d'où l'on guette l'incursion des ours. Les derniers bosquets de bambous déployés sur le chemin avaient laissé la place aux églantiers et aux bouleaux. Ils avaient alors eu l'impression de cheminer dans des forêts d'Europe atteintes de gigantisme. La voûte de rhododendrons qui recouvrait la sente s'était entrouverte. Ils avaient aperçu un arpent de ciel coiffé par un cristal : le sommet du Kangchenjunga.

– C'est si loin, avaient-ils dit.

Quelques conifères aux fûts puissants, cèdres, épicéas, pins bleus, avaient annoncé les altitudes, puis les feuillus avaient capitulé. Les épineux avaient résisté jusqu'à 4 000 mètres et s'étaient à leur tour effacés, comme pour mieux laisser le soleil inonder les alpages. Champs d'herbes folles, d'herbes hautes, d'herbes fleuries. Vera avait énuméré chaque espèce :

– Là, des orpins ! Des gentianes ! Des impatientes ! Et ce coquelicot rouge sang !

Et quand ils avaient enfin atteint le pied des moraines, là où ne prospèrent plus que les rocailles, là où même le yack et le haut edelweiss arrêtent la lutte, elle avait déniché, caché au pied d'un bloc, un bouquet de myosotis. Et elle l'avait offert à Anatole, son mari de vingt ans son aîné, qui connaissait le langage des fleurs – bien qu'il fût zoologue, spécialiste des félins d'altitude, et doyen du laboratoire de mammalogie comparée de l'université de Minsk en Biélorussie.

Quelques semaines auparavant, à Katmandou, ils avaient rejoint Kolya Vassilievitch Migouvski, jeune scientifique ukrainien, ancien élève d'Anatole. Là-bas, Kolya deux mois durant avait préparé l'expédition qui devait les conduire tous trois sur les contreforts occidentaux méconnus du mont Kangchenjunga, aux confins du Népal, à la frontière sikkimaise.

Depuis la fin de la guerre, les autorités soviétiques relançaient les programmes de recherche dans les universités. Le conflit mondial se poursuivait dans les laboratoires à travers la compétition entre chercheurs. Et, sur le terrain de la zoologie, il y avait un enjeu que l'Union ne pouvait manquer : la découverte d'une espèce dont on soupçonnait l'existence mais qui n'avait pas encore été photographiée ni approchée, l'once des altitudes, le léopard des neiges.

C'était ce qu'avaient rappelé Anatole et Vera Tedmov dans le discours prononcé à l'université la veille de leur départ :

– Si notre expédition de recherche réussit, l'Union pourra se glorifier d'avoir sorti de l'ombre le dernier des grands mammifères totalement inconnus du règne animal. La connaissance du léopard des neiges est capitale pour la compréhension du fonctionnement des écosystèmes himalayens. Nous partons défricher une parcelle inexplorée de la connaissance. La bête évolue à des altitudes comprises entre 3 500 et 6 000 mètres. Nous nous fondrons dans le paysage le temps qu'il faudra, nous nous terrerons, nous deviendrons blocs de pierre et, si nous réussissons à approcher le léopard, nous l'endormirons pour l'étudier et le photographier. Des savants ont déjà décrit l'once, des chercheurs l'ont observée de loin. Des crânes ont été découverts au Dolpo. Mais jamais aucune photographie n'a pu être prise, jamais aucune étude rapprochée n'a pu être conduite. Des équipes anglaises mènent en ce moment même des recherches dans le Cachemire, mais nous ne doutons pas de les battre, comme la Russie a déjà battu la Couronne en ces régions, il y a un siècle, quand les Britanniques cherchaient à rogner les altitudes pour gagner du territoire. Le léopard des neiges sera notre nouveau Grand Jeu [1].

– Bien parlé, professeur ! dit Kolya qui, tout en marchant, lisait le discours que lui avait apporté Anatole. Vous leur avez dit autre chose ?

– Oui, j'ai dit que la nouveauté de l'expédition, c'était la légèreté. Que nous n'allions pas nous encombrer comme les Européens de l'Ouest d'une armée de coolies et de sherpas, commandés par des états-majors de *sirdars* [2]. Pas question de monter sur les flancs du Kangchenjunga dans le fracas d'un bataillon en marche. On est bien mieux tous les trois, non ?

– Quand je pense, dit Vera, que pour la dernière tentative anglaise à l'Everest, ils ont employé les services de deux cents porteurs. Vous avez vu les photos ? On croirait une colonne d'insectes à l'assaut d'un glacier ! Ils ne peuvent rien faire

1. Épisode diplomatique de la fin du XIXe siècle qui opposa, au sommet de la chaîne himalayenne, les espions du tzar à ceux de la Couronne britannique. Officiers, géographes, cavaliers, aventuriers et policiers arpentèrent les confins de la Haute Asie pendant des années pour explorer les taches blanches des territoires, s'approprier les régions découvertes, annexer les glacis inconnus. Les Anglais appelèrent ce ballet le « Grand Jeu », les Russes le « Tourbillon des Ombres ».

2. Chefs des colonnes de porteurs.

sans se déplacer en fanfare, ces types-là. Ils se croient toujours sur les mers, avec leurs armadas de bateaux.

– C'était l'expédition de Shipton ?

– Ouais ! railla Kolya, cet imposteur de Shipton qui se proclame grand spécialiste de l'Himalaya et revient en Grande-Bretagne avec des empreintes du yéti ! Charlatan !

Une lueur étrange brilla dans les yeux du vieux professeur. Un frémissement très léger de la pensée, trahi par un éclat du regard et un sourire dissimulé.

À Katmandou, Kolya avait réparti l'équipement en trois charges. Deux sacs de vingt-cinq kilos pour le professeur et pour lui, un sac de quinze pour Vera. Soixante-cinq kilos en tout. Un exploit ! Avoir fait tenir en trois paquetages tout le matériel de couchage, de cuisine, de photographie, d'orientation ; les cahiers de notes, les jumelles, le fusil à seringues hypodermiques, le filet de capture, la pharmacie ainsi qu'une minuscule tente de trois places relevait de la prouesse. Voilà pourquoi les préparatifs avaient duré si longtemps.

« Moins on en met, plus c'est long à faire, un foutu sac », avait écrit Kolya au professeur.

Kolya avait aussi acheté une Winchester et comptait bien tirer quelques *jharals* [1] pour améliorer l'ordinaire. Ils ne transportaient en effet que très peu de nourriture : un minimum de boîtes de conserve, du chocolat, du pain de guerre. Kolya comptait s'approvisionner en cours de route dans les villages. On lui avait mentionné l'existence du petit monastère de Drohmo, à 4 500 mètres, où ils pourraient acheter des vivres. Cette lamaserie s'élevait à une journée de marche de l'endroit où ils avaient décidé d'installer leur camp d'observation, sous le col de Lapsang, dans un cirque glaciaire où une expédition avait découvert des ossements d'once quelques mois plus tôt.

1. Sorte de chèvre d'altitude.

– Le monastère sera notre épicerie, avait expliqué Kolya. J'y descendrai de temps à autre.

Vera se souciait peu des contingences. Elle se contenterait très bien des aubes sur les versants drapés, des journées passées à courir les altitudes, des repas grignotés sur les balcons de roche au-dessus des abîmes et des nuits cloutées, toutes occupées à écouter Anatole. C'était toujours ainsi que se passaient les missions avec lui : des journées d'affût dans des régions tragiquement belles et, à la fin de la traque, des résultats fulgurants.

Ils firent halte au village de Sangdabandi, à un jour de marche du monastère de Drohmo. Ils passèrent sous le stupa[1] qui marquait l'entrée du village et croisèrent trois Tibétains en haillons qui en sortaient. Cadavres vêtus de hardes. Fantômes du monde des hautes neiges avec au fond des yeux une lueur d'épouvante qui n'était pas l'effroi de ce qu'ils avaient enduré, mais de ce qu'ils avaient fui. Vera poussa un cri de les voir si laids.

– On vient de Lhassa… Les troupes après nous, les femmes mortes à la frontière… avaient-ils dit.

Ils fuyaient l'avancée des armées de Pékin qui commençaient de se répandre à la surface du plateau tibétain.

– Le sang coule là-haut, avait dit le plus vieux.

Et ils avaient continué leur route. Sans doute avaient-ils des amis dans les basses terres du Teraï ou bien à Bodnath, près de Katmandou ?

Au village, c'était l'ébullition : une jeune fille avait disparu depuis quelques jours et son frère, un petit berger aux yeux tellement plissés qu'il paraissait souffrir, affirmait qu'un yéti était venu l'enlever. Terreur de l'assemblée quand il répéta l'histoire en népali, à l'adresse de Vera qui connaissait la langue. Lueur de nouveau dans les yeux d'Anatole. Le coup

1. Monument religieux bouddhique.

d'œil que lui adressa Vera. Ils allèrent se présenter au capitaine Chauan, chef du poste de police qui était installé à la sortie du village pour surveiller les crêtes environnantes. Les frontières chinoise et indienne étaient toutes proches.

Ils reprirent la route le lendemain avec l'idée de gagner le monastère avant la nuit. Dix heures de marche en perspective, au long d'une vallée sauvage et large, recouverte d'une herbe rase sur laquelle divaguaient les yacks, libres comme le ciel. Des grues à col noir passèrent à tire-d'aile par-dessus les crêtes. Un jharal s'enfuit dans les pierriers et un renard, piteux d'avoir été surpris, s'éloigna tête basse pour retrouver la solitude.

À la halte de midi, Kolya tua une marmotte. Mauvaise viande. Pleine de graisse. Ils firent un feu de genévriers pour essayer d'en cuire un morceau, mais se résignèrent vite à ouvrir des boîtes de thon et leurs sachets de riz.

– Ce soir au monastère, proposa Vera, on achètera de la *tsampa*[1]. Avec quelques kilos on peut tenir des jours !

– Quelle abnégation ! dit Anatole. Et pour la science !

Kolya servit la marmotte.

– Drôle de village, dit-il, avec ces vieux cinglés et leur yéti stupide.

– Je ne serais pas si catégorique, répondit Anatole.

– Je retire « vieux cinglés » pour vous faire plaisir.

– Je retirerais tout, moi.

– Même « yéti stupide » ?

– Surtout « stupide », comment le savez-vous, Kolya ?

– Et vous ?

Le professeur sourit.

– Rien ne prouve que tous ces « vieux cinglés » n'aient pas raison.

– Vous m'effrayez, professeur. Le grand Anatole Dimi-

1. Farine d'orge grillée.

trievitch Tedmov, membre de l'Académie des sciences de l'Union, président du Comité de recherches zoologiques, savant international, ne serait qu'un montreur d'ours chimérique, adorateur du yéti, directeur de la secte des Amis de l'homme des neiges ? dit Kolya. Vous savez, cher maître, qu'on en a interné pour moins que ça.

Vera détestait qu'on parle ainsi à Anatole. Elle n'ignorait pas que les trois semaines de marche éprouvante par les jungles et les alpages avaient soudé leur petit groupe, mais elle considérait qu'il y avait en ce monde des convenances qu'aucune circonstance n'autorise à briser.

– Vous pourriez au moins admettre que les descriptions de la créature qu'on a recueillies, de la Birmanie jusqu'au Pamir, ont une valeur inestimable pour ceux qui s'intéressent aux cultures de la Haute Asie.

– Ah ! mais je n'ai pas dit le contraire, Anatole Dimitrievitch ! Seulement le problème, c'est que ni vous ni moi ne sommes anthropologues, ethnologues, artistes ou romanciers.

– Mon cher Kolya, vous n'êtes pas non plus qu'une machine à expérimenter. Un scientifique doit parfois mettre sa rigueur au service de l'imagination. Les grandes découvertes sont souvent nées d'intuitions irrationnelles et…

– Pardon, professeur. Les bouddhas et la cohorte de dieux peuplant les panthéons grouillants du sous-continent, tout le monde en parle ici. Les textes les décrivent, et pourtant Ganesha et Vishnou avec leurs têtes d'éléphants et leurs tentacules, personne ne les croise au détour d'une forêt, pour la bonne raison que, comme le yéti, ils n'existent pas ! Mais je parle stupidement, alors que vous vous fichez de moi ! Anatole, vous vous fichez de moi ! N'est-ce pas, professeur ?

– Non.

– Vous êtes sérieux ? Vous croyez à ces histoires de grands singes poilus qui hantent les corniches, se lavent dans la poudreuse des avalanches et sillonnent la chaîne en sautant, guillerets, de village en village pour cueillir des bergères quand revient le printemps ? Quand je pense que la gamine d'hier a sans doute été tuée par le salaud du coin… Votre bête, c'est un alibi d'assassin.

– Vous êtes un religieux, Kolya. Comme tous vos collègues : un Torquemada de la science. Le défenseur d'un credo, le dépositaire du Savoir. Et vous honnissez la moindre brèche qui ferait vaciller l'édifice. Vous êtes comme ces savants du XVIIIe siècle qui poussaient des cris de vierges effarouchées quand sont apparues des bactéries dans l'œilleton de leurs microscopes, parce qu'ils ne pouvaient accepter que Dieu ait créé des éléments vivants invisibles à l'œil humain. Vous êtes comme ces aveugles de France à qui l'on montrait des fossiles recueillis au sommet des Alpes et qui décrétaient qu'il s'agissait des reliefs d'un festin de croisés. Vous ne voyez pas que ce que vous savez est une infime partie de ce qu'il y a à connaître. La science n'est pas un bras bâtisseur qui construit un système, c'est un pinceau d'archéologue qui déblaie la mosaïque.

– C'est l'altitude, Anatole Dimitrievitch vénéré ! Vous devenez poète. L'œdème du savant ! Vous savez très bien que les membres de l'Académie ne supporteraient pas une seconde qu'il y ait l'un des leurs qui soutienne des trucs pareils sur les griffons ailés, les dragons et les yétis. Quant à vos discours sur la face cachée des choses et le cul invisible de la Matière, laissez cela aux groupes de recherche décadents qui traquent les soucoupes volantes.

Vera, qui était une femme délicate, opposée aux conflits, s'était endormie. Les haussements de ton l'ennuyaient.

– Vous avez la hargne des gardiens du Temple, continua Anatole. La science n'est pas une foi, ni moi un dogue à collier qui veille sur le Laboratoire.

– Anatole, vous ne devriez pas insulter ceux qui vous font vivre, qui lisent vos livres et vous offrent la reconnaissance et les crédits pour monter vos expéditions. Ce que vous dites est grave. Si le bureau scientifique venait à avoir vent de vos lubies, je ne donnerais pas cher de vos futurs galons…

Kolya rangea le minuscule réchaud à alcool, empaqueta les affaires, remit son fusil en bandoulière et partit sur le chemin à grandes enjambées.

– Tu lui as tout raconté ? demanda Vera en se réveillant.

– Il ne sait rien encore.

Ils rattrapèrent Kolya et marchèrent longtemps vers la tête de la vallée, dans cette atmosphère d'ozone que distillent les nuages en montant vers les crêtes. Sur le bord du torrent, Vera ramassa une géode noire. Elle la cassa sur un rocher. À l'intérieur : une ammonite des temps géologiques lovée comme un fœtus, repliée sur elle-même pour affronter les siècles. Dans les Himalayas, on appelle ces fossiles des saligramis. Les Hindous y voient la présence de Vishnou. Anatole, lui, regardait la coque noire.

– Tu vois, ça c'est pour Kolya, dit-il en montrant la gangue à Vera. L'enveloppe empêche de voir. Qui pourrait croire que ce caillou est l'écrin d'un mollusque qui a nagé dans les eaux originelles ? L'esprit de Kolya s'arrête à la roche.

– C'est un bon scientifique quand même, murmura Vera.

– C'est un scientifique soviétique.

Ils furent bloqués par un torrent en crue et durent chercher un passage vers l'amont. Ils traversèrent à gué, l'eau à la taille, arc-boutés les uns aux autres. Sur l'autre rive ils se réchauffèrent longuement les pieds : l'eau sortait tout juste de la glace et mordait jusqu'à l'os. Kolya dit :

– Et les licornes, Anatole Dimitrievitch ?

– Arrêtez les sarcasmes, répondit le professeur.

– Pas à lui, ajouta Vera.

– Mais justement ! Est-ce bien lui ? Je ne le reconnais pas dans ces fabulations !

– Il n'y a pas de fabulations, Kolya. Il n'y a qu'une chose, j'ai rencontré la créature, il y a huit ans, dans les jungles d'altitude du Bhoutan.

– Et un jour, Anatole, vous me direz que vous avez discuté avec Dieu. C'est toujours ce qui se passe avec les types de votre espèce qui, à force de rêver, finissent par rencontrer leurs cauchemars.

Kolya était tombé sur le genou. La terre avait cédé sous son poids. Il avait marché sur une galerie de spermophile, ce cousin du chien de prairie qui creuse des cités sous la terre, rogne les talus, avale la steppe, sape les montagnes.

– Me raconterez-vous, Anatole ?

– J'étais en mission, au sud de la frontière tibétaine. Nous avions passé les cols et explorions le versant bhoutanais. Nous suivions des yacks sauvages qui déambulaient d'horizons en horizons. Un jour, en revenant à nos tentes, j'ai senti une violente odeur de cadavre. Une sueur froide m'a noué le ventre. Comme quand on éprouve une décharge d'effroi, quelques fractions de secondes, avant même d'en avoir saisi l'objet. Il était là, derrière un bloc, immobile à quelques mètres de moi. Il m'a regardé. Pas avec ces yeux tristes que certains décrivent parfois. Avec un air d'outre-monde. Un regard d'une immense vieillesse. J'étais pétrifié. Et puis il m'a tourné le dos et est parti, voûté et souple comme un vieillard acrobate. Je suis retourné au campement sans jamais rien en dire à personne. Seule Vera sait. Et vous.

– Pourquoi me l'avoir raconté ?

– Vous avez été mon élève, je vous fais confiance. Et puis j'y pense sans cesse depuis que nous sommes partis.

– Et si ç'avait été un ours, un singe ? Un langur égaré dans les altitudes ?

– Et moi qui ai voué ma vie à l'étude des animaux, je me serais laissé abuser, en plein jour, à trois mètres ?

– Et les histoires d'hommes errants ? Vous les avez oubliées ? Les prisonniers échappés des camps anglais ? Les réprouvés de certains villages qui errent dans les hauteurs et divaguent de crêtes en vallées. Regardez les trois Tibétains d'hier ! Une semaine de soleil cru, de glace et de vent râpeux et, déjà, des gueules de revenants.

– Arrêtez, Kolya, vous vous donnez du mal.

– Mais d'où vient-il alors votre animal ? Il s'est échappé d'une page du *Livre des morts* ou de la volute d'un shilom [1] ?

– J'ai beaucoup cherché. Cette rencontre m'a obsédé, parce qu'elle ébranlait mes certitudes. J'ai continué mes travaux mais, dès que j'avais une occasion, je fouillais. J'ai tout lu sur la question. Quand on commence à creuser ce sujet, on découvre un univers de textes inédits, d'études inconnues, de témoignages occultés, et d'hommes qui n'ont jamais parlé. On pénètre un monde. Je l'ai exploré. J'ai voyagé, j'ai rencontré des gens, j'ai traqué en secret. Or, il y a un phénomène étrange : des jungles du Yunnan aux vallées du Hunza, les villageois d'altitude et les éleveurs parlent d'une même bête et décrivent des caractéristiques identiques. Taille unique : dans les un mètre quatre-vingts, crâne pointu, pilosité épaisse, station bipède, forte odeur, membres supérieurs très longs, régime omnivore, peuplant des altitudes comprises entre 4 000 et 6 000 mètres et toujours... toujours ce regard. Or ces peuplades vivent dans l'isolement. Certaines ne soupçonnent même pas la présence de bourgades à cent kilomètres de chez elles. Aucun contact. Aucun échange. Et pourtant, des témoignages similaires.

– En religion aussi, Anatole. Des dogmes identiques chez des hommes éloignés. Ce sont les vieilles permanences qui remontent à la surface depuis l'obscurité des mythologies primitives et de l'humanité originelle.

– Non ! Ceux que j'ai interrogés ne récitaient pas une leçon de mythologie. Ils avaient vu.

1. Instrument de bois proche de la pipe, utilisé en Himalaya pour fumer toutes sortes de tabacs et de plantes.

– Et alors ? reprit Kolya. Vos conclusions ? Un ramapithèque congelé et ressuscité un jour d'été ?

– Je crois à l'immensité des Himalayas. Je crois à la possibilité de survie et de stagnation d'un rameau hominidé qui, dans la démesure de la chaîne, aurait réussi à échapper à la vue des hommes. L'Himalaya a pu laisser une chance à des petits groupes-reliquats, à des naufragés de la préhistoire. Les conditions climatiques des hautes vallées ont pu freiner leur évolution physiologique et figer leur développement. Ils ont dû comprendre, aussi, que l'homme est l'ennemi. Pour vivre heureux, vivons haut perchés, se sont-ils dit. Après tout, le léopard n'a jamais été approché. Et souvenez-vous du cœlacanthe ! Tout le monde s'est esclaffé à l'annonce de sa découverte.

– Rien à voir avec vos foutaises ! dit Kolya.

– En tout cas, Kolya Vassilievitch, ce que vous ne pouvez pas flétrir, c'est la beauté de cette hypothèse, la force de cette croyance, l'universalité de cette vision ; et ce que vous ne pourrez jamais fermer dans le temple de la science, c'est le petit soupirail ouvert sur l'inconnu et sur le fantastique.

Ils arrivèrent au monastère de Drohmo. Au bout de la vallée. Dans l'un de ces endroits de beauté désolée que choisissent toujours les religieux, quelle que soit la religion, pour abriter leur mépris du monde. Les moines les accueillirent. Ils leur offrirent un dîner et refusèrent d'être payés pour le sac de tsampa. Les Russes se mirent d'accord avec eux : ils viendraient de temps en temps chercher des vivres depuis leur camp qui serait installé à 5 000 mètres d'altitude. Ils rencontrèrent le supérieur du monastère. Le lama leur parla du *heung chiuwa*, le léopard des neiges. Il en rôdait souvent autour des bâtisses. On voyait des traces. L'année dernière des yacks étaient morts. Et un jour, avant les événements de Chine, un jeune *gétsul* – un moinillon – avait disparu, emporté par un félin. Ils dormirent sur les banquettes de la salle de prière, dans l'odeur âcre et sacrée du beurre de yack fondu. Le lendemain les moines dirent une prière et bénirent les Russes au nom de Dhritarashtra, le protecteur des terres de l'Est et des séjours orientaux.

Les jours passèrent. Ils avaient installé leur camp sur un promontoire surplombant le vide. Un lieu de Genèse. Chaque aube qui se levait sur leur haute terrasse semblait un premier matin. À leurs pieds s'évasait une auge large. Le glacier disparaissait sous les moraines : débris rocheux arrachés aux parois et posés sur la carapace de glace comme sur le flot d'un courant endormi. La nuit, quand les nuages livraient l'assaut et comblaient la vallée, ils se croyaient en lévitation au-dessus d'un lac allaité de lune. En face d'eux derrière une petite langue glaciaire, une cascade de séracs dégueulait d'une falaise abrupte. C'était elle que venaient lécher les derniers rayons du soir. Feux alchimistes qui transmuaient la glace en pépite. Au-dessus de leurs têtes, à une demi-heure de marche : le col, simple échancrure, faible fatigue de la ligne de crête. Et par-dessus tout, le ciel himalayen immense, retourné comme une enclume sur la pointe des sommets et peuplé d'oies sauvages, de vautours et de vents en furie qui balayaient le reste.

Kolya chassait. Parfois, il déposait une carcasse de chèvre, en appât, non loin de la petite combe ou juste en dessous du col. Ils relevèrent des déjections, ils repérèrent des traces de léopard. Un jour, ils s'aperçurent que l'une des carcasses avait été visitée et nettoyée.

– Un vautour ? avait demandé Kolya.

Mais les traces de griffes et de dents sur les os prouvaient qu'il ne s'agissait pas d'oiseaux charognards. Le félin rôdait. Un jour Vera crut le voir, gracieuse forme perdue dans le chaos uni des draperies pierreuses. Dès lors, ils veillèrent jour et nuit, sans cesse aux aguets. Kolya décida de passer ses nuits, enfoui dans son sac de couchage, adossé à un bloc, au sommet du col. Ils sentaient sa présence. Mais la bête ne se montrait pas. Des traces, des signes, une impression diffuse. Rien d'autre. L'abîme, l'air, le silence. Et dans l'enthousiasme des premiers jours le doute s'immisça.

Anatole trahissait de grands signes d'inquiétude : la mousson approchait. On était au début de juin, les cavalcades nuageuses portant les eaux de l'océan du Sud étaient en marche. Crinières de pluie avançant vers les Himalayas. Déjà des cumulus, hauts comme des tours, perçaient à l'horizon. Anatole savait que le front s'abattrait bientôt. Question de jours. Les cataractes précipiteraient alors des pans entiers de montagne vers le fond regonflé des basses rivières. Comme tous les ans, la pluie écornerait un peu l'Himalaya, étêterait les pics, raboterait les versants, saperait, rognerait, mordrait les reliefs. Lutte du ciel pour empêcher la chaîne de monter trop vite à lui. Et il faudrait, quand frapperaient les premières gifles de la tempête, avoir quitté la place, corps et biens, si l'on voulait avoir une chance de ne pas être piégé pendant la marche de retour. Tous les matins, il regardait l'aurore, tâchant d'y lire le signe des humeurs atmosphériques. Sa mine, comme le temps, s'assombrissait. Kolya, lui, battait la montagne tel un possédé. Vera montait la garde, immobile, pendant des heures – l'œil rivé aux jumelles, balayant sans relâche crêtes et pierriers. Personne ne parlait plus. Les nuages arrivèrent. Il y eut un orage, puis un autre.

– Aujourd'hui on lève le camp, dit tristement Anatole.

Vera et Kolya le convainquirent d'ajourner le départ. De rester quelque temps encore à scruter l'immensité, à remplir le vide des journées avec l'espoir d'apercevoir une traînée de fourrure fusant sur les pierriers. Anatole avait accepté à contrecœur. Ils restèrent encore un peu sous le ciel alourdi, au bord de s'écrouler. Un gétsul était venu du monastère, monté sur un yack, envoyé par le grand lama qui s'étonnait du retard des Russes. Kolya avait suggéré que Vera, un peu affaiblie par son séjour d'altitude, descendît la première, profitant du yack. Elle emporterait quelques affaires et les instruments les plus lourds pour alléger les deux hommes qui la suivraient le lendemain, le temps d'empaqueter soigneusement le matériel fragile.

– Je préparerai notre retraite et demanderai au supérieur des mules et un guide, ainsi on pourra repartir dès votre arrivée, avait dit Vera en se juchant sur le dos du yack.

Le dernier soir, Kolya vit l'once. Sous le col, à 300 mètres. Elle apparut par hasard dans l'œilleton des jumelles. Avec une souplesse lourde, elle se dirigea vers la cascade de glace, la dépassa et, longeant la falaise noire, elle rentra dans une fracture – sorte de niche obscure qui semblait profonde. À côté, une grande lame décollée de la paroi constituait un excellent repère.

– Elle est là ! s'exclama Kolya, hors de lui. J'ai trouvé l'endroit ! On devrait pouvoir l'atteindre en moins de trois heures à travers le pierrier !

L'orage pointait. Le ciel noir charriait des houles nuageuses fantastiques. Un immense mur d'énergie électrique roulait au ras des cimes. Mousson inexorable. Dans quelques heures, ce serait l'écrasement des foudres.

– Il faut y aller tout de suite, continua-t-il, surexcité. Je prends le fusil, le filet et un sac de vivres, occupez-vous du matériel photographique. Emportez la lampe et du pétrole.

– Personne ne part nulle part : regardez ça, dit Anatole en montrant le ciel.

– Vous plaisantez ? cria Kolya.

– Dans quelques heures, il va s'abattre un déluge.

– Voilà des mois que nous attendons cet instant, on n'a pas le droit de le laisser passer.

– On n'a pas le droit de plonger dans l'orage tête baissée à 5 000 mètres d'altitude.

– Moi, j'en prends le droit et le risque.

– C'est moi qui ai les cartouches hypodermiques et le sérum anesthésiant. Vous n'aurez pas vos photos sans ces ampoules. Elles sont dans ma boîte de voyage fermée à clef. On ne partira pas par ce temps.

– Professeur, je comprends très bien vos craintes. Je comprends très bien que vous préfériez quêter vos chimères plutôt que traquer des animaux qui vaquent devant vous. Je vous laisse au yéti. Abandonnez, restez ici, moi je pars. Donnez-moi les cartouches, nom de Dieu !

– Vous n'irez pas... Vous ne savez même pas si l'once sera toujours là-bas quand vous y arriverez.

– On connaît sa planque, je m'installerai devant, je l'attendrai, j'y resterai le temps qu'il faudra, sous la pluie, sous le gel. J'aurai cette bête. Je perds du temps. Les clefs...

– Kolya, je suis le responsable de cette mission. Si vous partez, vous mourrez. Je ne veux pas ramener un cadavre.

– Vous préférez rapporter un échec ?

– Nous avons des empreintes, des échantillons, nous l'avons vue : ce n'est pas un échec.

– Voilà le célèbre professeur Tedmov qui se contente d'une crotte séchée dans une éprouvette et d'un moulage d'empreinte ! Cher Anatole, on ne vous reconnaît plus. Serait-ce que votre carrière est si loin derrière vous ? Auriez-vous dit adieu à la science ? Moi, j'ai besoin d'un succès, je ne lâcherai pas le léopard. Vous en avez pour des années à répertorier vos légendes : bon courage et passez-moi vos clefs.

– Nous allons redescendre vers le monastère et nous remonterons dans les jours qui viennent s'il y a une amélioration. Faites votre sac.

Anatole se dirigea vers la tente. Il y eut un claquement sec. Kolya avait chargé son arme. Anatole se retourna lentement comme s'il s'était toujours douté que les choses en arriveraient là.

– Les clefs !

– Vous n'avez jamais renoncé, Kolya ?

– Vous non plus, vous ne renonciez pas autrefois. Vous nous avez toujours appris qu'il y avait, face à l'action, deux sortes d'hommes, ceux qui trouvaient des moyens et ceux qui trouvaient des excuses. En ce moment, mon fusil les sépare.

– Non, jeune stupide, il y a ceux qui meurent et ceux qui survivent. Si vous aviez été alpiniste, vous sauriez cela : une ascension, c'est un aller-retour. Pas un suicide. Et l'homme d'action, c'est celui qui vit. Le héros mort n'est qu'un mort.

– Tout ce que je veux ce sont vos clefs, la photo de cette bête et votre peau s'il le faut.

– La chose que vous ne maîtrisez pas, c'est ce qui va s'abattre sur votre petite gueule dans quelques heures. Vous n'avez jamais vécu ce déchaînement-là, Kolya. Cette violence qui arrache des larmes de gosse, car on ne comprend pas pourquoi, soudain, le ciel met tant d'acharnement contre vous.

– Ne m'endormez pas avec vos sermons, vous n'êtes pas devant vos élèves.

– J'ai dit que nous rentrions, confirma Anatole.

Et il tomba au pied de la tente, tué d'une balle au front, l'air ni étonné, ni effrayé, ni furieux car une balle qui vous emporte la tête, ça vous enlève toute possibilité de vous composer sur le visage une petite expression de dernier instant.

Kolya fouilla le cadavre avec cette énergie des coupables qui, pour ne pas trop penser à leur geste, se concentrent sur leur objectif et ne voient dans leur faute qu'un épisode anecdotique en travers du chemin poursuivi. Il trouva la clef accrochée au cou du professeur. Il rafla quelques ampoules anesthésiantes, s'empara du fusil hypodermique, jeta dans un sac la lampe, les appareils de photographie, une boussole et s'enfuit. Il dévala le talus abrupt. La nuit tombait. Il rejoignit le fond de la combe glaciaire. Il peina à escalader le premier bourrelet de moraine. Il trébuchait sur les feuilles de granit et de schiste. Il traversa le glacier, perdant l'équilibre à chaque pas. Il restait juste assez de jour pour éviter les crevasses. Il contournait les lèvres béantes du glacier sombre. La hargne, l'effroi, la haine, la jouissance et l'effort : tout cela le faisait haleter. Il venait de tuer et il ressentait à la fois les pincements du cœur et l'euphorie du cerveau, sans savoir à quels sentiments attribuer ces états. Il dut escalader l'autre versant de la combe. Pente raide et couverte de scories. Il s'enlisa dans la poussière moulue par les siècles, farine géologique qui avalait ses pas. Il prit pied sur le rebord et gagna la cascade de glace en remontant un ultime pierrier. Il faisait à présent nuit noire. L'horizon était secoué de décharges. Il gagna le fondement de la paroi et la longea, progressant péniblement sur le talus instable. Il se servit de la muraille comme d'un fil conducteur menant à la grotte. La lampe diffusait un faible halo. Il déclenchait des avalanches de rocaille à chaque pas. L'orage éclata. Pluie, grêle et neige, à mesure que changeait la température. Quand claquait la foudre, il sentait la peur monter en lui. Ce n'était pas la peur de mourir foudroyé, c'était la peur de la foudre elle-même. Il n'avait jamais encore senti remonter des houilles de son âme cet effroi de l'élément, enfoui, inconnu, bestial, hérité des temps où la foudre tuait au seuil des cavernes. Quatre heures après avoir quitté la tente, il parvint à la hauteur du feuillet détaché qu'il avait identifié à la jumelle. La tanière était derrière. Il dévala cinquante mètres dans les rochers pour se placer exactement sous l'entrée de la fissure, puis il remonta doucement. Le fracas de la tempête était son allié. Aucune bête n'aurait pu suspecter une approche dans une tourmente pareille. Kolya comptait sur l'orage autant qu'il en souffrait. Il s'approcha à dix mètres de la faille et resta à l'affût pendant des heures dans l'obscurité. Le ciel s'embrasait parfois et offrait au regard pendant un quart de seconde un arpent de muraille. Sa crainte était que le fauve ne sortît dans l'obscurité et disparût. Mais le léopard resta terré toute la nuit. L'aube tardait. Kolya pensa mourir de froid et de fatigue. Il battait ses poings contre la roche et cacha ses pieds dans le sac. Il se servit d'un carré de toile cirée comme d'un auvent qu'il fixa sur le rebord d'un rocher. La neige le recouvrit. Au matin, il était un tas blanc d'où dépassaient un regard noir et les canons de deux fusils. L'un chargé de balles, l'autre de capsules. Le léopard le repéra dès qu'il s'aventura hors de l'abri, mais Kolya tira vite. Dans le poitrail.

« Deuxième coup vers l'avenir », pensa-t-il.

La bête blessée s'enfuit, courut dix mètres et tomba. Kolya travailla une heure sous la neige à photographier le félin, à le mesurer, à le marquer.

Le retour à la tente fut un calvaire. Affamé, affaibli, les pieds comme des blocs de glace, porté par sa seule excitation, il se traîna et se perdit en remontant la petite combe glaciaire dans le brouillard épais où l'on ne voyait même plus tomber les flocons. Il erra des heures sur le plateau neigeux, confondant ses traces de pas, croyant reconnaître la tente dans la forme bombée d'un rocher, se félicitant d'avoir retrouvé la bonne direction, en doutant aussitôt, allant, venant, pleurant de détresse. C'est par miracle qu'il retrouva le campement. Minuscule dôme gardé par le corps d'Anatole qui gisait là où il était tombé, vigie inutile que la neige avait à moitié recouverte. Kolya regarda le visage du professeur, le large front et le trou au milieu, ouvert comme un troisième œil.

« J'ai réussi ! » pensa-t-il avant de s'engouffrer dans la tente. Il dormit quelques heures. Le sang lui revint aux pieds et le sens des urgences à l'esprit. Il fallait s'occuper du corps. Le temps s'était légèrement amélioré. Il n'y avait plus que quelques écharpes d'une brume filandreuse retenues par les plus hautes crêtes, haillons du brouillard de la nuit passée. Le reste était gris et triste. Kolya redoutait qu'on ne dépêchât un moine depuis le monastère. Il traîna le corps d'Anatole vers le petit glacier. Il lui fallut des heures. Qu'est-ce qui pesait plus lourd? Le poids mort d'Anatole à ses épaules ou, à son esprit, la crainte que quelqu'un ne surgît à l'improviste? Grimper sur le talus morainique était déjà difficile pour un homme seul. Or il fallait hisser un cadavre de cent kilos. Il gagna mètre après mètre, prit pied sur le glacier, repéra une crevasse profonde et y jeta le corps. Le glacier engloutit Anatole.

– Tu n'as pas tout perdu, professeur! Tu as la plus belle des sépultures: un sanctuaire mouvant, de glace et de roc, qui te portera dans ses entrailles, pour la plus longue des processions!

Il retourna au campement pour prendre le piolet d'Anatole et son bonnet. Il posa le piolet sur la lèvre de la crevasse. Et jeta délicatement le bonnet sur une saillie de la paroi, à deux mètres de l'ouverture. L'illusion de l'accident était parfaite. Il se composerait une mine de circonstance. Il partit sans démonter le camp, n'emportant que les appareils, les relevés, les cahiers et son fusil: il fallait qu'on pût croire à un départ précipité, dicté par des conditions tragiques. La montre de Kolya marquait cinq heures du soir. Il pouvait espérer gagner le monastère à deux heures du matin. Plus tard, il aurait le temps d'écouter son corps épuisé. Sur le chemin de la descente, il se répéta la version des faits qu'il allait livrer à Vera: «Nous sommes partis avant l'orage. Anatole, comme moi, brûlait d'excitation. Nous avons pu faire la photo au prix de souffrances indescriptibles et d'une nuit terrifiante. Au retour, il était trop épuisé pour marcher seul. J'ai dû le porter jusqu'à la cascade de glace. Là, je l'ai assis en lui disant que j'allais courir jusqu'au camp pour chercher des vivres et qu'il devait m'attendre en se désaltérant, que je ne le laisserais pas longtemps seul. Il a sans doute cru qu'il aurait la force de me rejoindre. Quand je suis revenu vers la cascade, je l'ai vu au loin sur le petit glacier de la combe. Il titubait. J'ai crié. Je lui ai hurlé de s'asseoir et de m'attendre. Il m'a entendu, il a levé les bras et il a glissé. Quand je suis arrivé sur le glacier il n'y avait plus que son bonnet et le piolet, en équilibre sur le bord de la crevasse... »

Vera lâcha un sanglot. Quand les chiens avaient aboyé, cette nuit, à trois heures du matin, elle s'était réveillée et avait entendu Kolya qui parlait au portier du monastère. Elle était descendue en trombe et avait pris peur devant le visage de son ami éclairé par la flamme vacillante des lampes à beurre. Elle avait vu un revenant ravagé, les yeux lavés d'épuisement. Avant même que Kolya lui adresse la parole, elle avait compris la tragédie et s'était évanouie de chagrin.

Les moines l'avaient couchée dans la salle de cérémonie et lui avait fait boire du *chang* – de l'alcool de riz. Ils avaient dit des prières. Le petit gétsul – celui qui l'avait ramenée sur son yack – lui avait caressé le front. Elle avait pleuré doucement jusqu'à l'aube. Elle avait écouté les prières que les moines avaient prononcées pour le Russe, resté là-haut dans les profondeurs de glace. On avait aussi disposé des encens autour de Vajrasattva, le bodhisattva de l'ultime réalité, puis on avait fait résonner les cloches devant la fresque de Kâlacakra, la déité du temps qui passe. Les moulins à prières avaient égrené leurs oraisons. Kolya s'était jeté sur la tsampa, le fromage et le pemmican qu'on lui avait apportés. Vera lui avait demandé de raconter en détail la nuit, la traque, le retour et la chute. Elle s'était étonnée qu'Anatole eût voulu partir malgré la tourmente.

– La tanière nous semblait si proche, avait expliqué Kolya.

Elle voulait tout savoir. Elle exigeait des précisions. Kolya les lui inventait, lui racontant combien le professeur avait été courageux. Il se délectait de cet hommage posthume rendu à celui qu'il avait tué. C'était sa messe à lui. Un vieux moine psalmodia jusqu'à l'aube, devant la statue de Kâlacakra. Vera voyait son dos rouge et voûté, sa nuque de lézard parcheminé. Elle s'endormit en tenant la main de Kolya qui, ému par son propre récit, versait de vraies larmes.

Les jours qui suivirent, Kolya fut merveilleux pour Vera. Il la soutenait sans lui peser, évoquait Anatole avec délicatesse, parlait du léopard sans que l'euphorie du succès éclipse la douleur qu'il affichait pudiquement. Il fut ce ravaudeur habile qui recoud lui-même les plaies qu'il a ouvertes. L'un de ces hommes qui aiment tellement le pouvoir qu'ils sont capables de jouer tous les personnages des tragédies qu'ils bâtissent. Vera ne lui masquait pas sa gratitude. Peu lui importait à présent que les routes fussent coupées et les ponts emportés. Ils avaient pris un considérable retard sur la mousson. Qu'ils partent sur-le-champ ou quelques jours plus tard ne changerait rien : la route de retour serait un enfer de boue, de sangsues, et de ciels dégoulinants.

– Quelques jours de plus ici me feront du bien, avait dit Vera. J'aime cette paix.

Ils décidèrent de rester au monastère au moins jusqu'à ce que le capitaine de police du village de Sangdabandi montât pour constater le décès. C'était le lama qui l'avait envoyé chercher par un gétsul. Kolya avait demandé assez vivement si cela était vraiment nécessaire. Le supérieur avait répondu que les polices laissaient les moines en paix parce que les religieux signalaient les moindres incidents. Les officiers ne lui pardonneraient pas de passer sous silence l'accident mortel d'un scientifique russe.

L'atmosphère confinée du monastère convenait bien à la convalescence du cœur de Vera. Et à l'épanchement de leurs âmes à tous deux. Ils regardaient pendant des heures les pluies et les grêles de mousson s'abattre sur le glacis aplani au pied du monastère, comme un parvis naturel. Vera pleurait la nuit et retrouvait le jour un sourire douloureux. La lourde gravité de la lamaserie, le tiède confinement des salles où ils vivaient, l'obscurité épaisse et douce transformèrent la peine de Vera en un immense sentiment d'apaisement. À présent, elle parlait beaucoup du léopard et des conséquences qu'aurait leur découverte au retour. Était-ce parce que Anatole était mort dans le désert d'ozone des hautes altitudes qu'il lui paraissait soudain si éloigné ? Ou bien parce que Kolya était si bon avec elle ? Elle s'engourdissait dans l'odeur du beurre fondu, les tintements envoûtants des cloches, le tambourinement de la pluie, le froufrou des robes lie-de-vin des moines et la nourriture maigre. Elle ne voulut même pas résister à la torpeur de l'atmosphère et, s'effondrant dans la langueur délicieuse de ces journées délétères, tomba dans les bras de Kolya. Elle se libéra du remords en se rappelant qu'elle avait toujours aimé le jeune Ukrainien mais qu'elle n'avait jamais voulu trahir Anatole. Kolya l'avait toujours su et n'avait jamais tenté non plus de l'amener à lui. La mousson retarda le gétsul et l'officier. Les amants eurent quelques jours pour consumer leur amour nouveau sur les couvertures de laine épaisse, les corps léchés par les flammes incertaines des lampes à beurre. Vera avait l'impression qu'ils s'aimaient dans les cales sombres d'un vaisseau-monastère lancé sur des eaux moussonneuses. Et les fresques représentant des protecteurs hindous dévorant les déesses lui semblaient les représentations exactes de ses propres extases.

Le capitaine Chauan arriva un soir d'éclaircie. Il suggéra de profiter de l'apaisement des cieux pour que l'on monte sur le glacier.

– Si nous atteignons le campement demain à l'aube, nous ferons la constatation et redescendrons aussitôt.

Kolya partit dans la nuit avec l'officier et deux moines. Dans le matin grisâtre, ils arrivèrent au lieu du campement. Les quatre hommes descendirent sur le petit glacier. Kolya retrouva vite la crevasse. Le piolet était à sa place, au bord du vide. On apercevait la petite tache jaune du bonnet sur une rugosité de la paroi. Il y avait aussi une trace de sang, trait de pinceau délavé, témoin de la chute.

– Il s'est cogné rudement ! conclut le capitaine Chauan.

Il ramassa le piolet pour le remettre à Vera. Dernier compagnon qu'Anatole avait serré dans sa main. L'un des *gékos* jeta une poignée de tsampa au fond de la crevasse. Ils revinrent sous l'orage. L'ultime soirée au monastère fut fébrile. Kolya et Vera dînèrent avec le capitaine Chauan qui rédigea, à la bougie, en trois exemplaires un acte de décès accidentel. Le lama annonça qu'il mettrait à leur disposition un yack et un moine pour rentrer à Sangdabandi le lendemain. Ils parlèrent longuement de la route du retour qui réserverait tant d'embûches. Vera était triste d'interrompre le cours diffus des heures paisibles passées au monastère. Il lui semblait que la mémoire d'Anatole se confondait maintenant avec ces parages flous. Elle se promit d'y revenir un jour. Kolya ne pouvait contenir une sourde excitation. Il expliquait à Vera qu'après avoir laissé passer quelque temps ils s'installeraient tous les deux à Minsk. L'université leur organiserait des tournées de conférences dans toute l'Union. Ils seraient reçus à l'Académie des sciences. Ils publieraient des communiqués. Ils obtiendraient des crédits de recherche. Kolya ne doutait pas qu'il serait nommé professeur émérite, peut-être même directeur de laboratoire. Anatole était mort, il n'y avait plus d'ombre ni d'obstacle. L'avenir chantait.

Le lendemain, à cinq heures du matin, une main secoua l'épaule de Kolya qui dormait. C'était le capitaine Chauan, en habit, armé, encadré par deux gékos.

– Venez un instant, monsieur Migouvski.

– Nous partons déjà ? murmura Kolya.

– Pas tout de suite, mais j'aimerais vous montrer quelque chose.

Ils descendirent les étages de la lamaserie, traversèrent la salle de prière, franchirent la lourde porte de bois, passèrent sous les tentures de l'auvent et s'engagèrent sur les marches du grand escalier extérieur. Il neigeait.

En bas gisait un corps.

– Vous allez voir, ça va vous intéresser, dit le capitaine.

C'était le corps d'Anatole, couché sur le dos avec la balle au front, petite étoile de vérité.

– Il vient d'être déposé là.

Et, près du cadavre, d'énormes traces de pieds nus, longues de soixante centimètres, parfaitement imprimées dans la neige fraîche, remontaient, régulières, vers les altitudes et se perdaient dans le brouillard de l'aurore naissante.

LA CATHÉDRALE DU CHRIST-SAUVEUR

Le 27 juillet 1997, Lyoka Andrianov, soixante-dix-neuf ans, descend du train à la gare Pavelets à Moscou. Il arrive de Sibérie. Personne ne l'attend sur le quai. Il fait quelques pas. Il est hagard. On s'écarte devant lui. Il pue. Le voyage a été un calvaire pour ses compagnons de compartiment qui, montés en gare d'Irkoutsk, ont traversé la moitié de l'Eurasie dans les vapeurs de poisson qui émanent de ses loques à chaque geste. Lui ne sent rien. Trop d'années de prison ont mis ses sens en cage. D'ailleurs, à part pour la merde quand elle vous coule entre les jambes, on n'est jamais conscient de ses propres remugles.

Il a vécu les vingt-six premières années de sa vie à Moscou. Il y a si longtemps. Il ne se souvient plus très bien des lieux. Il demande autour de lui :

– La cathédrale du Christ-Sauveur, s'il vous plaît ?

Cinquante-trois années d'absence ! Une vie presque entière a creusé le vide de sa mémoire. Comment pourrait-il s'y retrouver ?

– La cathédrale du Christ-Sauveur, s'il vous plaît ?

On ne lui répond pas. On évite sa saleté, son sillage infecté, son regard de sauvage.

Une mendiante ! Il va vers elle. Pauvre babouchka née aux heures de misère, les haillons couverts de médailles soviétiques qui ont sans doute pesé trop lourd à son corsage pour qu'elle attrape en marche le train du nouveau libéralisme.

– Mère, la cathédrale…

– Fous le camp ! Ivrogne ! J'étais là avant toi.

Il quitte la gare. Il reconnaît la façade. Il venait là, à dix-neuf ans, acheter des beignets avec des filles. Il se souvient d'une Tania qui l'avait laissé lui caresser les seins derrière les quais de chargement. Il était heureux à cette époque : Moscou, 1937. Il y avait du travail, de la joie, de l'espérance. Il se dit que la jeunesse sert à ça : donner des souvenirs consolants pour les temps de peine. Il sourit : il sait que le plus dur est fait. À présent il va rebâtir sa vie avec ce qu'il lui reste d'années, construire méthodiquement un grand édifice de bonheur et goûter chaque heure et faire en sorte que chaque minute lui soit un jour entier. Il veut profiter d'une dernière bouffée d'existence, annuler le souvenir des décennies de larmes et de sang. Mais pour cela il doit trouver la cathédrale du Christ-Sauveur.

– Tu remontes la rue Polianka, camarade, et puis tu prends le pont Kammeny et, au Kremlin, tu tournes à gauche et tu navigues à vue.

On lui a enfin répondu : un militaire pas écœuré qui a eu pitié de lui. Il remonte donc la Polianka qu'il ne reconnaît pas : une rue devenue commerçante, dans le cœur du nouveau Moscou. Il fend la foule ou plutôt la repousse de dégoût. Deux miliciens soudain :

– Papiers, le vieux !

– Je n'ai rien ! Hélas, camarades, j'arrive de l'Est. Cinquante-trois ans ! Rendez-vous compte…

– Papiers !

– Je n'ai pas de papiers… La Sibérie, comprenez-vous ? Mais attendez ! Dans quelques minutes, je serai riche… la cathédrale du Christ-Sauveur… Je vous inviterai à dîner à l'Hôtel National. Il existe toujours l'Hôtel National ?

– Laisse-le, Igor, on décroche.

Les deux policiers ne veulent pas s'embarrasser d'un vagabond à moitié fou. Ils lui ordonnent simplement de quitter le centre de Moscou, cette jolie vitrine en fête où les ivrognes n'ont pas leur place.

Lyoka se souvient du centre-ville de sa jeunesse. Parfois, un magasin annonçait un arrivage. On faisait la queue pour voir les marchandises.

Il passe devant la galerie Tretiakov. Des souvenirs reviennent. La carte de Moscou se recompose dans son esprit. Sa tête reprend racine. Il reconnaît les jardins du musée. Et pour cause ! C'est là que tout a commencé. Il se rappelle même l'odeur du tapis d'automne que foulaient ses pieds ce matin-là ! Il avait vingt-six ans. Il traînait dans les allées. Peut-être attendait-il une fille ? Il revoit très bien l'ombre qui, tout à coup, déboucha d'un bosquet : un homme en fuite avec un visage de jeune vieillard tout à fait comme ceux des popes. Yeux lavés, teint de cire, barbe d'icône. L'homme trébuchait, se relevait, cherchait à se cacher. Il était à bout de forces. Il aperçut Lyoka. Il se précipita vers lui et d'une voix blanche :

– Je te confie ça ! Je te le donne ! Il est à toi... Cache-le, fais-en bon usage mais que ceci ne tombe jamais entre leurs mains. C'était à mon grand-père !

Et il reprit sa course, laissant Lyoka médusé avec entre les mains une boîte empaquetée dans des feuilles de la *Pravda*. Des coups de sifflet effrayèrent les pigeons. Il y eut des claquements d'ailes. Quatre hommes en noir, coiffés de chapeaux gris, se ruèrent dans l'allée : des agents du KGB. Lyoka n'eut que le temps de cacher le paquet sous son manteau. Cavalcade. Chasse à l'homme. Course à revers. Matraque au poing. Le jeune pope fut pris. À genoux, il reçut une grêle de coups. Il fut emmené, et le parc retrouva le silence. L'incident était clos, le destin de Lyoka, lui, basculait.

Au bout de la Polianka se trouve le pont Kammeny. Le Lyoka de 1997 le traverse. Il regarde étonné les voitures qui s'y croisent, aux marques inconnues et aux formes nouvelles. Rien à voir avec les lourdes Volga [1] de son temps ou les Dzil qu'il fallait réparer à chaque étape. Tout a changé tellement… Il a raté l'un des wagons du temps, le pauvre Lyoka. Et de ses yeux qui ne reconnaissent rien, il contemple les ravages de l'absence. Il se penche sur le parapet. La Moskova, elle, est toujours la même. Elle file un cours identique depuis les Varègues, Vladimir et Pierre le Grand. Dans les reflets du fleuve, il pêche un autre souvenir.

Il se revoit, rentrant chez lui avec le paquet, cinquante-trois ans plus tôt… Il se rappelle parfaitement avoir pris ce même pont. Il s'était arrêté à l'endroit précis où il se trouve aujourd'hui. Il avait hésité à jeter la boîte dans la rivière. Mais la curiosité l'avait emporté sur l'inquiétude. Il l'avait rapportée chez lui. En l'ouvrant, ses yeux avaient reçu un feu d'artifice et son cœur un coup de pointe. La boîte recelait des colliers de diamants, des diadèmes sertis et des pièces en or. Un butin de tzar avec ce mot : « Trésor du monastère Danilov sauvé par le diacre Mikhaïl Golovinov du pillage perpétré en mars 1920 par le NKVD. »

Le lendemain, les journaux avaient raconté l'arrestation des jardins de la Tretiakov et dévoilaient l'affaire du trésor disparu, « volé par des nostalgiques des temps impériaux qui continuent à dissimuler les richesses, spoliant ainsi le peuple soviétique par esprit de spéculation ». L'article précisait que l'enquête se poursuivait et que les agents tenaient plusieurs pistes. Lyoka avait pris peur. Il avait entre les mains sa fortune ou sa fin. La richesse ou la prison. Il résolut de cacher

1. Automobile soviétique spacieuse et à la conception très robuste. Dans certaines républiques de l'Union, le régime offrait une Volga aux familles de plus de quinze enfants.

les bijoux. Il connaissait une cache infaillible : la cathédrale du Christ-Sauveur.

Lyoka arrive enfin au bout du pont. Il marche lentement à présent. Sa hâte de tout à l'heure, sa fébrilité qui effrayait les passants ont disparu. La cathédrale se dresse, au sud. À sa vue, il sent le calme l'envahir. Comme lorsqu'on atteint enfin la porte derrière laquelle se trouve celui pour qui on a fait un terrible voyage. Il regarde la course des nuages reflétés dans les bulbes. Il se demande pourquoi les Russes ont donné cette forme d'oignon à leurs clochers. Pour que la neige en tombe mieux, peut-être ? Il s'égare. Il ébroue ses pensées. Il revient à ses souvenirs. Devant les bulbes d'aujourd'hui se superposent, en esprit, les bulbes de ses vingt ans. Ils étaient un peu plus pâles à l'époque.

Le lendemain des événements de la Tretiakov, avant l'aube, le jeune Lyoka avait quitté l'appartement familial sans un bruit, son butin au fond des poches. Il avait couru jusqu'à la cathédrale du Christ-Sauveur. Moscou dormait encore. Seules quelques lumières accrochées à la façade du Kremlin témoignaient d'une vie : les fonctionnaires de l'Union, à l'image de Staline, réglaient le sort des peuples aux heures profondes de la nuit. Parvenu à la cathédrale, Lyoka avait escaladé la grille et contourné l'édifice jusqu'au chevet. Il connaissait parfaitement l'endroit pour avoir participé à un chantier de restauration avec des pionniers : cinq mois de travaux sur des échafaudages qui ceinturaient les tours. La cathédrale, alors, ne servait plus à célébrer l'office. Elle avait été convertie en dépôt de farine pour les fabriques de pain de la ville. Lyoka se souvenait d'une colonne de pierre qu'il avait découverte par hasard. Elle séparait les grandes baies à vitraux percées dans le premier niveau du chevet. C'était une colonne creuse fermée par un chapiteau amovible qu'on déboîtait de son cylindre par une simple poussée : un bouchon sur son goulot. Les bâtisseurs de cathédrale aiment à disséminer au cœur des murs des caches connues d'eux seuls. Lyoka avait jeté son or au fond de la colonne. En quelque sorte, il l'avait mis en dépôt à la sainte garde du Christ, spéculant sur des temps où il aurait la liberté de s'en servir.

Lyoka, cinquante-trois années plus tard, pousse le portail du parvis de la cathédrale. Avant de reprendre son bien, il veut s'acquitter d'un reçu : une prière de louange à Celui qui a veillé sur le trésor. Il gravit les marches. Il regarde la façade. Il ressent un étrange sentiment comme devant un objet familier que l'instinct se refuse à reconnaître tout à fait.

« Ils l'ont bien repeinte », se dit-il.

Il se dresse devant la monumentale porte du sanctuaire comme un homme debout devant sa vie nouvelle. Il entre. Il lui semble que le pas qui le plonge dans la sombre clarté de la nef efface l'obscurité des années passées. À genoux devant l'icône, il repense à la longue route de détresse qui vient de l'amener ici dans la fraîcheur sacrée de la cathédrale. Il se récite en litanie les épisodes de ses tristes années : l'arrestation, quelques mois après l'affaire des bijoux, sur dénonciation de son propre cousin qui l'avait surpris en train de les empaqueter, les interrogatoires plus longs que la nuit, la cellule sans jour, les jours sans espoir, les coups sans retenue, les gardiens sans visage et le bureau blanc du juge qui devant son refus de répondre l'avait condamné à cinquante ans de travaux forcés pour « entrave à la justice dans l'enquête sur la disparition du trésor de Danilov ». Cinq décennies de camp qui se confondent les unes les autres et se réduisent, finalement, au souvenir flou d'une longue nuit traversée de neige, de haine, de blancheur et de camaraderie. Là-bas, on l'appelait « l'illuminé » car il conservait l'espoir d'une vie future. Il arborait un sourire perpétuel. Une force le menait d'un hiver à l'autre. Il savait que l'or l'attendait et qu'à sa libération il pourrait renaître à la vie. Cette perspective fit de lui un évadé par l'esprit. Les années sibériennes glissèrent comme une parenthèse. Il s'était mis en état d'espérance. En 1991, à la chute de l'Union, il fut libéré mais, pauvre, malade, rejeté par les populations des villages alentour où il chercha secours, il eut besoin de six années entières pour recouvrer la force et les fonds nécessaires afin de regagner Moscou. Il resta en Sibérie jusqu'à l'été 1997, jusqu'au jour où une sirène de train, à la gare d'Irkoutsk, déchira le silence, annonçant le départ vers Moscou et la fin de l'exil.

Lyoka se signe. Il baise l'icône une dernière fois et tourne les talons. Maintenant qu'il est en règle il va reprendre son bien. Dans la cathédrale, quelques babouchkas épuisées se prosternent et se relèvent jusqu'à la transe, marmonnant des lambeaux de prière. Le soir vient. Lyoka sort. La façade bleue et blanche reçoit, avant la nuit, un dernier faisceau de lumière. Un rayon frappe une plaque de cuivre posée sous le porche d'entrée et que Lyoka n'avait pas vue en entrant. Il lit :

CATHÉDRALE DU CHRIST-SAUVEUR

RECONSTRUITE SUR SITE À L'IDENTIQUE
APRÈS DESTRUCTION COMPLÈTE
PAR LES SOVIÉTIQUES
SUR LES ORDRES DE JOSEPH STALINE
EN 1938

INAUGURÉE EN 1995
PAR BORIS ELTSINE

LA VIERGE DÉCHUE

Caucase, 1992.

Ils grimpaient lentement. La Vierge les ralentissait. Sans elle, il y aurait longtemps qu'ils seraient arrivés au sommet et peut-être même auraient-ils déjà pris le chemin de la descente, ils n'auraient pas eu à bivouaquer sur la paroi, à passer la nuit dans le froid et la solitude, rivés à la montagne avec la Vierge accrochée à un piton. Mais que faire ? Elle était si lourde… Avant de partir ils l'avaient pesée sur la balance à bestiaux, dans le kolkhoze au sommet de l'alpage. Ils avaient même fait des paris, comme à la foire.

– Cinquante, avait dit Ondrej.

– Trente-huit, avait dit Boris.

– Quarante-cinq, avait dit Ivan, le chef du kolkhoze.

Et c'était lui qui avait gagné car il avait l'habitude de peser les veaux avant de les mettre à la vente.

La Vierge pesait donc quarante-cinq kilos.

Elle était en plomb et mesurait un mètre. Ondrej et Boris devaient la sceller au sommet de l'Ushba, une pyramide de granit qui culminait à 4 700 mètres d'altitude. Escalader cette aiguille était déjà un exploit. Avec une Vierge en plomb, c'était une folie. Il fallait pourtant le faire pour effacer la dette que le petit village de Krestovy avait contractée envers le Ciel.

L'hiver précédent, une coulée de boue avait dévalé du coteau. Par miracle, le glissement avait dérivé de sa trajectoire quelques dizaines de mètres avant de toucher les premières maisons. À l'unanimité, pour adresser un signe à Dieu et aux pieux électeurs du comté, le conseil de la commune avait décidé de coiffer l'Ushba d'une statue de la Vierge. C'était une révolution dans la région. Pendant soixante-dix années les alpinistes soviétiques avaient juché au sommet des montagnes des statues de Lénine, ou de Stakhanov. Les vieux du village pensaient que les temps avaient bien changé. Une Vierge ! Sur l'Ushba !

Ce sommet dominait tous les autres et se dressait dans l'axe de la vallée. La Vierge présiderait ainsi aux aurores et aux crépuscules. Le maire avait fait un discours dans lequel il avait expliqué qu'il y avait des Vierges de grottes, des Vierges d'arbres, des Vierges au creux des niches, des Vierges aux carrefours, des Vierges sur les ports, des Vierges de villes et des Vierges des champs et qu'il y en aurait une, désormais, dans les nuages, baignée d'ozone, rivée au socle minéral qui l'attendait depuis les temps géologiques. On l'avait fait mouler par un artiste, puis on désigna Ondrej et Boris pour la hisser au ciel.

Boris s'était fait une réputation en halant, le long des parois, des touristes incapables qui depuis l'effondrement de l'Union soviétique s'attaquaient aux bastions montagneux du Caucase. S'il était capable de hisser des clients jusqu'aux sommets des cimes, il pourrait bien y porter une Vierge. Ondrej, lui, avait survécu à un si grand nombre d'accidents et de tempêtes qu'on le disait protégé par la grâce.

Ils grimpaient par la face ouest. Les habitants les avaient accompagnés en procession jusqu'au pied de la muraille, puis les avaient regardés escalader les premiers mètres avant de s'en retourner au village.

– Pour une Vierge, elle rechigne à l'ascension, dit Boris en haletant.

Elle était placée dans son sac à dos, la tête dépassant. Le

métal cognait la nuque de l'alpiniste. Il jurait entre ses dents, n'osant pas trop élever le ton, par respect pour sa charge. Il avait décidé de monter le plus haut possible avec le sac dans le dos : quand la paroi se redresserait, il le hisserait à la corde, aidé par Ondrej. En plus de leur passagère, ils transportaient du matériel d'escalade, des vivres et des outils de maçonnerie.

Ils aperçurent deux silhouettes dans la moraine au pied de la paroi.

– De la compagnie, dit Boris. Des touristes !

– Ils partent tard !

Ils pouvaient reconnaître des touristes à des kilomètres grâce aux couleurs vives de leur équipement. L'alpiniste de l'Est, lui, se fond dans les murailles. Il se caméléonise sur le granit. Disparaît dans les grisailles. Son sac est pâle, ses habits sombres, son équipement antique. Couleur moraine. On croirait qu'il l'a déniché dans les réserves d'un écomusée de l'histoire de l'alpinisme. Il ressemble à l'hybride né de l'accouplement d'un vagabond des toundras avec un soldat de Sibérie. Les deux grimpeurs qui commençaient leur ascension, eux, étaient deux points rouge vif sur la pierre sombre. Des touristes, donc.

Les deux Russes venaient d'atteindre les premières difficultés, ce point d'élan où les parois se cambrent et prennent leur envol, droites vers le ciel. Ondrej grimpait en premier puis assurait Boris et, quand ils étaient réunis et solidement arrimés, ils hissaient le sac qu'une corde libre reliait à la taille de Boris.

– Han ! Han !

– C'est long quand on grimpe à trois.

– Et puis elle n'a pas l'habitude.

–Y a pas de montagnes par chez elle ?

– Si, mais des petites. Des collines de calcaire ratissées par les chèvres où poussent des oliviers tordus. M'étonnerait qu'elle ait jamais grimpé de toute sa Sainte Vie.

– Tais-toi ! La voilà.

La vision était charmante de la jolie tête souriante, dépassant du sac de toile, tournoyant dans le vide, suspendue gracieusement au-dessus de l'abîme.

– Bonjour, sainte Mère, dit Ondrej.

– Vous êtes bien mignonne, dans ce téléphérique, dit Boris.

– On ira souvent vous voir quand vous serez là-haut, dit Ondrej.

La paroi accusa un léger dévers, qui leur permit d'apercevoir ce qui se passait plus bas. Les touristes avaient commencé leur ascension.

C'étaient deux Écossais en vacances. Au village on les avait boudés quand ils avaient annoncé qu'ils partaient dans l'Ushba sans guide. Ils avaient déjà gravi des parois très difficiles dans leurs montagnes d'Écosse, quelques-uns de ces pics de glace qui ne voient jamais le soleil et ressemblent à des vagues d'écume brossées par les tempêtes. Ils étaient très entraînés.

– Beau granit.

– En meilleur état que dans les Highlands.

– C'est le problème du précambrien. On ne peut pas avoir de l'antique et du solide à la fois.

– Quel luxe en tout cas de travailler ce roc sans craindre que des millions d'années d'empilement ne vous tombent dessus, dit l'un des Écossais en plantant un piton d'acier dans une fissure.

Edward était de vingt-cinq ans l'aîné d'Alan. Il enseignait la géologie à la faculté d'Édimbourg et Alan était son meilleur élève. Alan préparait une thèse de doctorat sur la transformation des roches après l'impact des météorites. Tout ce qui tombait du ciel le fascinait. Rien ne le plongeait dans des extases plus profondes que la contemplation d'un morceau d'astéroïde venu de l'espace, miette d'univers.

Alan était le fils d'un ami du professeur. Leurs familles se côtoyaient depuis les temps brumeux de l'Écosse naissante. Elles avaient jadis, à l'époque des clans, conclu des alliances qui avaient traversé les siècles. Aussi les prédispositions intellectuelles d'Alan n'étaient pas la seule cause de l'affection que lui portait son professeur. Depuis plusieurs années, ils partaient ensemble, le week-end, gravir des cascades de glace sous la neige ou des parois rocheuses sous la pluie, au nord de l'Écosse. Ils étaient devenus une cordée de pointe. Cette année, le professeur avait proposé à Alan de découvrir le Caucase. Alan avait d'autant plus facilement accepté qu'il désirait avoir avec son professeur une conversation capitale : il était tombé amoureux de la fille de ce dernier, Maria, et voulait mettre à profit les longues heures d'effort dans la sauvagerie des altitudes pour demander sa main. Il pensait que l'épuisement des corps, l'enivrement des esprits et l'atmosphère enchanteresse des couches ozoneuses émousseraient la résistance du professeur. Le vieux était coriace. Il avait pour sa fille unique un amour de chien de garde et semblait avoir très mal pris que le jeune Alan s'en approchât. Il vivait seul avec elle. Elle était tout pour lui. Le mariage de la fille sonnerait l'enterrement du père.

Alan n'avait pas encore osé parler. Déjà huit jours et pas un mot.

« L'Ushba est ma dernière chance... » se disait-il.

La Vierge montait toujours. Sainte escalade. Boris et Ondrej souquaient ferme. Fissures, surplombs, dalles et dièdres tombaient un à un. Ils soufflaient comme des taureaux en empoignant la roche. Dans ce concert de râles, délicatement, sans un effort, l'air impassible, la Vierge gagnait de la hauteur. Reine des cieux portée aux nues par des mains paysannes.

– Un coup ?

Ondrej venait de déboucher une bouteille de vodka géorgienne et en proposait une goulée à Boris.

– *Da!* Buvons beaucoup. Nous serons plus légers.

– Quand on boit bien, on voit moins le vide, dit Ondrej.

– On grimpe mieux.

– On est plus léger.

– On a chaud.

– On est bien.

– Vive la Vierge !

Et ils tirèrent le sac. Et quand ils le calèrent entre leurs pieds, ils burent encore, à la santé de la sainte Mère, la plaignant que ses lèvres de métal ne pussent accueillir la bonne liqueur qui réchauffe les âmes quand elles ne sont pas de plomb.

– Tu m'embarrasses, Alan ! Tu veux épouser Maria ? Me l'enlever ? Tu sais ce qu'elle représente pour moi... As-tu songé que tu es mon étudiant et que je vais diriger tes recherches ? Crois-tu qu'un professeur puisse devenir un beau-père ? Tu seras considéré comme l'éternel « mari de la fille du professeur ». Cela te nuira. L'université est un panier d'écrevisses. On jasera.

Edward et Alan discutaient sur une saillie de la paroi où ils arrivaient tout juste à tenir à deux. Edward reprit l'ascension en tête de cordée.

– Et puis Maria ne m'a jamais parlé de cette histoire.

Alan ne répondit rien, se contentant de filer du mou au fur et à mesure qu'Edward grimpait.

– Nous allons avoir un vrai problème avec la cheminée, Boris.

Au-dessus des deux Caucasiens se déployait une faille rectiligne de cinquante mètres de haut. C'était une fissure dans laquelle on pouvait se glisser de tout son corps. Il fallait coincer genoux et épaules et s'élever comme un ramoneur dans son conduit. La fracture se terminait par un surplomb qui la coiffait. Boris et Ondrej avaient déjà gravi deux ou trois fois cette section, mais jamais avec une Vierge... Ils se rendaient compte que, une fois arrivés au bout de la longueur de corde, ils ne pourraient pas hisser le sac. La statue se bloquerait dans la fissure. Et comment passerait-elle le surplomb ?

– Une seule solution : il faut monter en même temps dans la faille, à dix mètres d'intervalle, et se passer le sac au fur et à mesure, expliqua Ondrej. Tu gagneras quelques mètres pendant que je tiendrai la Vierge et tu la hisseras. Je grimperai en dessous, prêt à décrocher le sac s'il se coince. Ce sera pénible, mais il n'y a pas d'autre choix.

Edward commençait à ressentir les effets de la fatigue. La montée était ardue. Il se demandait comment il allait réussir à tenir encore huit cents mètres. Ses mains étaient en sang. Il assurait Alan, accroché à un piton. Le jeune garçon arriva à sa hauteur.

– Et puis, vois-tu, je pense que tu n'as pas considéré l'amitié de nos familles. Elles ont réussi à maintenir leur complicité pendant des siècles parce que, justement, elles se sont épargné les tourments des passions conjugales.

Alan expliqua de nouveau qu'il ne voyait pas comment il pourrait vivre sans Maria. La discussion les ralentissait beaucoup. Elle contrariait Edward et mobilisait toute l'énergie d'Alan qui s'épuisait à chercher des arguments.

La nuit tombait. Il y avait assez de jour pour grimper une heure encore, mais ils décidèrent de s'arrêter et de bivouaquer sur une petite vire enneigée, banquette naturelle flottant au-dessus du vide. Ils s'assirent sur leurs sacs et sortirent vestes et duvets. La lune, pleine et blanche, allaitait la montagne.

– Alan, tu es encore si jeune… Comment pourrais-je te donner ce que j'ai de plus cher au monde sans être parfaitement sûr de tes intentions ? Il me faut un signe, un signe fort qui me rassure sur ta valeur et m'indique que tout ceci n'est pas une folie. Le signe qui réconforte les pères anxieux, comprends-tu ?

Boris et Ondrej grimpaient sous la lune. Mètre après mètre. Ils n'étaient toujours pas sortis de la fissure. N'avait-elle pas de fin ? Boris s'éleva de dix mètres et cria :

– Je vais hisser le sac !

Ondrej, bien calé dans la fissure, vit la corde se tendre et le sac amorcer sa montée. Il le guida tant qu'il fut à portée de ses bras, veillant à ce qu'il ne bute pas contre un pan de la fracture. Jusque-là, la manœuvre avait parfaitement fonctionné. Ondrej remarqua que le sac, usé par les raclements sur la paroi rugueuse, s'était décousu et bâillait. La statue de plomb allait glisser par l'ouverture.

– Boris, arrête ! hurla-t-il.

Le sac s'immobilisa.

– Ne bouge pas ! Le sac est déchiré !

C'était trop tard. La Vierge filait par l'ouverture. La statue tourna légèrement sur elle-même. Les reflets de lune accrochèrent les plis de la robe de plomb. La scène sembla durer une éternité à Ondrej. Il vit apparaître le buste, puis la tête couronnée. La statue heurta une saillie, sembla une seconde se coincer dans la cheminée, se dégagea et, avec une retenue irréelle, bascula lentement dans le vide. Elle passa devant Ondrej qui se terra au fond de la fissure pour ne pas être écrasé, fendit l'air et disparut dans l'obscurité.

– Je n'ai pas confiance, Alan. J'ai besoin d'être convaincu. Je veux des preuves, je suis désolé.

Edward ne démordait pas.

Dans un fracas de foudre, une Vierge de plomb tout habillée de lune vint se planter dans la neige entre les deux Écossais, la tête tournée vers Edward qu'elle regardait en souriant magnifiquement.

– Cela vous suffira-t-il ? balbutia Alan.

UN SOIR EN FORÊT

Piotr revenait de la foire aux bestiaux.

C'était dans les temps où s'en retourner chez soi signifiait qu'il fallait traverser les monts les plus hauts et les plus vastes vaux. Il chevauchait Fidel, son destrier. La campagne russe ressemblait exactement à l'image que les Moscovites des temps futurs auraient à regretter plus tard, après l'avoir consciencieusement corsetée. La perspective commandait aux collines de s'agencer en ordre décroissant, aux haies de souligner le rideau des parcelles, aux allées de donner une idée de la profondeur du champ. Piotr ne pouvait – koulak imbécile – mesurer l'intelligence du paysage, mais il sentait confusément dans son cerveau de bête que la main de l'homme avait embelli la topographie et – Dieu merci – fait reculer la sauvagerie. De surcroît, c'était le printemps, cette saison qui dégoûte les âmes ténébreuses pour qui le bourgeonnement n'est que le symptôme du prurit chronique qu'aurait contracté la Terre. Les moines copistes de la proche abbaye conspuaient la saison. Ils s'échauffaient l'été, s'assombrissaient l'automne, ternissaient en hiver mais rougissaient au printemps quand la vie battait aux flancs de leur forteresse. Lui, cœur simple, aimait regarder les papillons tenir salon sur les corolles, les réduves caracoler dans les ombellifères et les cicindèles scintiller sous les orpins. (Il avait un penchant pour le nominalisme.) Il se disait – moujik logique – que si les fleurs mettaient tant d'énergie à percer leurs cosses pour assister au spectacle, c'est qu'il en valait la peine. Et comment les fleurs pourraient-elles se tromper, puisqu'elles sont l'œuvre de Dieu dont les moines, eux, ne sont que les créateurs ? Le cheval allait vite. « Le fond de l'air est frêle », se dit Piotr en lui-même.

En dépit de sa bonne volonté, l'Homme n'avait pas pu aménager tous les arpents du pays. Malgré le labeur des moines à la hache qui agençaient le paysage pour que les futurs Chichkine ou Nesterov pussent s'en inspirer et en couvrir le fond de leurs toiles, certaines vallées restaient encombrées de forêts où se tramaient les scandales propres à une Nature brutale. Piotr, pour regagner son isba, devait traverser la forêt. « Combien de carnages et d'adultères commis en ces parages ? se dit-il en franchissant l'orée. Et combien de rejetons d'insectes devenus orphelins sur ces mousses souillées ? pensa-t-il en passant le taillis. Et qui sait si ces gouttes de rosée ne sont pas en réalité les larmes d'une portée abandonnée ? » s'interrogea-t-il encore en foulant le chablis.

Quand il fut au milieu des futaies, la tempête s'abattit en même temps que la nuit. Piotr, à flâner, avait perdu du temps. Comment le rattraper à présent que les houppiers ployaient sous les coups de boutoir de l'ouragan soudain ? Piotr se perdit dans le bois. Layons, laies et allées se confondaient dans la tourmente. Le tonnerre déchirait les couches et les éclairs s'échappaient par la plaie des nuées. Le cheval se cabrait à chaque coup de foudre, si bien que Piotr, secoué sur la selle, sentit poindre le mal de mer. Ne dérivait-il pas comme une barque en peine, dans l'océan de boue, sous la forêt trempée ? Il s'enfonça dans les tourbes, s'égara dans les ronces, tituba sous les trombes. Il pesta contre ce printemps versatile qui envoyait ses foudres pour conclure les journées. La forêt ne semblait pas résolue à le relâcher. Était-ce le cheval qui – un écart à gauche, un écart à droite – tournait en rond ? Ou bien la sylve qui – sève fouettée par la bourrasque – s'accroissait à vue d'œil, repoussant les lisières ?

La tempête s'immisça sous son crâne. L'âme de Piotr faiblit. Ses forces déclinèrent, son courage s'effrita. Les frissons de l'étalon se communiquèrent à ses jambes. Puis le tronc et les bras tremblèrent. Et Piotr, pour finir, trémula de tout le corps sous le coup de la peur. Il songeait à la mort quand il vit la lumière. Un scintillement lointain que les taillis masquaient par intermittence et qui faisait penser au poinçon clignotant des lucioles d'été. Il tourna la bride et fit route vers le salut. Il fixait la lueur du regard en cravachant sa bête. L'éclat chevrotant s'affirma. Il distingua de savantes illuminations. Il s'arrêta soudain devant une gerbe de lumière. La tempête était morte, vaincue par les feux qui terrassaient la nuit. Piotr se tenait devant une vision céleste. Un château de magie au-dessus duquel la furie du ciel faisait trêve. Pourtant, juste au-delà, on entendait cingler les orages…

Une forêt de tours et d'échauguettes fines s'échappaient des toitures, hardiment piquetées de rouges oripeaux. Chaque meneau était de marbre. Des corniches lisses séparaient les baies qui flamboyaient, béantes, comme si l'on avait alimenté des brasiers derrière les vitraux. Dix balcons se penchaient sur les escaliers blancs qui descendaient au parc. Le jardin reflétait ses cordeaux dans la glaçure des façades. Sculptures de buis, massifs de jusquiame, bosquets de rhododendrons dessinaient des spirales invitant à la promenade. Des deux haies symétriques flanquant la grande allée jaillissaient des torchères qui éclairaient les pas. Tout était luxe et calme. Les parages étaient vides. Le silence régnait sur cet enchantement. Et le château semblait un séjour apprêté pour la venue d'un roi. La façade portait des blasons noirs et rouges. Protégé, secouru, tiré de la tempête, Piotr soulagé souffla. Mal lui en prit. Pauvre, malheureux Piotr !

C'était un château de cartes.

LE PACIFIQUE
ET QU'ON N'EN PARLE PLUS

Le chalutier *Rurik* accosta juste à temps sur le quai d'Arkhangelsk. Mi-novembre : dans quelques semaines l'hiver figerait la mer. Une herse d'icebergs dressée à l'entrée du port empêcherait les bateaux de partir moissonner l'océan. Le chef du port en personne accueillit l'équipage. Les pêcheurs revenaient de cinq mois de campagne dans les mers blanches. Il demanda au capitaine du bâtiment si la pêche avait été bonne. Il lui fut répondu que la coque était enceinte de la plus grosse portée de chair salée, écailleuse et luisante qu'il avait jamais eue à convoyer, mais que l'équipage avait été rudoyé par une saison violente, que le bateau souffrait d'avaries et que le retour avait été assombri par la mort du second : un pêcheur mordve de soixante ans qui avait labouré toutes les houles du globe depuis quarante-cinq ans et qu'on avait retrouvé au matin, bouche et yeux grands ouverts. Le commandant chercha à savoir s'il y avait une famille à prévenir. Le capitaine lui tendit un papier :

Je meurs, seul dans ma cabine. Je rentre de mon quart. J'ai vu le manège étoilé de la nuit pour la dernière fois de ma vie. Je quitte la terre, c'est-à-dire le pont. Hélas, je choisis le meilleur moment dans la vie d'un marin : la veille de l'arrivée, cette nuit au terme de laquelle il y a la côte à l'horizon. Je lègue ce que je possède à mon fils Evgueni qu'on trouvera dans le village de Boulak en pays mordve et que je prie le capitaine Savtchenko de bien vouloir prévenir. Je demande à mon fils Evgueni de souscrire à cette dernière volonté : que mes cendres soient dispersées dans l'océan Pacifique sur lequel je fis ma première campagne à l'âge de quinze ans à bord du thonier *Iaroslav*. Lors de cette navigation, je perdis mes frères dans la tempête du 28 mars 1887. J'en réchappai et jurai ce jour-là, en leur mémoire, de vouer ma vie à la haute mer. Le temps est arrivé que je les rejoigne dans les ondes.

J'embrasse mon fils, le bénis, le recommande à Dieu.

Alexis Spaniev,
second du *Rurik* d'Arkhangelsk.

Le corps du marin fut débarqué en même temps qu'on commençait à décharger les poissons de la cale, comme s'il faisait partie du même butin. Le gisant reposa une nuit dans la chapelle où quelques marins le veillèrent. Puis on le porta au crématorium de la ville où on le brûla. Quelques jours plus tard, un billet informa Evgueni que les cendres de son père et une lettre l'attendaient à la poste du bourg de Valdarov. Le jeune garçon partit sur son hongre noir. Il revint portant l'urne funéraire. Le marin défunt avait droit à la plus solennelle des processions. Les corbeaux migrateurs accompagnaient le cortège. Les bouleaux dénudés par l'hiver tendaient leurs griffes en haie d'honneur. La campagne, percluse de froid, déployait les dais noirs de ses labours transis. Evgueni lisait la lettre tout en chevauchant. L'urne ballottait contre les flancs du cheval. Un capitaine d'Arkhangelsk lui écrivait les circonstances du décès, expliquait que son père avait servi avec honneur, qu'on le regretterait sous les ponts et que les effets d'Alexis Spaniev suivraient dans quelques semaines par colis spécial. Était joint le petit mot du disparu dont le tracé chaotique indiquait qu'il avait été écrit dans le roulis d'une grosse mer. Ayant pris connaissance de la mission sacrée que lui confiait son père, Evgueni mesura l'importance qu'il y avait à offrir, en tribut à l'océan, ce corps que les eaux avaient épargné, un demi-siècle auparavant. Juste retour des choses. Il se dit que si tous les marins du monde s'acquittaient ainsi de leurs dettes, les vagues du large n'auraient plus à faucher les navires pour apaiser les appétits benthiques. Evgueni passa devant le cimetière du village où reposaient les siens. Pour la première fois, un membre de la famille allait échapper à l'étreinte du tchernoziom et faillir à l'œuvre d'approvisionnement en chairs mortes des terres de l'Empire. Son père n'avait jamais vécu comme l'eût commandé la tradition. Il avait rompu avec le destin familial qui faisait de chaque homme un paysan. Il avait pris la mer avec ses deux frères, fasciné par l'incertitude des grandes houles. La forfaiture avait cessé à la génération suivante. Lui, Evgueni, le fils, était retourné sagement à la charrue, pour faire jaillir le blé. Ainsi des peuples : une génération en marge, un gène boiteux, un grain de sable qui détraque la transmission et puis la remise en ordre, car le grand mécanisme des destinées ne saurait être longtemps perturbé par les caprices individuels d'un élément fantaisiste. Evgueni travaillait comme garçon de ferme. Il donna sa démission à son patron, un koulak enrichi par le semi-esclavage dans lequel il tenait ses journaliers. Ses gages, ajoutés à ce que lui laissait son père, allaient lui permettre de voyager plusieurs mois d'affilée. Il sella de nouveau le hongre noir. Il se planta devant l'école du village et cria le nom du maître : « Igor Semianovitch ! » son ami d'enfance. Celui-ci sortit, encaqué dans une blouse noire. Evgueni le serra dans ses bras et lui demanda négligemment où se trouvait l'océan qu'on nommait « Pacifique ». L'instituteur tendit le bras vers l'est, dans la direction du village de Bratsk. Evgueni remercia, embrassa Igor sur la barbe et, sautant sur le hongre, se lança dans une contre-course solaire à travers les steppes de l'Empire, partant convoyer la poussière de son père vers les eaux de l'océan oriental.

Il chevaucha un an. La plaine d'Ukraine, les steppes caspiennes, les horizons kazakhs défilèrent lentement. Evgueni était mordve. Il descendait de ce peuple d'outre-Oural venu comme tant d'autres, au terme d'une longue errance, occuper le bassin du Dniepr au nord de la mer Noire, et qu'à l'école son instituteur russe qualifiait de « barbare », car les Mordves avaient longtemps rechigné à adopter le Christ et continuaient à célébrer leurs rites inavouables dans les forêts de saules... Evgueni, en somme, ramenait son père à la terre originelle, vers les confins autrefois ébranlés par le départ des hordes finno-ougriennes quand elles voulurent connaître les terres que le soleil fécondait en disparaissant chaque soir. Il marchait à contre-soleil, à contre-vent, à contre-histoire. Il remontait le courant des peuples eurasiatiques. Les villageois, les campagnards, les moujiks l'accueillaient souvent, le chassaient rarement, le suspectaient parfois de préparer un mauvais coup. La plupart restaient conquis par ce jeune homme à la peau encore lisse qui montrait tant de détermination à pousser son hongre de méridien en méridien. Il parvint un jour à la hauteur des monts de l'Altaï. Le mouvement lui fut bientôt aussi nécessaire que la respiration. Avancer vers l'aurore, poursuivre la route sous le soleil de midi, puis rejoindre l'étape, poussé par le souffle montant de l'obscurité, devinrent sa raison d'être. Même le hongre qui s'était affûté sur les pistes pour se transformer en cheval magnifiquement puissant goûtait cette jouissance fébrile de la verste abattue. Le couple centaure, convoyant un mort en poudre, raclait le vent des steppes et troussait l'horizon en avalant la piste. Avant les premières neiges, Evgueni traversa la « steppe de la faim ». Il remonta légèrement vers le nord. Et l'horizon changea. Une ligne d'arbres vint à lui, des bouleaux, annonciateurs de la taïga, cette forêt sans limites dont seul le Pacifique parvient à arrêter la poussée. Il y eut l'hiver. Il s'employa comme garçon de corvée dans une ferme de colons russes convaincus par la propagande du tzar. Il devait assurer l'alimentation des fourneaux à bois de la ferme. En échange, il recevait le couvert, le gîte et le foin. Il passa ses journées à couper la taïga, à fagoter les ramées, à haler les houppiers et à débarder des rondins sur un *tarantass*[1] récalcitrant. Le dégel venu, Evgueni reprit la route, gagnant sur l'Est des centaines de kilomètres de taïga. L'horizon n'était qu'un bouleau, le ciel qu'une ramure, le sol qu'une mousse, l'univers qu'une forêt. Un jour, il rentra dans le bassin-versant du Pacifique. Oh ! il en était encore loin, mais quelque chose dans l'atmosphère indiquait que la géographie tout entière s'inclinait subitement dans une direction précise, disposant son architecture vers le levant. Les vents étaient devenus réguliers. Les fleuves maintenaient un cours oriental. Même les pistes et les sentes se déployaient latitudinalement. Les reliefs se disposaient d'ouest en est. Un complot topographique s'ingéniait à orienter les énergies de la terre vers l'océan. Le hongre aussi le perçut qui força l'allure comme si le bout des terres devait abriter son écurie. En traversant la ville d'Oumir, Evgueni fut arrêté par la police, c'était la centième fois depuis le début de sa procession (comme il qualifiait son voyage). Dans la région, des émeutes grondaient. On avait signalé des revendicateurs à cheval qui rôdaient dans les bois pour hanter les bourgades quand la nuit arrivait. On soupçonna que l'histoire testamentaire n'était qu'un mauvais alibi : Evgueni fut gardé en détention. Or un général de Pétersbourg en tournée dans les provinces d'Orient arriva à Oumir en même temps qu'Evgueni. Il visita la garnison et recommanda aux officiers d'enrôler le plus possible de jeunes gens car la guerre

1. Traîneau sibérien.

du Japon faisait rage. Le tzar avait besoin de chairs nouvelles. Evgueni n'avait pas entendu parler du conflit déclenché pourtant depuis des semaines. Il avait été exempté de service militaire par tirage au sort quelques années plus tôt, mais il avait égaré sur sa route les papiers de dispense. On l'enrôla de force. On le tondit, on l'habilla. On en fit un soldat pour quinze ans. Il apprit que son cheval avait été affecté dans un régiment de cavalerie. Un jour qu'il rentrait de l'exercice, il vit défiler une escouade de cavaliers avec un officier monté sur le hongre. Il émit un sifflement sourd que connaissait bien la bête : le cheval sortit du rang et vint à lui. L'officier, ridiculisé, le cravacha. Un autre jour, lors d'un entraînement en campagne, Evgueni emporta l'urne dans sa musette. Les manœuvres avaient lieu près d'un paisible affluent du fleuve Amour qui se jetait dans le Pacifique. Il versa les cendres dans le flot paresseux avec un geste de prêtre païen. Il confiait au cours d'eau le soin d'achever le convoyage et ne doutait pas que, malgré les déperditions dues aux remous des méandres, quelques-unes des particules paternelles finiraient par se mêler aux eaux de l'océan. L'idée qu'elles allaient poursuivre seules le voyage le berça pendant les longues journées de voyage vers le Japon où un train militaire acheminait sa section. Il fut affecté comme fantassin sur le front de Moukden où l'armée nippone tentait une percée. Il connut le fracas des combats, le sang de la défaite, les larmes de la déroute. La boue envahit sa vie. Elle recouvrait la terre et les monticules de cadavres qui jalonnaient sa fuite. Elle mettait dans la bouche un goût de terre morte. Elle s'immisçait sous les habits. Lui qui avait tant apprécié autrefois les voyages fut de nouveau contraint de prendre la piste mais, cette fois, c'était pour refluer sous la poussée des Jaunes. Un jour pendant l'assaut contre les troupes du général Osanaki, il se dit que le destin était étrange qui l'envoyait, baïonnette au canon, percer le ventre d'inconnus alors qu'il avait consacré tant d'énergie à se rapprocher d'un séjour qui portait le nom de «Pacifique»! Il survécut parce qu'il était courageux. Il n'avait rien d'autre à perdre que le souvenir d'un père défunt et celui d'un cheval qu'il avait aimé plus que tout. Il était indifférent au reste du désastre... N'essayant pas d'éviter les coups, il n'en rencontra pas de mortel. Il reçut toutefois une blessure au poitrail puis, par-dessus ses pansements, des galons et des décorations. La déroute se transforma en retraite et la retraite en retour. Dans l'hôpital où il vécut des jours soyeux, il se rappela les champs de Mordovie, et les labours qu'il y traçait arc-bouté à la charrue. Il voulait revoir sa terre. On le démobilisa. Il revint par le train depuis Moukden jusqu'à Kazan puis en voiture à cheval jusqu'au village. On l'accueillit en miraculé. On voulut entendre son récit: les mois de steppes avec le hongre puis le tourbillon des batailles. Et puis on l'oublia et il reprit le soc, la bride et l'existence réglée sur le cours des labours. Mais pas un jour de l'année ne passa sans qu'il pensât au Pacifique. Dans les mirages de sa nostalgie, les draperies des prairies qu'il avait traversées se confondaient avec les houles encrêtées d'écume qu'il n'avait jamais vues. Il apprit un jour qu'on demandait des ouvriers dans la région du Baïkal pour réparer certains tronçons du Transsibérien. Il s'engagea dans cette nouvelle armée de travailleurs-cantonniers, forçats volontaires employés à défricher la Sibérie pour que passe le train, troupeaux de gueux à peine mieux traités que les chiens. Le chantier progressant vers l'est, il avançait chaque jour un peu plus vers le Pacifique et en concevait une joie forte, bien qu'il payât au prix de sa santé chacun des mètres le rapprochant de son rêve. Après six mois, il quitta l'emploi et retourna vagabond, chercheur de Pacifique, quêteur d'Orient. Il retrouva la piste qu'il avait suivie quelques années plus tôt, gagna le point ultime qu'il avait atteint naguère, dépassa la région et continua vers la côte. Il n'était plus qu'à trois cents verstes du bord de l'océan. Il ruminait ce genre de calculs insensés qui occupent souvent l'esprit du marcheur au long cours et servent à emplir l'abîme de ses pensées : il inventait des combinaisons de chiffres, convertissait la distance à parcourir en heures de marche, en nombre de pas, en séries d'expirations, calculait combien de champs identiques au sien pourrait labourer un sillon de trois cents verstes, imaginait l'époque à laquelle il arriverait au terme de sa course s'il ne pouvait accomplir qu'une verste par semaine… Un matin il trouva l'air plus pur. Une atmosphère de littoral. Il abordait un territoire qui appartenait déjà au rivage. Il incurva légèrement sa route vers le sud, rattrapa la ligne du Transsibérien qu'il longea jusqu'à Belogorsk. Une ou deux fois, il tenta de sauter dans le train en marche, mais on l'expulsa sans ménagement. Il survivait de ce qu'on voulait bien lui vendre, de ferme en ferme. Parfois, des paysans l'invitaient à leur table. Puis il replongeait dans le flot de la piste, rejoignait une autre ferme, procédant par sauts, comme le marin d'île en île. Aux abords d'une ferme, il entendit un hennissement. Son hongre passait, monté par un moujik. Vision fugace : une croupe bleu obscur dans la poussière, mais comment aurait-il pu se tromper ? Il suivit la piste du cavalier, parvint dans une ferme. On lui expliqua que le cheval avait été trouvé par l'un des fils à la fin de la guerre, errant dans les marais, et qu'on l'avait recueilli et bien traité et que, d'ailleurs, pour s'en convaincre, il n'avait qu'à voir le lustré de la robe et l'éclat du regard. Le hongre ne se souvenait plus d'Evgueni : il ne manifesta rien d'autre à son approche que l'habituelle curiosité fébrile qui saisit tout cheval devant un éventuel pourvoyeur de foin. Evgueni resta quelques jours à la ferme pour aider aux travaux. Il s'attacha au lieu non pas tant pour le cheval que pour le regard de la fille de la maison, Ludmila. Elle avait les yeux en amande, retournés comme ceux des peuples nomades. Ils consommèrent leur amour sur des ballots de foin encore grouillants d'insectes. Il s'engagea comme garçon de ferme. On crut qu'il restait pour le hongre. Ils vécurent comme des abeilles butinant en secret les lambeaux de temps qu'ils volaient au labeur. Ils mêlaient leurs ombres quand le soir se flanquait sur la Sibérie et s'aimaient, l'oreille aux aguets, fébriles et peureux. À l'hiver, la jeune femme se découvrit enceinte. Elle annonça qu'elle allait se marier. Le père voulut tuer Evgueni. On lui fit valoir qu'il pourrait trouver un avantage dans un beau-fils corvéable à merci, contraint de se faire pardonner. On chercha un pope. Le bébé naquit et Evgueni eut l'impression que ses vagissements étaient le bruit des chaînes qui entravaient, une fois de plus, une fois pour toutes, sa course vers le Pacifique. Comment gagner la mer quand on est mari et père ? Ludmila l'implorait de les conduire loin du village, de leur misérable cabane attenante à la ferme, que le père appelait cyniquement la « maison des époux ». Elle voulait connaître la Mordovie : les plaines baignées de soleil six mois par an, les reflets blancs de la mer Noire, les lumières de l'automne s'attardant dans le ciel quand la Sibérie, elle, est déjà terrassée par l'hiver. Ils achetèrent un billet de train pour Kazan. Une fois encore, le train ramenait Evgueni d'où il était parti. Pendant le voyage, il regarda défiler les arpents de forêts qu'il avait traversés quelque temps auparavant en sens contraire. Chaque heure de train annulait des mois d'efforts. En dix jours, ils firent la route dont il avait mis près d'un an à venir à bout. Le Pacifique n'était plus qu'un souvenir même pas effleuré. Au bout du trajet : la Mordovie, le village, une ferme où ils prirent emploi, une pièce aux rideaux rouges et un berceau près du poêle. La vie reprit plus douce pour Ludmila, plus cruelle pour Evgueni. Il y eut la Grande Guerre, dont ils entendaient de loin en loin des rumeurs. Qu'importait à Evgueni que certains de ses voisins fussent appelés aux combats lointains ? Il était à l'abri, lui, à cause de ses anciennes blessures. Il tentait d'étouffer son désir de reprendre la route. Il ne parlait jamais à personne de l'aimantation qui le tourmentait. Chaque matin, avant d'en découdre avec la tourbe, il tournait la tête vers les peintures du ciel, en songeant à l'océan. Evgueni et Ludmila continuèrent à dérouler paisiblement le fil de leur vie. Jusqu'au jour où Evgueni lut un placard sur une palissade : le ministère de l'Agriculture cherchait des volontaires à l'expatriation pour mettre en valeur la terre du Kamtchatka, à l'extrême est de la Sibérie, tête de serpent en triangle, hérissée de volcans, qui s'avance sur les eaux pacifiques. Evgueni vit en cet appel un signe. Voilà que, maintenant, le Pacifique s'offrait à lui sur le plateau d'argent de la bonification des terres. On allait l'aider non seulement à atteindre l'océan, mais en plus à s'installer sur ses bords. Il pourrait enfin assister au ballet des franges d'écume occupées patiemment à raboter l'Eurasie. Il envoya sa candidature. On lui fit parvenir des renseignements sur l'attribution des terres. On lui demanda de remplir des formulaires et de signer un contrat d'appropriation. On lui attribua un lopin sur la côte. Restait à accomplir le plus difficile. Il eut besoin d'une année pour convaincre sa femme. Ludmila ne voyait pas la nécessité de s'arracher à la bonne langueur de sa vie paysanne. Elle avait trouvé l'homme qui l'avait délivrée de la Sibérie. Pourquoi s'y replonger ? Pour elle, la proximité des splendeurs pacifiques ne constituait en rien une consolation. Les rumeurs du ressac, le fouet de l'air chargé d'embruns, les ciels du soir dorant les houles ne pesaient rien en comparaison de la vie tempérée des plaines grasses de Mordovie où les moissons ne trahissaient jamais les attentes. Elle ne se laissa gagner que quand Evgueni s'ouvrit à elle et lui dévoila la raison de ses insistances. Il lui révéla son secret : les cendres d'un père, le voyage funèbre, la procession à cheval, la guerre, la blessure, le retour, le nouveau départ et le nouveau voyage et toujours, sans répit, le Pacifique refusé, par une rebuffade du destin, au dernier moment, à l'instant où les espérances étaient au bord de s'accomplir. Elle admira ce paysan aux allures bûcheronnes, moujik fils de moujiks, pauvre Mordve anonyme capable d'entretenir en lui-même des obsessions si inutiles. Elle exigea seulement qu'il lui laisse le plaisir d'un dernier été mordve. Puis ils firent les préparatifs. Ils partirent en octobre. On entendait circuler dans le village des rumeurs sur des troubles qui secouaient Moscou. Ils se trouvèrent au début de novembre 1917 à la gare de Kazan. Ils prirent un billet pour Vladivostok, d'où partaient les bateaux pour le Kamtchatka. On chargea leur malle. Emportant la famille, le train s'ébranla vers la folie d'Evgueni. Il était inquiet : il craignait que l'océan ne se révèle à lui trop subitement, à la descente d'un quai, sans qu'il le mérite vraiment. Il savait que l'extase des arrivées est proportionnelle aux énergies déployées pour parvenir au dernier pas. Le train roula plusieurs jours. À chaque gare, les nouvelles de la capitale se faisaient plus alarmantes. On parlait de guerre civile, d'émeutes, de canonnades. On disait même que le tzar était mort. Un jour, le train ne s'arrêta pas car la gare brûlait. Des colonnes d'hommes en armes parurent sur les chemins. Des piliers de fumée s'élevaient du cœur des villages comme pour soutenir des ciels orageux. Des hordes de réfugiés divaguaient dans la plaine. Certains bourgs étaient pavoisés de drapeaux rouges. C'était la Révolution. Le train ne s'arrêta plus. Il fusa, lisse et droit, indifférent aux soubresauts du dehors, glissant sur le désordre comme le carrosse d'un roi dans la huée des foules. Evgueni était parfaitement étranger au chaos. Le train, un jour, freina brusquement. Des hommes en armes firent descendre les passagers et les alignèrent sur la voie. Le train était réquisitionné. Au nom du peuple. Quelqu'un rétorqua que le peuple, c'était lui, et qu'il avait à se rendre vers l'est pour affaires. Il tomba sous une balle. On fouilla les bagages des autres. Dans les sacoches d'Evgueni on trouva les preuves de sa culpabilité : ordre d'installation au Kamtchatka, cachet d'attribution de terres, lettre du ministère de Saint-Pétersbourg, lettre de condoléances d'un capitaine d'Arkhangelsk pour la mort de son père, décoration de guerre de l'Armée impériale, certificat de baptême du petit garçon selon le rite orthodoxe. Fidèle du tzar! Ennemi du peuple! On l'enferma avec Ludmila et l'enfant dans l'école d'un village proche. Le matin on voulut les séparer. Evgueni s'y opposa farouchement. Coup de crosse derrière la tête. Il se réveilla derrière les barreaux d'un poste de police où on le laissa croupir plusieurs semaines. Quand on le relâcha, ce fut pour l'enrôler dans la nouvelle Administration des Soviets. Comme il était mordve et qu'il avait voyagé, on l'employa au département des Minorités. Ce service était chargé de constituer les nouvelles républiques autonomes qui allaient désormais mailler la vieille Russie. Lénine entendait donner une liberté plus importante aux ethnies qui composaient le vitrail éclaté de l'Empire. Devenu fonctionnaire, Evgueni n'eut de cesse de retrouver les siens. Il enquêta en vain, des mois, des années durant, interrogeant des gens qui se muraient dans le silence, envoyant des lettres auxquelles on ne répondait pas. Il pensait que Ludmila et l'enfant n'avaient pas survécu aux tumultes d'Octobre, mais il continuait ses recherches. Les illusions lui étaient un baume. Un jour, deux Géorgiens à chapeaux mous et imperméables gris vinrent lui expliquer qu'il serait malséant de poursuivre son enquête. Les temps passèrent. Comme tous les cavaliers, les éleveurs et les paysans que les Soviets arrachèrent aux crinières, au grand air, à la glèbe, pour les murer dans des bureaux, Evgueni finit par devenir un zélé fonctionnaire – quoique légèrement fou. Le souvenir de sa femme, de son enfant, de ses courses vers l'océan interrompues brutalement l'envahissait. Il eut des hallucinations. Son regard se voilait, il balbutiait dans un murmure: «Le Pacifique! Le Pacifique.» «Voilà Evgueni qui s'en va», s'amusaient ses collègues de bureau. «Reviens-nous, Evgueni, ne t'éloigne pas trop!» Evgueni, scellé à son bureau dans une pièce sans fenêtres, évita une à une les tempêtes de l'histoire, aveugle au cours des choses : collectivisation, mort de Lénine, avènement de Staline, guerre mondiale, mort de Staline. Quand Khrouchtchev parvint au pouvoir, on lui donna sa retraite. Evgueni n'avait pas démordu de l'idée qui avait hanté sa vie. Il savait parfaitement ce qu'il voulait faire de ce temps qu'on lui rendait enfin. Il irait rejoindre l'endroit où l'attendaient ses pensées. Il irait laver les affronts du destin dans la pureté de la mer orientale. Or, pendant ses vingt années de bureaucratie, il s'était découvert un talent de dessinateur. Il avait d'abord, à l'infini, répété le même croquis : un paysage composé d'une série de lignes superposées, couchées dans un ordre immuable et représentant de bas en haut un rivage de sable, une ligne d'écume, une barre de lame, un trait d'horizon, une bande de nuage et une nuée rectiligne d'oiseaux en formation. C'était sa vision de l'univers : les éléments rangés, empilés dans un ordre qui ne variait jamais. Après quoi il s'était aventuré à dessiner quelques silhouettes et s'était mis à croquer ses collègues, ses voisins de palier, les clercs de son service, avec un succès grandissant. Sait-on qu'il y a dans la grande Ukraine et une partie de la Russie une tradition antique de peintres voyageurs, artistes itinérants qui cheminent en alternant les coups de pinceau et les longues foulées ? Ils traînent derrière eux leur matériel de peinture serré dans une carriole, et sèment leurs œuvres sur la route. Evgueni partit en tirant une remorque où il avait rivé une caisse de bois contenant deux couvertures, un gobelet de fer, un livre sur le cycle des marées pacifiques, une boîte de couleurs, un pinceau en poil de zibeline et un autre en poil de loutre. De halte en halte, il peignit des villageois qui, pour se donner une contenance pendant les moments de la pose, prenaient un air très sérieux. Il gagna le couvert et le gîte à coups de pinceau et les longitudes orientales à coups de collier sur les pistes. Un village – un tableau – une nuitée. Au rythme de cet échange de procédés, il grignota du chemin vers l'est. Il alla ainsi de saisons en saisons, laissant de son passage une trace de lui-même faite de petites toiles – parcelles de regard – accrochées dans les fermes ou dans les maisons. Parfois quand un paysage l'inspirait ou que la fatigue lui commandait une halte, il s'arrêtait et peignait ce qu'il voyait : une piste de terre noire droite comme l'allée d'une nef dont les peupliers auraient été les piliers. Il traquait sur sa toile la lumière de Russie, si pure à cause de la vastitude du territoire qu'elle doit éclairer et dans laquelle elle se dilue. Puis, offrant à l'immensité sibérienne l'amplitude de ses petits pas, il reprenait le tricot de sa lente avancée. Au fur et à mesure qu'il gagnait l'Est, les visages qu'il dessinait se modifiaient : yeux ronds des Russes, yeux plissés des Kazakhs, yeux des Kirghiz alourdis par un bourrelet de graisse, yeux en fente des Sibériens, yeux bridés des Yakoutes. Evgueni travaillait pour des gens plutôt bien nourris, capables de sacrifier une tranche de lard et un bol de crème contre un portrait. C'était en général les chefs de régions, les fonctionnaires, les *revizors* ou les fermiers les plus riches. On le recevait dans de grosses fermes ou de confortables datchas.

C'est ce que remarqua Oleg qui observait le manège d'Evgueni dans la région de Yessik où ils se rencontrèrent. Oleg vivait en ermite depuis plusieurs années dans la taïga, subsistant grâce à de menus braconnages, échappant à la vigilance des Soviets, hivernant pendant la saison rude dans quelque cabane abandonnée. Ils cheminèrent de concert pendant dix jours. Evgueni fut ravi de partager une solitude qui pesait plus lourd à ses épaules que les courroies de cuir de sa carriole. Il pouvait enfin déverser ses émotions ailleurs que sur sa toile. Oleg, lui, était heureux de profiter de l'accueil chaleureux dans les fermes cossues et il s'accommoda parfaitement de la fonction de *peintre-assistant* dont Evgueni l'avait l'affublé. Quand ils se séparèrent pour continuer chacun son chemin, les meurtres et les vols commencèrent. On apprit que le chef d'une proche brigade avait été dévalisé et que sa femme avait reçu un coup sur la tête qui la laissa diminuée pour le restant de ses jours. Puis ce fut le tour du palkovnik Bourkaiev, qu'on retrouva les poches vidées, la gorge tranchée, couvert de mouches vertes qui s'abreuvaient à la plaie. Une autre semaine, on chercha le régisseur du sovkhoze de Komsomolsk pour le découvrir finalement dans un atelier, le crâne fendu et rempli d'asticots. Enfin, le maître de l'école d'Ougoyan déboula un matin dans le poste de police en expliquant qu'on venait de le dépouiller pendant son sommeil. L'inspecteur Aitmatiev fut chargé de l'enquête et perdit le sommeil à chercher un lien à ces crimes qui rompaient la bourdonnante torpeur de l'été sibérien. Oleg n'avait pas perdu de temps. Dès qu'il s'était retrouvé seul, il avait commencé ses pillages sur les traces d'Evgueni, prenant soin de choisir ses victimes parmi les hôtes du peintre. Si les modèles des portraits avaient assez de roubles pour commander un tableau et nourrir l'artiste, ne faisaient-ils pas l'affaire d'un voleur? Il agissait toujours la nuit, juste après le passage du Mordve. Le plus difficile était de ne pas perdre la piste de l'artiste, mais dans les villages de la taïga les bruits couraient vite, car les paysans étaient si fiers de leurs portraits qu'ils racontaient très volontiers la visite de l'*artiste-voyageur*. Evgueni continuait son chemin avec obstination. Septembre arriva et les premiers ébranlements de l'automne commencèrent à peler les bouleaux de la taïga. Evgueni aimait peindre les branches rayant des ciels purs. Il s'arrêta de moins en moins souvent: il n'était plus qu'à trois cents kilomètres du Pacifique. Il progressait dans l'euphorie, porté par la grâce. Il ne se doutait pas qu'il déroulait, derrière et malgré lui, un voile de sang. L'inspecteur Aitmatiev, une nuit d'insomnie, entrevit le lien, le point commun qui unissait tous les meurtres: ces tableaux de gouache, joliment peints, décorant systématiquement les lieux des crimes, neufs, brillants, tous de même style ! Signature accrochée devant ses yeux aveugles. Il se souvint qu'on lui avait signalé la présence dans la région d'un vieillard fantasque, retraité de l'Administration qui traversait l'oblast à pied. Y avait-il meilleure façon d'épier sa future victime qu'en s'introduisant chez elle sous le prétexte de lui offrir son portrait ? Y avait-il plus judicieux moyen pour gagner sa confiance que de se présenter sous les traits rassurants d'un peintre ambulant ? Aitmatiev courut au poste de garde où il réveilla l'inspecteur en second. Ils télégraphièrent aux sergents des postes routiers : il fallait à tout prix arrêter un peintre à barbe blanche qui se déplaçait vers l'est avec son barda d'artiste.

Evgueni décida de camper. C'était sa dernière nuit. Trente kilomètres de l'océan. Le lendemain il arriverait au rivage. Il pourrait enfoncer les pieds de son chevalet dans le sable noir. Il pourrait peindre l'océan. Puis il pourrait mourir. Il se retiendrait certainement de trop vite finir son tableau, mais, quand il mettrait la touche ultime, il atteindrait la félicité. Il s'assoupit sur son lit de branchages, dans sa couverture rêche, le visage léché par le cœur mourant d'un feu de braise. Il dormait quand les coups se mirent à pleuvoir. Lueurs de lampes. Des cris, des empoignades, des chaînes aux poignets et aux chevilles. « Debout ! Couché ! Chien de Mordve ! » De nouveau des poings dans les côtes et sur le nez. Face contre terre. À genoux. Lueurs du brasier ranimé avec sa carriole jetée au feu. « Debout ! » Quelques pas. Quelques coups. Une remorque de camion. « Monte, salaud ! » Tintement des chaînes sur le métal. « Couché ! » Vacarme du moteur. Secousses de la piste. Un dernier coup sur la nuque. L'enquêteur Chingiz Aitmatiev venait de gagner ses galons de commandant de région. Le procès ne fut pas long. Comment nier ? Partout où il était passé et avait peint, un coup de couteau avait succédé au coup de pinceau. « Quelle idée de laisser des tableaux comme pièces à conviction », murmura l'assistance. « Ils sont de plus en plus cyniques, ces tueurs », expliqua le procureur. « La mort ! » exigea-t-il ensuite. « Il est vieux ! Regardez, il sourit ! Il ne dit mot ! Il est fou. On ne peut tuer un fou ! La perpétuité ! Le cachot ! Il est bon pour les rats. » Evgueni était hébété. Le procès, sa condamnation lui étaient indifférents. Il avait compris la trahison d'Oleg, sa machination. Ce qui l'accablait davantage que son sort, c'était l'obstination que mettait le destin à l'empêcher d'accomplir le dernier pas vers l'Oasis. S'il souriait, c'est qu'il devinait une force acharnée à le contrecarrer. Il se demandait ce qu'il avait fait pour ne jamais pouvoir rien obtenir d'une existence en éternelle suspension. Il passa les habits du bagnard. Il pleura doucement. « Ces gens qui torturent les innocents et qui geignent sur leur sort ! » murmura-t-on à ses oreilles. Mais personne ne sut à quoi Evgueni destinait ses larmes, personne n'eut la moindre idée de cette vie tout entière tendue vers un désir toujours refusé. Il fut jeté au fond d'un camion blindé et convoyé pendant des heures. Ses gardiens se demandaient comment un vieillard si doux avait pu commander à une main si brutale. Le camion s'arrêta dans la nuit noire. On le guida à travers des couloirs de béton. « On arrive bientôt à ta datcha pour la vie, mon chéri », dit un garde. Une porte grinça, on le poussa dans l'obscurité. Il s'allongea sur le pavement humide. Respirant l'air froid qui tapissait le sol, il se remémora toutes les énergies, les craintes et les joies, l'enthousiasme et les peines, les doutes et les forces qu'il avait jetés dans sa marche, cette vie d'espoir conclue dans un cachot. Le jour vint. La cellule était éclairée par une embrasure que fermaient des barreaux. Evgueni se leva et s'approcha pour voir le jour.

On l'avait enfermé au fort de Korf, construit sur un promontoire surplombant la côte océane.

Par l'ouverture du cachot le Pacifique immense s'étendait à ses pieds, murmurant à Evgueni qu'il l'avait attendu et qu'il serait toujours là pour lui.

L'HONNEUR EN MORCEAUX

Ils faisaient une fête terrible. Le village s'appelait Saemov : des baraques potagères, sur le bord de la mer Noire. C'était une région de Cosaques, le territoire de l'une de ces peuplades de plaine qui avaient alimenté les rangs de la contre-révolution. On avait dit à l'époque qu'ils étaient des fidèles du tzar. Mais ce n'était pas par fidélité qu'ils s'étaient battus. En réalité, ils ne voulaient pas de troubles dans la région. Ils subissaient le joug des seigneurs, mais ils savaient que les commissaires du peuple leur imposeraient une autre tyrannie. Or ils ne voyaient pas l'intérêt de briser leurs chaînes pour en recevoir de nouvelles. Les esclaves ont horreur du changement. Il y avait les patates à récolter dans les champs et ils avaient combattu. Pour avoir la paix. Et ils étaient devenus une légende.

Quatre-vingts ans plus tard, dans une ferme située à l'orée du village, on noçait. On mariait Tatiana, fille d'un paysan, à Sergueï, artisan électricien. Sibiakine, le père de la mariée, sabrait des bouteilles sans discontinuer. Dans le comportement des peuples du Grand Est, il semble y avoir une rémanence des libations antiques au cours desquelles on versait sur le sol quelques gouttes d'un breuvage en l'honneur des dieux domestiques. Dans leur aimable violence, Ukrainiens et Russes s'appliquent toujours à répandre à terre un peu du contenu des bouteilles qu'ils entreprennent.

– Celle-là, on va la mettre à mort, hurla Sibiakine en décapitant un goulot.

Il voulait qu'on se souvînt de cette fête comme de la plus grande soûlerie jamais organisée dans le bassin du Dniepr.

Une planche était suspendue à l'entrée de la grange. On désirait rentrer ? Il fallait s'y asseoir et se balancer une ou deux fois. On pouvait alors gagner les bancs qui flanquaient la table aux victuailles, charnier de grasse nourriture paysanne, accumulée pendant toute une saison, en prévision de l'indigestion collective du mariage. Trois mois de privations dans la perspective de se rendre malade. Ces moujiks entretenaient avec la nourriture une relation de vagabonds : jamais rassasiés, mais basculant brutalement des rigueurs de la disette dans les excès des bombances.

Constantin, assis au bout d'un banc à l'écart des corps gluants de ses voisins en sueur, regardait les plats de charcuterie avec dégoût. Il vivait à Moscou où il dirigeait une compagnie d'assurances. C'était l'un de ces *novos richis*, fils de la campagne, qui s'étaient rués à la ville lors du naufrage de l'Union pour faire fortune dans les affaires. Il avait coupé ses racines paysannes comme on arrache un chiendent. « La Terre pue », s'était-il dit en découvrant Moscou, brillante dans la nuit fiévreuse. Et, à deux heures du matin, dans une boîte branchée, il s'était rappelé, putes au bras, bouteille à la main, qu'à la campagne on était déjà couché depuis huit heures du soir, alors que la nuit commençait pour lui. Il avait visité Minsk, Varsovie, puis Berlin, Francfort et Genève. Il progressait vers l'ouest au fur et à mesure que ses affaires florissaient : bientôt Londres et Paris. Puis l'Atlantique tomberait et il verrait New York, Los Angeles et le Japon ! Un méridien gagné à chaque contrat signé.

Il essaya de se rappeler sa dernière visite au village. Ce devait être pour l'enterrement de son oncle, chef de la conserverie de poissons qui était mort de froid en se laissant enfermer dans une chambre de congélation par un ouvrier saoul. Quelques mois auparavant, il y avait eu le baptême d'un neveu. Et puis il avait assisté aussi à la fête donnée en l'honneur de son cousin qui était passé second maître dans les sous-mariniers de Mourmansk. Et à présent c'était Tatiana qui se mariait. Sa petite sœur. Finalement, la vie de famille se réduisait pour lui à une série de cérémonies, de sacrements, de fêtes qui s'enchaînaient avec la même régularité ennuyeuse que les saisons. Il s'acquittait de ces obligations car il savait qu'on ne lui aurait jamais pardonné d'ajouter à l'injure d'avoir quitté le pays l'insulte de n'y pas revenir de temps en temps pour célébrer les dates importantes du calendrier familial.

À chaque visite, le plus compliqué était de quitter Moscou. Il devait imaginer un nouveau prétexte pour s'absenter quelques jours, inventer des explications plausibles – négociations lointaines, visites professionnelles, colloques internationaux – pour fuir son bureau sans que ni Natascha, sa secrétaire aux yeux mauves, ni Pavel, son associé à quarante-neuf pour cent, ni Ivan, à qui il avait donné quelques parts de la société et qui lui fournissait de la belle héroïne afghane pour ses soirées *strass et paillettes*, se doutassent une seule seconde qu'il prenait en réalité l'avion pour Kiev, puis le train pour Zaporizhia où il embarquait sur un bateau qui descendait le long du Dniepr et le déposait à la gare fluviale de Nickopol où son père venait le chercher dans une Volga blanche des années rouges. Mener cette double vie – un pied dans le luxe du Moscou technoïde et l'autre dans le champ de carottes de son enfance crottée – l'épuisait.

Et puis il y avait ce Sergueï qui le préoccupait… Le *marié*, comme on l'appelait dans le village. Constantin ne se faisait pas à l'idée que sa sœur eût choisi d'épouser un électricien. À plusieurs reprises, il avait offert à Tatiana de venir le rejoindre à Moscou. Il lui avait promis un poste d'assistante de direction dans son propre établissement. Elle aurait goûté aux saveurs de la capitale. Pourquoi épouser un artisan bouseux, produit des amours d'un paysan calleux et d'une ménagère diminuée par les années et les moissons ?

– Et alors, le *capitalist* ! On boude la charcuterie ?

Ce qu'il craignait depuis le début de la noce arrivait. On avait repéré qu'il se cachait pour échapper au suint des saindoux, à la râpe des vodkas et à l'étreinte alcoolique des tantes obèses. Mais Sibiakine ne l'avait pas oublié.

– Tu snobes les cochonnailles ?

Parlait-il du tas de salami perlé de graisse qui s'étalait sur un plateau, ou des femmes énormes qui faisaient ployer les bancs de bois sous leur poids ?

« Ils sont capables de me casser la gueule, ces rustauds-là », pensa-t-il.

Il haussa les épaules et regarda sa sœur.

Tatiana se déhanchait pour mieux boire dans sa chaussure à talon qu'on avait remplie de mousseux.

Il se demandait comment une race pouvait produire à la fois de si belles filles et des vieillardes édentées et geignardes.

– Puisque tu vas faire du chemin avec elle, bois à ton tour dans le soulier, beau-fils ! dit Sibiakine en tendant la chaussure à Sergueï.

Le petit électricien renversa du mousseux sur sa chemise. Il était perturbé par le grésillement d'une des guirlandes qui encadraient le porche d'entrée de la grange. C'était lui qui avait travaillé à l'installation électrique et il voyait dans le court-circuit un sombre présage en même temps qu'une mauvaise publicité faite à ses compétences. On ne lui laissa pas le temps de se tourner les sangs. Tatiana lui offrit ses lèvres et Sibiakine lui colla une tape dans le dos. Allégorie du mariage : il était pris comme dans un étau entre le père et la fille, le baiser et la bourrade.

« Comment a-t-elle pu s'enticher de cet apprenti, marmonnait Constantin. Quand je pense que Volodia voulait l'épouser ! Ce soir, elle serait la femme du directeur de l'aéroport de Moscou ! Toute la vie en voyage ! La première classe pour les États-Unis ! Mais non ! Mademoiselle choisit de s'enterrer avec un demi-abruti qui vissera des ampoules toute sa vie dans des fermes où l'on éteint les feux à huit heures du soir. »

Il sortit. Les flonflons de l'accordéon l'agaçaient. Il se dirigea vers le potager. Des convives allaient et venaient à travers le jardin pour se soulager, dans la cabane de planches adossée à la haie. Les potagers de l'ex-Union soviétique devaient leur prospérité à la purge familiale. Le fameux tchernoziom, le « sol noir » d'Ukraine n'est jamais que le réceptacle de siècles d'orgies et de fêtes. Constantin, qui portait des chaussures italiennes, eut tout à coup la désagréable impression qu'il marchait sur du fumier. Il regagna la grange. L'atmosphère lui était hostile. Quand il passait entre les rangées d'invités, il sentait les regards mêlés d'envie et de mépris posés sur son costume, sa montre de pilote et sa chevelure laquée. Il payait pour avoir trahi son destin, pour avoir préféré aux hivers des campagnes cosaques les feux des capitales. Ici, on n'aimait pas les aventuriers du capitalisme. Il suffisait qu'un pauvre bougre du village décidât, pour gagner quelques roubles, de vendre une pastèque au-dessus du prix du marché pour qu'on lui crache au pied en le traitant de spéculateur. Il avait l'impression d'être un renégat revenu s'exhiber dans ses habits d'infamie, lâché dans la fosse aux justes. Même Sibiakine, son propre père, qui avait essayé de plaisanter avec lui au début des réjouissances, le négligeait à présent, manifestant son aversion par de l'indifférence. Une jeune fille aux yeux bleus et bridés lui demanda avec ironie si elle pouvait toucher ses mains car elle n'en avait jamais vu de si blanches et de si lisses. Il se jura de ne plus jamais remettre les pieds à ces fêtes aux allures de procès.

Sergueï, qui n'était pas habitué à veiller, piquait du nez sur son jabot, abruti d'alcool, de sommeil et de bruit.

– Voilà bien un Cosaque, dit Constantin à haute voix. Dormant à l'heure des poules le jour de sa noce !

Et il pensa aux abîmes d'ennui dans lesquels s'apprêtait à s'embourber sa petite sœur. Plus que du dédain, il éprouvait de la haine. La pire de toutes. Celle qu'on voue à ses pairs quand on les a reniés.

– À présent, les cadeaux ! annonça Sibiakine en faisant taire l'assemblée.

Constantin se rappela qu'il avait laissé son paquet dans sa voiture garée devant la ferme.

Il avait eu une mésaventure en achetant le cadeau de Tatiana. Comme elle aimait les fleurs et qu'elle collectionnait les bibelots d'Orient, il avait voulu lui offrir un vase chinois.

Il était allé chez Nikolaï Bakaouchine, un antiquaire de l'Arbat, à Moscou, et avait déniché un vase adorné d'un tel grouillis de dragons criards et de dégoulinades végétales qu'on ne pouvait pas douter de sa provenance. Mais alors qu'il le saisissait pour l'examiner, le vase, plus lourd qu'il ne l'avait pensé, lui avait échappé des mains et s'était brisé à terre. Le marchand avait paru tellement consterné que Constantin avait eu honte.

– Bien entendu je vous paierai !

– Il ne s'agit pas de ça, avait répondu Bakaouchine. Ce vase ! C'était l'une des dix pièces qui fut offerte en cadeau de mariage par la princesse Wouxhan au roi du Tibet Lapsang II.

– Ce qui veut dire…

– Ce qui veut dire qu'il avait douze siècles d'âge et que c'était la pièce maîtresse de mon magasin ! Rendez-vous compte ! Les autres originaux sont exposés dans des musées !

Constantin avait soupçonné le marchand d'exagérer, mais,

quand l'antiquaire avait exhibé les documents officiels qui authentifiaient le vase comme une pièce antique, il avait capitulé. Restait à savoir combien allait réclamer cet antiquaire qui disposait ses objets dans des équilibres précaires à la seule fin peut-être que ses clients les brisent. Bakaouchine avait demandé un prix exorbitant qu'ils négocièrent longuement. Constantin aurait pu acheter le magasin d'une seule signature, mais il avait trop de fierté et une trop haute opinion de son statut de businessman pour se laisser abuser comme un vulgaire moujik. Il avait épuisé Bakaouchine sous les mêmes flots d'arguments qu'il déversait lors de ses conseils d'administration. Ils étaient finalement arrivés à un accord. Constantin avait payé. Vexé de la mésaventure, il ne pensait qu'à quitter les lieux au plus vite pour retrouver Natacha qui l'attendait au Boston-Club. Une idée lui était venue alors qu'il franchissait la porte.

– Nikolaï Bakaouchine, avait-il dit en revenant sur ses pas, pourriez-vous me donner les morceaux ? Je vais les emporter, finalement.

– Vous n'arriverez jamais à les recoller correctement.

– Aucune importance, laissez-les-moi : un souvenir.

Le marchand avait disparu dans l'arrière-boutique et était revenu avec un paquet volumineux protégé par des feuilles de journal.

Un à un les invités se pressaient devant les époux et tendaient leurs présents. Sergueï et Tatiana reçurent un séparateur à crème fraîche, une lampe-tempête biélorusse, un portrait brodé de Pouchkine, une trousse de maréchalerie, une pompe à pied avec différentes valves, des bougies neuves de motocyclette allemande.

Constantin s'avança le dernier. Il offrit son paquet à Sergueï mais s'arrangea pour le lâcher discrètement avant que le jeune homme ait pu s'en saisir. Toute l'assistance, rivée à la scène, avide de savoir ce que « le-grand-frère-dans-les-affaires » rapportait de Moscou, crut que le marié avait fait tomber le paquet par maladresse.

– C'est l'émotion, murmura une grosse dame.

– Quel ours ! Catastrophe ! Un vase de Chine en porcelaine ! Une antiquité, gémit Constantin. Chère pauvre petite sœur, je t'en ferai parvenir un autre.

Tatiana pâlit, Sergueï balbutia. On jetait au marié des regards réprobateurs.

– Ouvrons-le quand même ! On pourra peut-être faire quelque chose des morceaux, suggéra Tatiana.

Elle s'attaqua aux couches de papiers, pelant d'abord le beau crépon soyeux et satiné, attaquant ensuite les feuilles de journal. Cent personnes tenues en haleine fixaient ses mains qui s'affairaient à déshabiller le paquet.

Un murmure s'éleva.

Tatiana poussa un couinement d'oiseau incrédule.

Constantin sentit son sang quitter son cœur.

Le marchand Bakaouchine avait enveloppé chaque morceau du vase.

Séparément.

L'AFRICAINE AUX YEUX BLEUS

Zanzibar, 1939.

– … et voilà, conclut le gros armateur Bensoussan en reposant son verre, voilà comment, croyant découvrir les mines de Salomon, je suis tombé sur une vulgaire caverne où un salaud de chef de tribu lacustre cachait sa collection de Gramophone qu'il volait aux gouverneurs successifs de la région !

Les convives rirent, et les fauteuils d'osier craquèrent. La baie se reposait de l'agitation de la journée. Les pêcheurs retardataires nouaient les amarres sur les quais qui s'obscurcissaient. Les Européens sirotaient des alcools aux terrasses. La mer tendait sa nappe. Une fraîcheur parfumée montait de la plage. Les oiseaux dormaient déjà. C'était le soir à Zanzibar.

Chez le négociant arménien Shnourakalian, quelques Blancs s'étaient réunis comme tous les mercredis, profitant de l'arrivage hebdomadaire de produits frais. On buvait du rhum, on avalait des olives, on se rinçait l'œil dans le dernier numéro de *Signal*. Et chacun racontait une histoire. Shnourakalian avait institué un tour de rôle car il avait horreur des discussions de salon à bâtons rompus où l'on ne dit rien à force de trop parler. Il préférait entendre, un à un, chacun de ses amis convoquer ses souvenirs et tenir sa conférence pendant que les auditeurs, les pieds sur la balustrade, fumaient l'un de ces cigares cubains d'importation pour lesquels beaucoup auraient vendu leur propre mère.

– À Triek, à présent !

– Comment, mais… bredouilla l'ingénieur afrikaner, je ne connais pas de… je n'ai rien à vous apprendre, je ne sais pas bien raconter, je ne vois pas comment je pourrais… Et puis si, tenez, j'ai connu une négresse aux yeux bleus.

– Pauvre Triek, il faudrait être aveugle pour n'avoir jamais vu sur le continent de négresses aux yeux bleus, se moqua quelqu'un.

– Il y a toujours dans un village une petite beauté dont la grand-mère a rencontré le fils d'un gouverneur français, un soir torride, dans le fond d'une cour, dit Bensoussan.

On gloussa. Cette réflexion avait éveillé de honteux petits souvenirs.

– Oui, mais moi, dit Triek, elle a été ma femme. Nous avons vécu ensemble pendant vingt ans, jusqu'à ce qu'elle meure d'une infection qui lui a mangé les yeux : l'onchocercose – la cécité des marais. Elle s'appelait Anna. Elle avait la face large avec un petit nez pointu, des pommettes hautes, des yeux un peu en amande… et d'un bleu ! Le tout, avec une peau plus noire que l'ébène que trafique ce chien de consul Cagnatti !

– Tu as des preuves, l'Afrikaner ?

– Laissez-le raconter ! Pour une fois qu'il ouvre le bec, ce protestant !

– Eh bien, ma femme, Anna, je l'ai rencontrée au Zaïre quand j'aidais les Belges à installer les systèmes hydrauliques dans les plantations. Elle travaillait au dispensaire. Je suis tombé du ciel en la voyant et j'y suis remonté en l'épousant. Elle ne savait rien de ses parents. Qui était-elle ? D'où venait-elle ? Où était-elle née ? Elle avait tout oublié.

– Tu racontes comme un cochon, Triek ! Est-ce qu'elle ne savait pas ou bien est-ce qu'elle avait oublié ? Mets-toi d'accord avec ton histoire.

– En fait, elle avait oublié. Elle avait été recueillie à neuf ans par les sœurs. On la trouva avec un pansement de chiffons sur la tête, errant entre les hévéas, amnésique. Elle ne pleurait pas, elle divaguait, hagarde, et si personne ne l'avait ramassée elle aurait fini dévorée par les phacochères.

– Saloperie de porcs, dit Haston.

– Tais-toi, Haston, dit Kellner.

– Il n'empêche ! Ces cochons de phacos, je voudrais bien qu'on me dise ce que…

– Triek ! Continue !

– Apparemment, le coup qu'elle avait reçu lui avait fait perdre la mémoire du passé. On fit dans la région des recherches qui ne donnèrent rien. Pour l'interroger on dut lui réapprendre à s'exprimer. On lui enseigna le français, le néerlandais et l'allemand. Elle parla mais ne se rappela rien. Ni son nom, ni la raison pour laquelle on l'avait retrouvée à demi nue dans la plantation, ni l'origine de ce choc à la tête. On en fit une infirmière, je la rencontrai et tâchai de la rendre heureuse. Puis elle contracta le parasite et elle fut emportée. Voilà son histoire.

– C'est tout ?

– Oui, c'est tout. Tenez, non ! Il y a quelque chose qui m'a toujours intrigué. Quand on recevait des amis et qu'on commençait à déboucher les bouteilles et à sabrer des goulots, dès qu'une certaine excitation la prenait, Anna se frappait le cou avec le doigt : comme ça.

Triek s'approcha de la lampe à pétrole et se donna des petits coups avec l'ongle de l'index sur la jugulaire.

– Là, exactement comme ça, vous voyez ? C'est bizarre, non ? Elle faisait toujours ainsi quand elle était gaie. Des pichenettes sur le cou. Elle ne pouvait pas expliquer pourquoi. Je m'y suis habitué mais j'ai toujours trouvé ça singulier.

Il y eut un silence sous l'auvent de roseaux de Shnourakalian. Les convives étaient déçus par l'histoire de Triek mais n'osaient pas le lui reprocher parce que, somme toute, la disparition de la pauvre femme était une triste chose.

Soudain, l'Allemand Kellner se leva, s'approcha du balcon et s'y posta, les mains sur la rampe, immobile comme s'il avait voulu surveiller la baie.

– J'ai quelque chose qui pourrait t'intéresser, Triek. Écoute un peu. Un hiver que j'étais en Russie, deux ans avant la Révolution, on me fit monter dans un télègue pour gagner la frontière finlandaise. Nous versâmes dans une ornière. Il fallut près de trois heures pour nous tirer de là, cotisant nos efforts, le chauffeur, l'ami russe qui me guidait et moi-même. Nous réussîmes à remettre le véhicule sur la piste. Mon compagnon russe, inspiré par l'incident, me raconta l'histoire de Nicolas II qui s'en revenait un jour de la chasse vers Saint-Pétersbourg, seul sur son traîneau. Il avait réussi à semer son escorte de courtisans. On était au cœur de l'hiver et il glissait sur la neige, en silence, tiré par ses chevaux dans la forêt blanchie. Soudain, une ornière envoya l'engin au fond d'un fossé. L'accident fut violent. L'un des chevaux était blessé au paturon et le tzar lui-même avait le bassin meurtri. Il souffrait trop pour monter sur le cheval valide et pour rentrer au palais. En outre, il aurait répugné à laisser la bête blessée, seule dans la forêt. En boitant, il détela les chevaux et tenta de remettre le traîneau sur la piste. Mais l'engin pesait trop pour les bras d'un seul homme. Harnachant le cheval sain avec une longue corde attachée à la structure de bois, il essaya de lui faire tracter le traîneau. En vain. Le tzar essaya par l'avant, par l'arrière. Chaque mouvement lui torturait le dos. La nuit venait et le froid commençait à l'engourdir. On ne survit pas à une nuit dehors dans l'hiver russe. Nicolas voulut loger des rondins de bois sous les patins du traîneau. En s'éloignant pour en chercher, il vit les loups qui commençaient leur guet et comprit pourquoi, depuis un moment, les chevaux montraient des signes de terreur. La meute attendait à distance et tournoyait lentement. La neige se mit à tomber en même temps que la nuit. Le tzar alluma un feu. C'est alors qu'arriva le moujik Vassili Pavlovich Poliakoff, monté sur un énorme étalon de trait et tenant à la longe un jeune cheval impétueux qu'il allait vendre à une connaissance dans les faubourgs de Pétersbourg. Il s'était mis en retard et n'avait pas pu éviter la nuit. Il vit le feu, s'approcha du fossé, reconnut le tzar, comprit l'accident. En quelques minutes il avait recouvert Nicolas de son manteau, pansé la plaie du cheval impérial avec les lambeaux de l'un de ses tapis de selle, passé un rondin sous le traîneau, attaché ses deux bêtes et celle de l'empereur à l'engin. Il commanda la manœuvre comme on guide un labour, criant des ordres précis auxquels répondait parfaitement son cheval, entraînant les deux autres à l'imiter. Il poussa par l'arrière, les chevaux tirèrent, le rondin roula, le traîneau fut sur la piste. Il y logea Nicolas, attela l'étalon du tzar avec son jeune cheval, chevaucha sa propre monture et prit la bête blessée à la longe. Puis, à petite allure, il ramena l'équipage devant les grilles du palais de Saint-Pétersbourg où régnait une agitation fébrile. On cherchait partout l'empereur. La garde fouillait chaque ruelle. Des escouades battaient la campagne. Les cadets couraient la forêt. Le tzar ordonna qu'on donne au paysan la plus belle suite palatiale. C'est ainsi que Vassili, paysan de Carélie qui partait vendre son cheval à la ville et aurait dû coucher auprès de ses bêtes sur les bottes de foin de l'écurie, se retrouva dans les draps de soie de la chambre réservée habituellement à l'empereur d'Autriche-Hongrie. Le lendemain, le tzar le fit demander. On l'introduisit dans la chambre où reposait Sa Majesté. L'empereur devait garder le lit plusieurs semaines.

« – Comment te nommes-tu ?

« – Vassili Pavlovich Poliakoff, Votre Majesté.

« – Tu m'as sauvé la vie, Vassili Pavlovich ! Je dois te récompenser. Demande-moi ce que tu désires. Si tu veux des femmes, tu auras les plus belles Pétersbourgeoises et même des filles de Crimée. Si tu veux une charge, je te nommerai chef d'un bureau administratif et tu commanderas à des dizaines de mes fonctionnaires incapables. Si tu veux de l'or, je te donnerai de quoi acheter des écuries entières. Si tu veux une terre à labourer, je te ferai cadeau des meilleurs sols. Demande !

«Terrorisé, le paysan restait bras ballants, incapable de prononcer la moindre parole. Comment oserait-on exiger quoi que ce soit du tzar ?

«– Mais demande donc, animal ! chuinta le chambellan en lui enfonçant le pommeau de son épée dans les côtes.

«Vassili ne pouvait comprendre qu'on veuille le couvrir de trésors pour avoir remis un traîneau dans le droit chemin. D'habitude, quand il aidait un moujik à sortir de l'ornière, l'autre lui offrait un coup à boire. Des femmes ? Des terres ? De l'or ? Alors qu'une simple bouteille aurait suffi amplement à lui payer sa peine ?

«– Vodka... laissa échapper Vassili de ses pensées confuses.

«Le tzar leva les bras au ciel.

«– Ô Ivan, Ô Catherine ! Que faire de ce cochon de peuple ! Comment conduire ce troupeau d'ivrognes qui refuseraient l'éternité pour se jeter cent grammes ! C'est ta volonté, moujik ? Je m'incline. Tu auras de la vodka gratuite, et pour la vie. Va-t'en.

«On emmena le paysan dans un salon où on le fit lanterner longtemps. Vassili conçut quelques craintes et crut qu'on allait le punir d'avoir répondu au tzar qu'il voulait boire un verre. N'avait-il pas parlé à son empereur comme s'il se fut agi d'un aubergiste ? Sa réponse avait dû paraître de la plus grande insolence. Quelques heures plus tard, un médecin du palais vint le chercher et le conduisit à son cabinet. Vassili remarqua qu'on faisait chauffer au rouge un poinçon sur un poêle à charbon.

«– Ordre du tzar! dit le médecin, je dois te marquer du sceau impérial russe sur le cou! Ha! Ha! Tu as déjà dû faire subir la même petite opération à tes vaches, paysan! Non?

«"La torture!" pensa Vassili.

«Le médecin lut l'effroi dans le regard du paysan et s'empressa de le rassurer:

«– Que crois-tu, moujik? C'est pour ton bien. Je t'incruste l'aigle à deux têtes sur la peau. Je te marque pour la vie. Et en ce moment même, sache que le tzar dicte un oukase qui sera placardé dans toutes les provinces de Russie, où il annonce que quiconque rencontrera un moujik du nom de Vassili portant au cou, sous la mâchoire, la Sainte Frappe de Russie, se devra de lui proposer de la vodka à volonté et gratuitement.

«Une lueur de joie passa dans les yeux de Vassili. L'opération fut courte. Le paysan respira une odeur de cochon grillé avant même d'éprouver la cuisante douleur. Il serra des dents le bâton que le médecin lui avait donné à mordre. On désinfecta la brûlure.

«– Dans trois jours, tu ne sentiras plus rien, claironna le médecin en débouchant une bouteille, devenant ainsi le premier des millions d'échansons potentiels de qui Vassili pouvait légalement exiger un verre.

«Le paysan vendit son cheval, retourna donner l'argent à son épouse, embrassa ses enfants et se jeta sur les routes, abandonnant derrière lui quarante années de labeur paysan.

«Il passa le reste de sa vie à errer dans les campagnes, titubant de village en village, invité dans chaque datcha, ne croisant jamais un passant sans lui montrer d'une chiquenaude le sceau impérial imprimé dans la chair de son cou. Ainsi réclamait-il son dû et obtenait-il son verre, ivrogne perpétuel.

«Depuis, en Russie, le geste est passé dans les mœurs: quand on invite quelqu'un à boire ou qu'on décide de déboucher une bouteille, on porte le doigt à la carotide en se tapotant le cou. C'est la coutume.

Kellner avait fini son histoire. Il alluma un nouveau cigare et fit fuser une longue bouffée entre ses lèvres pincées.

C'est ainsi qu'au cours d'une douce soirée devant la baie de Zanzibar, l'Afrikaner Triek apprit que sa défunte épouse africaine aux mystérieuses ascendances devait sans doute le bleu de ses yeux et sa petite manie de se frapper le cou du doigt à un père russe, l'un de ces moujiks anonymes échoués en terre d'Afrique par un hasard de l'existence, marié à une indigène, et dont lui, Triek, était devenu le gendre insoupçonné.

UN SINGE EN ENFER

La vie est belle et comme il fait bon vivre.
MAÏAKOVSKI

Un matin, le Congo. Un chimpanzé naît dans la jungle féconde. Il est le dernier de la portée car sa mère meurt de lui avoir donné la vie. Une autre femelle du clan le prend sur son sein. Les mois passent. Il grandit, perché. Il s'épanouit dans les hauteurs de la forêt. Il acquiert l'agilité qui est la force du singe. Il apprivoise le vide et dompte l'équilibre. On lui apprend à se nourrir seul : traquer les larves sous l'écorce, cueillir les fruits aux branches, déloger des termites avec un bâtonnet.

Il vit des journées de début du monde, aériennes et libres dans le jardin de la forêt pluvieuse, sautant d'arbre en arbre, attrapant les lianes à bout de doigts, se balançant aux épiphytes, profitant de l'oscillation des branches pour rebondir vers un autre houppier. Puis ce sont de longues siestes au creux d'une fourche ou dans le trou d'un arbre. Les hauteurs lui appartiennent.

Le soir les siens l'épouillent ou bien lui enseignent l'art de casser des noix avec un caillou. Quand le ciel s'embrase, il monte sur la canopée pour voir le soleil y rouler. La nuit vient, douce mais dangereuse à ceux qui ne jouissent pas du refuge des arbres. Rien ne peut arriver aux singes tant qu'ils restent dans les branches. Parfois cependant l'un d'eux disparaît qui s'est aventuré à terre, sur les franges d'une savane, trop loin des troncs. Quand le danger fond – lionne ou guépard – l'imprudent n'a pas le temps de regagner les arbres. On entend alors un hurlement de terreur, puis un sanglot de souffrance et, enfin, les claquements des ailes de vautours qui viennent prendre part à l'éviscération.

Il arrive que des colonnes de fumée venant de la forêt s'élèvent dans le ciel : ce sont les feux allumés par des paysans pour manger la jungle et dégager la terre.

Un jour un mur de flammes surplombé d'une coupole noire coiffe la forêt. Il ne s'agit pas d'un brûlis de sous-bois mais d'un vrai incendie. Les singes observent la nuée. Les feuillages sont soudain secoués par un tremblement. Quelques vieilles guenons qui somnolaient sur de hautes branches sont projetées de leurs perchoirs. Une ombre cache le soleil. Un MI 8 soviétique surgit du fracas qui le précède. L'appareil s'approche des frondaisons. Des soldats africains hilares, jambes pendantes dans le vide, regardent les singes postés au balcon des branches. Le pays tout entier est en guerre.

Les incendies gagnent au point qu'un matin des flammes trop proches contraignent les chimpanzés à fuir. Le clan fait route vers le sud. Les mères emportent les petits sous leur ventre. La bande en marche recule devant les brasiers, un peu plus loin chaque jour, sous le vrombissement des MI 8 qui croisent dans le ciel.

Des voix retentissent au sol ! Les singes se cachent : des Hommes arrivent ! Ils marchent en file indienne. C'est une colonne d'éclaireurs commandés par un sous-officier blanc. Ils se tapissent contre les racines-contreforts d'un okoumé géant. Le soldat blanc s'enduit le visage de pâte noire. Tous se tiennent immobiles et silencieux : ils sont à l'affût. On ne peut distinguer leurs corps qui se fondent dans la couche de feuilles mortes. Des bruits proviennent soudain du couchant. La proie ! C'est un peloton de soldats de l'armée régulière. On sait que seuls les hommes s'attaquent à leurs frères de race. Ceux-là n'en réchapperont pas. L'attaque est fulgurante. Ils sont pris par surprise et finissent égorgés. Le sang coule sur l'humus et un goliath[1] qui passe là en est tout éclaboussé. L'un des embusqués empoigne une sagaie de bois au bout de laquelle flotte un drapeau coloré. Il l'arrache et le brûle. Il place sur la hampe un nouveau carré de tissu frappé d'une étoile rouge.

– Vive la Révolution ! Vive l'Armée de Libération ! hurlent les combattants.

L'un de leurs hommes a été tué pendant la lutte et ils creusent à présent un trou dans lequel ils jettent son corps. Ils rebouchent la fosse et plantent le drapeau sur la terre retournée. Puis ils se découvrent et le sous-officier prend la parole :

– Que nos pensées aillent vers le camarade Fatou qui s'est battu pour faire progresser la Révolution et qui a donné son sang pour que triomphe la liberté sur la terre du Congo. Vive notre camarade martyr assassiné par les forces de répression gouvernementales à la solde de l'impérialisme! Vive la Révolution ! Vive le Congo démocratique !

Les Hommes reprennent leur chemin, suivis par le petit singe qui s'éloigne de la horde sans s'en rendre compte. Il ne pense pas aux siens, fasciné par l'escouade de soldats qui se fraient une trouée dans la muraille végétale. Il progresse en silence, hors de leur vue, veillant à rester masqué dans les hauteurs feuillues. Il chemine de concert avec eux jusqu'à une clairière parsemée de baraques en bois.

Un drapeau rouge flotte au milieu du camp retranché. Une agitation extraordinaire règne sur la place-forte. On entend des cris qui glacent le sang et semblent intimer à la jungle de cesser ses bruissements : ce sont les hurlements de douleur de singes.

Bondissant au pied du figuier sur lequel il s'est perché,

1. Le goliath, le plus gros coléoptère de la planète, aux élytres noirs et blancs, vit dans les forêts pluvieuses.

le petit singe s'avance vers les installations et découvre une cage. Une centaine de chimpanzés entassés ont à peine la place de s'y tenir debout. Le spectacle cloue le petit pendant quelques secondes de trop… Il sent un coup de fouet porté à son épaule. Une fléchette y est fichée. Il l'arrache et s'enfuit vers le secours des arbres. Mais il ne réussit pas à franchir les cinquante mètres qui le séparent de la lisière. L'orée de la jungle vacille, le ciel bascule, il s'écroule. L'étoile rouge qui flotte au milieu de la clairière se mêle à la danse des lumières qui tourbillonnent devant ses yeux. Il s'évanouit.

– Ah ! celui-là, y a pas eu besoin d'aller le chercher loin ! Il est venu à nous ! dit le soldat qui a tiré.

Les soubresauts de la route réveillent le petit singe. Il se trouve derrière les barreaux d'une cage installée dans un camion. Chaque nid de poule le propulse contre les autres primates entassés à ses côtés. Le camion gagne le quai de chargement du port de Dougala. La cage est fixée au palan d'une grue et déposée au fond de la cale d'un porte-conteneurs. Au loin, des installations portuaires en feu : dernière vision que les singes emportent de l'Afrique. On entend des fusillades du côté des jetées. Sur le sémaphore flotte un drapeau rouge, léché tour à tour par les flammes et le faisceau d'un projecteur qui balafre la nuit. Puis tout disparaît dans l'obscurité de la cale.

Le bateau vogue longtemps. Les premiers coups de roulis épouvantent les bêtes. Dans les voûtes feuillues, elles maîtrisaient la régulière oscillation des branches, le doux balancement des houppiers, mais les secousses hachées des vagues les écœurent. Elles glissent sur le tapis de leurs propres déjections. Les heures passent et deviennent des jours entiers. De temps à autre, un marin ouvre la trappe de la cale et lâche des régimes de bananes que les primates, malades, sont trop faibles pour manger. Dans le court espace de temps où le faisceau de lumière les frappe, ils s'offrent aux regards les uns des autres. Spectacle qui fait mal : ils sont des cadavres vivants. Certains n'osent plus se regarder et, quand la lumière arrive, ils préfèrent fermer les yeux pour rester dans l'illusion de la nuit. L'obscurité est leur seul confort. Combien de nuits, combien de jours, combien de saisons dure la traversée ? La côte finit par venir et le bateau accoste à l'aube d'un jour d'hiver. Sur les bâtiments de la capitainerie on lit en cyrillique le nom du port : MOURMANSK. Russie. Mer de Barents.

L'air qui lacère le visage du petit singe quand on extirpe la cage du bateau est glacé. Aux regards des chimpanzés, le paysage paraît jaillir d'un accès de fièvre : la couleur a disparu du monde. La région aux alentours est blanche, grise, noire, miroitante, lisse. La Terre est-elle morte pendant que naviguaient les singes ? C'est la première fois que leurs yeux contemplent la neige.

On les oublie sur le quai. Deux petits chimpanzés, conçus avant l'emprisonnement et nés dans la cale, meurent malgré les efforts du groupe pour les maintenir au chaud, contre les fourrures. Puis un mâle malade s'éteint, puis un vieillard, puis un autre. C'est alors qu'une jeune femelle s'approche du petit singe. Elle se trouve juste contre lui et cherche instinctivement la chaleur. Elle est au bord de l'anéantissement. Elle serait désirable dans la torpeur des jungles. Malgré sa faiblesse, le jeune singe sent monter en lui une langueur joyeuse. Il la veut. Au sommet d'un grand azobé il serait déjà en elle. Mais avec ce froid…

Il se couche sur elle dans un sursaut d'instinct. Quelle est la mystérieuse force qui, en ses tréfonds, lui commande d'agir ainsi ? Il recouvre la femelle pour lui communiquer la chaleur de son corps. Il la protège de tout son poids. Il la charge de sa vitalité. Le froid en elle recule. Il la sauve.

– Qu'est-ce qu'ils font là, ces singes ?
– Sais pas.
Deux hommes sont plantés devant la cage et, les mains dans les poches, regardent les primates. Un troisième arrive à grands pas, bouscule les autres et s'approche du grillage.
Il beugle :
– Ne me dites pas qu'ils attendent là depuis le déchargement du bateau ?
– Mais, camarade, nous ne savons pas...
– Bougre d'enflures ! Ce sont les singes envoyés du Congo par les camarades du FLPC pour une mission de la plus haute importance et vous, fils de traîtres, vous les laissez crever sur le quai par – 20 °C !
– Mais, camarade, nous n'avons pas reçu d'ordre...
– Des ordres, des ordres ! Est-ce qu'il faut un ordre pour faire ce qui va de soi ! On ne laisse pas en plan un troupeau de singes au milieu des glaces de Mourmansk ! Incapables ! Alexandre ! C'est toi qui étais chargé de la cage ? Alexandre Vassilievitch, nom de Dieu !
Un jeune sous-officier sort d'une baraque et accourt.
– Les singes ! Catastrophe ! J'avais oublié que...
– Imbécile ! Crevure ! Je vais écrire au bureau central. Tu es un incapable abruti ! Grouillez-vous à présent de rentrer ces bêtes ! Trouvez une grue ! Installez-les dans un hangar chauffé, donnez-leur à manger et nettoyez cette cage qui pue ! Davaï ! Exécution ! Bande de singes !
Les plantons s'exécutent. On place au chaud les singes, on nettoie leur cage. On les nourrit de boulettes composées d'une affreuse mixture de viande et de légumes. Les soldats en volent par poignées entières qu'ils engouffrent dans leurs poches.
– Pour les mômes !
Le colonel surgit. Garde-à-vous.
– Voilà le travail, camarade palkovnik !

– Ils mangent bien ?

– Ils n'ont pas l'air d'aimer les boulettes que nous avons réquisitionnées au cirque.

– Les ours de Svetlana Ivanovna les mangent, ça fera l'affaire ! Mais nom de Dieu, s'ils étaient morts ! Le camarade Lyssenko ne me l'aurait jamais pardonné ! Vous saviez pourtant qu'ils étaient destinés à Lyssenko, ces singes ? On aurait tous été bons pour la Sibérie ! Dans une centrale électrique du Kamtchatka, voilà où on se serait retrouvés… Vous les avez comptés ?

– Oui, palkovnik, ils sont cent trente.

– Parfait, parfait, il en avait demandé une centaine. Mâles et femelles ?

– On ne sait pas, palkovnik, il nous faudrait un spécialiste de…

– Un spécialiste ? Pour déterminer si un chimpanzé de malheur a une paire de couilles ? Mais vous êtes bons pour l'Est, espèces d'ivrognes ! Vous méritez neuf grammes [1] ! Ils partiront ce soir par le train de Tachkent. Vous veillerez au chargement. De là, ils gagneront Noukous et Kungrad en Karakalpakie, puis vous organiserez la jonction jusqu'au port de Moynak en mer d'Aral. Le train s'arrête à cent kilomètres de Moynak, il faudra trouver un camion chauffé : ça gèle aussi là-bas. Une fois à Moynak, les services de l'île Renaissance se chargeront de venir les récupérer. Et que le wagon soit à bonne température, bande de saboteurs ! Ce sont des singes d'Afrique ! Comme les Tatars, comme les Nègres, il leur faut du chaud !

Le soir, la cage est hissée dans un wagon de bois, mais le poêle que les manœuvres scellent à ses parois ne marche pas.

1. Expression populaire employée en URSS pour signifier la condamnation à mort. Le poids de la balle qui était tirée dans la nuque des exécutés était de neuf grammes.

– Le système est cassé, geint l'un des soldats.

– De toute façon, il n'y a plus de mazout.

– Et comment voulez-vous qu'on fixe ce putain de conduit polonais avec des vis de cuisinières OKT138 ! Ils se sont trompés à l'intendance !

Pas de poêle, pas de chaleur. On jette quelques ballots de paille dans lesquels les chimpanzés s'enfouissent. Le cauchemar recommence : le fracas du train, le froid qui fige les os, le jeûne. Et toujours le petit singe qui prodigue ses soins grossiers à la femelle. Plusieurs couples se sont formés et ballottent, enlacés, plongés dans la léthargie de l'inanition.

Crissement des roues sur le métal quand le train freine. Arrêt. Nouveau débarquement à la gare. On décharge et on recharge la cage dans un camion qui roule une journée sur une bonne route, puis on dépose la cargaison sur le quai du port de Moynak.

– Où porte-t-on les singes ? À la conserverie ? demande un ouvrier qui arrime la cage sur une palette roulante, à la lueur des projecteurs.

– Non, je crois qu'ils partent pour l'île Renaissance.

Le ventre d'un bateau accueille les singes pour une navigation de quelques heures. Puis, de nouveau en pleine nuit, on transborde la cage. Destination finale. On la dépose à terre et on l'installe dans un hangar chauffé.

Au matin, un homme à lunettes entre dans le bâtiment.

– Voilà les singes, professeur !

– Mes chéris ! Enfin ! Je vous ai attendus si longtemps ! Nous allons bien travailler ensemble et beaucoup progresser ! Vous avez l'honneur de devenir les chimpanzés cobayes de l'île Renaissance. Mais… qu'ils sont maigres ! Regardez-les, Pavel ! Vous avez les noms de ceux qui étaient chargés de l'acheminement ?

– Oui, professeur !

– Il y aura des sanctions. On dirait qu'ils sortent de la

Loubianka ! Nous les remettrons d'aplomb. Gentilles bêtes.

Il tente de saisir la main d'un singe qui esquisse un mouvement mou pour le mordre. Il n'a plus de force.

– Occupez-vous bien d'eux, je veux qu'ils soient éclatants de santé.

– Oui, professeur Lyssenko.

C'est ainsi que prend fin le voyage des singes au bout de l'hiver dont pas une mention n'est faite dans les livres d'histoire. À présent que leur calvaire s'achève, l'enfer va commencer.

Au début du séjour, ils sont bien traités. La nourriture, bonne et variée, est distribuée matin et soir. Les gardiens qui leur sont attachés appellent le « gymnase » le hangar de tôle qui compose leur nouvel univers. L'intérieur est divisé en deux parties, séparées par un grillage. Ils occupent l'un des côtés tandis que, de l'autre, les hommes entreposent le matériel de nettoyage, préparent les rations, alimentent les poêles à mazout. Une trappe permet de déposer la nourriture. Un conduit amène l'eau dans une cuve régulièrement vidangée. Les structures métalliques qui soutiennent le toit servent de terrain de jeu. Des cordages sont installés, des branches apportées et suspendues entre les poutrelles. De grandes lampes accrochées à des câbles distillent la lumière et font office de balançoires. Les acrobaties reprennent, les muscles renaissent, l'énergie revient, les bêtes recouvrent la vie. Seule la tristesse n'a pas quitté les regards.

Le petit singe passe ses journées avec la jeune femelle. Ils grimpent ensemble dans le treillis métallique, ils jouent à se poursuivre, tuant le temps, le soir venu, en explorant leurs toisons à la recherche de vermine qui aurait pu profiter de la chaleur retrouvée.

Un jour, le professeur Lyssenko entre dans le gymnase et contemple longuement ses hôtes. Il pointe du doigt l'un d'entre eux, un beau spécimen d'une dizaine d'années, et donne un ordre bref. Un soldat sort un fusil de son étui, vise le singe et tire. Le chimpanzé porte la main à son poitrail en hurlant. Fichée dans la chair : une fléchette. Le singe tombe, endormi. On l'emporte.

Les mois tombent. À l'été, la prison devient fournaise. Les bêtes gisent sur les poutres, attendant la fraîcheur du soir. La nourriture, qui avait été soignée le temps que reviennent les forces, consiste à présent en plâtrées de légumes écrasés et en bouillies de vieux pain à l'huile. Les geôliers ne prennent plus la peine de déposer la nourriture sur une stalle et jettent le brouet par la trappe. La lumière du jour ne filtre qu'à ce moment-là, ou encore quand le professeur Lyssenko vient condamner un chimpanzé. Les singes associent bientôt l'apparition d'un carré de ciel par la porte qui s'ouvre à l'imminence d'une rafle. Le soleil est devenu l'annonce de la mort.

Malgré des ponctions régulières, l'effectif, grâce aux naissances, ne diminue pas. Les nouveaux-nés, le professeur Lyssenko n'en veut pas. Il s'intéresse aux singes robustes. Il préside toujours la séance de rafle et choisit avec un mixte de morgue et de délectation amoureuse celui qu'il emportera avec lui. Un matin, il vient avec une jeune femme.

– C'est très gentil, ce que vous me demandez, Svetlana Ivanovna, mais je ne suis pas un fournisseur.

– Je vous en prie, professeur.

– J'ai besoin de ces singes, je ne fais pas de l'élevage pour le plaisir.

– Le mien est mort le mois dernier. C'était le clou de mon numéro ! Souvenez-vous qu'il y a près d'un an j'ai sauvé vos singes avec mes boulettes sur le port de Mourmansk.

– Oui, je sais, je sais, allez-y ! Choisissez. Il m'aura coûté cher, votre spectacle !

La femme scrute les charpentes où le petit singe se tient avec la jeune femelle. Son regard s'arrête sur lui et glisse sur elle.

– Celui-là.
– C'est une femelle, dit Lyssenko.
– C'est égal, vous êtes très généreux, professeur.
– Je suis mécène ! répond Lyssenko avec humeur.

Le destin de la femelle bascule. Elle va devenir singe de cirque ! Coup de feu. Fléchette. Hurlement. Chute au sol. Un sac dans lequel on la fourre. La porte qui claque et le petit singe seul, privé de sa moitié.

Le doigt de Lyssenko pointe encore beaucoup de chimpanzés. Le petit singe, lui, échappe aux rafles. Tous les quinze jours, un gardien est désigné pour nettoyer la cage. Un jour, l'un d'eux oublie de repousser le loquet de la trappe. La porte coulissante du hangar est fermée mais il y a un câble électrique qui s'élève contre les parois de tôle et s'échappe par le toit à travers une mince ouverture ménagée dans l'isolation. L'homme est occupé à nettoyer. À l'extérieur, un autre, armé d'un fusil à seringue, prêt à intervenir au moindre incident, fume une cigarette. Comme les primates n'ont jamais manifesté aucune hostilité à leur égard, leur attention s'est émoussée. Le petit singe se glisse jusqu'au loquet. Il passe dans un souffle et, sans toucher le sol, grimpant lentement à l'extérieur du grillage, sans un bruit, attrapant le fil électrique, il monte vers le toit. Le second gardien l'aperçoit, dégaine et vise en s'appuyant contre la grille : une femelle fond sur lui et le déséquilibre. La flèche s'écrase sur la tôle. Le chimpanzé gagne l'ouverture, il est libre.

Libre est un grand mot quand on vit traqué. L'île Renaissance n'est pas très grande : une quarantaine de kilomètres sur vingt. Les militaires et les scientifiques qui la peuplent se regroupent dans les installations de la pointe sud – un énorme complexe de béton hérissé d'antennes qui se prolonge dans les entrailles de la terre par un réseau souterrain. Le reste est une steppe sauvage, parcourue par des onagres et des saïgas dont le petit singe ne réussira jamais, en trente ans de vie errante, à s'approcher. Quelques chiens – bâtards aux yeux jaunes et aux croupes arthritiques qui, comme lui, ont réussi à prendre le large – participent à la grande divagation du règne animal sur l'île. Au sol, des touffes ligneuses crèvent sous les assauts conjugués de la sécheresse et des vents chargés d'embruns. Les ânes survivent grâce à cette herbe rase. Les chiens, eux, se nourrissent des cadavres des ânes morts. Si on ne s'aventure pas trop dans les territoires du sud, régulièrement contrôlés par des patrouilles, on ne risque pas grand-chose. Hélas, le petit animal est contraint, pour se ravitailler, à de fréquentes intrusions dans ces zones périlleuses. Il fouille les décharges, la nuit. De là, il entend la plainte des chimpanzés captifs qui disent leur malheur à un plafond de tôle. Il s'enhardit : à force d'incursions, il est bientôt capable d'approcher la base sans se faire remarquer des sentinelles. Personne ne se souvient de son évasion. Qui s'en soucierait ? Les deux gardiens fautifs l'ont d'ailleurs sûrement dissimulée à leurs supérieurs. Il découvre un jour le moyen de se faufiler sous une grille qui bouche un tuyau d'aération : il pénètre dans un réseau de conduits souterrains où un air neuf est pulsé vers les différents secteurs de la base. Il y fait d'intenses explorations, mémorisant les tracés du dédale. Chaque boyau s'échoue contre le grillage qui distille l'air dans une pièce. Il peut ainsi assister en secret à la vie de la base.

Lors d'une reconnaissance, il découvre un vaste laboratoire. Il y jette un regard. Parmi les machines de mesure, les instruments d'expérimentation et un fatras de fioles, il distingue des bocaux remplis d'organes de chimpanzés. Dans un coin, le professeur Lyssenko travaille. La glace qui lui fait face reflète son visage en arête, ses yeux d'oiseau fou, préoccupés par les tempêtes qui s'ourdissent sous son crâne. Il est en train de remplir de liquide une seringue. À côté de lui, son assistant veille sur un singe encagé.

– Notez, Pavel : 47e sujet. Contamination par intraveineuse à l'anthrax, bacille du charbon : aujourd'hui mercredi 20 mai 1958 à 18 h 05. Vous ferez les relevés toutes les deux heures pour suivre l'évolution. Comment va le sujet qui porte la peste bubonique ?

– Il est mort, professeur.

– Et nous l'avions contaminé il y a…

– Soixante-douze heures, professeur.

– Nous sommes donc arrivés à un sacré concentré. Et tout cela par simple inhalation. L'action est foudroyante… bon travail… L'idéal serait de réduire le délai à quarante-huit heures.

Lyssenko reprend après un long silence :

– Voyez-vous, Pavel, je suis convaincu que nous noterons bientôt des modifications morpho-physiologiques chez les descendants de ces primates que nous avons arrachés à leur milieu. Les scientifiques bourgeois qui prétendent que c'est le gène qui conditionne l'adaptation et entraîne tout franchissement de seuil évolutif auront la preuve que c'est l'environnement qui est à l'origine des transformations. Le contexte, Pavel, le contexte.

– Qui vous contredirait, professeur ?

– Ne soyez pas si optimiste, jeune Pavel. Staline, certes, a éradiqué les partisans du chromosome roi qui tenaient le gène pour le maître du monde. Mais les bourgeons reprennent toujours sur les souches pourries. Et le terreau qu'ils ont laissé ne manquera pas de faire prospérer de nouveaux disciples [1]…

Le petit singe brûle de quitter l'île, mais les chimpanzés ne savent pas traverser les mers. De l'horizon, il voit briller la côte. Si proche, si loin. Il a perdu le souvenir exact du visage

1. Après l'éviction de Lyssenko, ses travaux tombèrent dans l'oubli et les travaux de génétique reprirent en URSS.

de la forêt, de la couleur des fleurs quand vient la saison de leur explosion.

La barrière de la mer est, en même temps que leur clôture, une source pour les bêtes de l'île : c'est au doux ressac de l'Aral qu'elles épanchent leur soif. Une année, le rivage recule. Jour après jour, la ligne des eaux baisse, laissant derrière elle une marque blanche, témoin de son niveau perdu. En douze mois, une vingtaine de mètres se découvrent. L'année suivante, ce sont deux cents mètres, celle d'après trois kilomètres. L'eau, que les animaux doivent aller chercher de plus en plus loin, se charge de sel. Les gorges s'irritent. Étrange spectacle, dilué dans la longueur des mois et des années, que celui de ces marées en fuite, se trompant inexplicablement de destination, refluant à l'horizon et lançant vainement leurs assauts de vagues contre la grève qu'elles ne peuvent plus rattraper.

– Le processus est donc inexorable ?

– Oui, professeur, les statistiques sont formelles.

– Et il y a un risque que les eaux s'évaporent tout à fait ?

C'est ainsi que Lyssenko questionne des hommes arrivés par hélicoptère.

– La régulation est possible, en théorie. Reste à savoir, professeur, s'il sera décidé de maintenir le volume…

– Mais vous rendez-vous compte, dit Lyssenko, que l'insularité est la force de *ma* base ? Si l'assèchement se poursuit, nous devrons déménager. Il faudrait donc qu'à cause de votre coton…

– Le coton fait vivre des millions de travailleurs en Ouzbékistan.

– Cessez ! Je ne veux pas entendre votre catéchisme productiviste. Je me fous des rendements de vos paysans ouzbeks. Ce qui m'intéresse, c'est de savoir si vous allez rendre à la mer d'Aral un peu des eaux des fleuves que vous avez pompées sans relâche pour vos champs.

– Les ordres du Soviet suprême sont... suprêmes, professeur, et ils vous sont supérieurs. Le Plan est limpide : il faut accroître les rendements de coton. L'ordre vient du Kremlin, vous le savez bien. Et les agronomes saigneront jusqu'à la dernière goutte d'eau pour l'exécuter. Ce magnifique volume d'eau en plein désert, c'est une insulte au productivisme.

– C'est vous qui êtes une insulte à la Science. Merci, messieurs. Pavel va vous raccompagner.

Et la mer continue de baisser[1]. Les années passent. Le professeur Lyssenko meurt. Un autre savant vient le remplacer. Rien ne change pour les chimpanzés captifs hormis le fait que le nouveau savant ne conserve plus d'échantillons de cadavres dans ses bocaux. À cause de l'abaissement des eaux, le climat se dérègle. Les étés deviennent des fournaises et les hivers des glaciations. La pluie ne tombe plus. Les vents soufflent toujours plus violents et emportent dans leurs courses des particules de sable et de sel que la mer découverte a déposées au sol. La maigre végétation en souffre. Et, avec elle, les ânes et les antilopes. Les gens de l'île, eux aussi, tombent malades. Et la mer fuit toujours vers la rive opposée. La houle griffe l'estran comme si elle voulait se cramponner à la grève. Pourtant, la côte ne se rapproche pas aussi vite que le professeur Lyssenko l'avait craint car l'île émerge au-dessus des plus grandes profondeurs de l'Aral.

Un jour, des hélicoptères déposent des machines de chantier armées de mandibules. Elles font route vers la pointe nord où les bêtes libres ont élu repaire. Elles s'arrêtent un peu au-delà de l'ancienne limite du rivage et entreprennent de fouiller la terre. En trois jours une profonde fosse est

1. Depuis les années soixante, la mer d'Aral a perdu cinquante pour cent de sa superficie et soixante-quinze pour cent de son volume en eau à cause de l'irrigation. Les taux de salinité ont été multipliés par trois.

ouverte. Un camion coule du béton au fond du trou, un autre y déverse des tonnes de gravillons, un troisième apporte des fûts métalliques qui sont rangés au fond, puis les pelleteuses ensevelissent tout et le convoi retourne à la base.

Le professeur convoque son assistant.

– Vous pouvez transmettre à la sécurité nucléaire que les déchets sont enterrés. Quand repartent les machines ?

– Demain, professeur. Un MI 24 HIND[1] décolle de Noukous à huit heures du matin.

Le petit singe, régulièrement, retourne sur la butte de terre retournée. Quelques mois plus tard, de mystérieux symptômes l'affectent ainsi que les ânes qui sont allés sur le môle avec lui. Les poils tombent, les dents aussi, des aphtes surgissent sur les langues. La faiblesse envahit leurs corps. Ils sont contaminés par les radiations des tréfonds infectés de la terre.

À la fin du trente et unième été du petit singe dans l'île, une effervescence inhabituelle agite les hommes rassemblés autour d'un poste de télévision. Fièvre qu'attisent les informations crachées par la télévision :

« *... le calme semble à peu près revenu dans le centre de Moscou. Le Parlement a été la cible de tirs de roquettes lancées depuis des chars pour déloger les putschistes. Il semblerait ce soir que Boris Eltsine soit le nouvel homme fort du pays. D'autre part, dans la région de Krasnoïarsk, on annonce qu'une compagnie de parachutistes...* »

La confusion la plus totale règne au cours des jours suivants. Le commandant de la base s'enferme dans son bureau. Ses téléphones rugissent.

– Démanteler la base ? Le chef de l'état-major soutient Eltsine et confirme l'ordre ? Je veux une télécopie de la présidence et de l'état-major !

Il convoque les directeurs des différents services :

1. Hélicoptère soviétique de grande capacité.

– Nous avons cessé d'être des Soviétiques, camarades ! Messieurs, nous sommes russes. L'Ouzbékistan a proclamé son indépendance, l'île n'est plus sous le contrôle de Moscou. Il faut interrompre le programme séance tenante ! Ordre commun du nouveau président de la République et du chef de l'état-major : rapatrier le matériel, les données et les documents en Russie. La base doit être évacuée dans les plus brefs délais. Il faut faire sauter toutes les installations électriques et hydrologiques, immerger les souches d'anthrax et de peste dans le mercure. Nous avons trois semaines.

Le drapeau rouge qui flotte sur le bâtiment des transmissions est en berne. Les hommes chargent malles et conteneurs dans des camions qui roulent sans interruption jusqu'au rivage lointain où des norias de barges font des allées et venues. Quelques explosions rythment ces chambardements : ce sont les centrales électriques internes que les ingénieurs font sauter. Des ouvriers scellent les serrures des portes blindées et murent les entrées. Les arcs à souder projettent leurs éclairs. Dans le laboratoire, les équipes de scientifiques plongent les souches d'anthrax et de peste dans le fluide mercuriel. Les hommes évacuent la base. L'île se vide.

Le professeur, avant de monter dans son hélicoptère, libère les singes. Les appareils décollent. L'île Renaissance ne compte plus un seul être humain. Singes, chiens, ânes, rongeurs et antilopes sont les derniers occupants du vaisseau steppique, flottant sur la mer épuisée.

Les chimpanzés, très nombreux, sortent timidement, conduits par les plus vieux, ceux qui ont connu le monde avant la captivité. Les singes du premier jour ont eu une importante descendance, Lyssenko et ses successeurs leur ayant laissé le soin de se reproduire afin qu'on ne manque jamais de cobayes. Le petit singe vient à leur rencontre. Hurlements d'effroi. Menaces.

Sa laideur effraie. La maladie lui a dépecé la peau et rongé la chair. Il semble un ennemi aux yeux de ceux qui ne l'ont pas connu ou de ceux qui ne le reconnaissent pas. Il faut du temps pour qu'on l'accepte.

La famine frappe très vite. Les seules ressources de l'île – coquillages, algues, touffes ligneuses et salées – constituent de trop maigres expédients pour trois cents chimpanzés. L'hiver fauche les plus faibles. L'été arrive et avec lui une catastrophe : l'anthrax, mal neutralisé, se répand sur Renaissance. C'est alors l'agonie des singes sur cette île-cadavre. Chiens, antilopes, onagres, rats, insectes : tous s'éteignent. L'île devient mouroir, champ de gisants sur un lit de sel. Même les corbeaux ne s'arrêtent plus pendant leur migration. Un silence de caveau s'abat sur cette terre. Pourtant, par la grâce d'un mystère, quelques animaux survivent : trente ânes efflanqués et le petit singe. Ils errent, les yeux brûlés par l'air salé, pelés par la maladie et transis de froid. Est-ce les radiations qui, tout en les rongeant, les ont préservés des ravages de l'anthrax ?

Un jour des hommes brisent le silence d'une journée d'hiver. Leur camion rugit dans l'horizon glacé. Les eaux ont tellement reculé qu'il est possible, quand les boues des marais durcissent au gel, de gagner l'île depuis la côte. Les animaux sont trop faibles pour emprunter ce pont de terres émergées. Les visiteurs réussissent à pénétrer dans la base en forçant les scellements.

– À vingt dollars le conduit d'alimentation en aluminium, c'est la fortune !

Pinces, pioches, marteaux, coupe-fil. Les hommes s'attaquent aux structures, détachent les tôles, descellent les grilles, découpent les carreaux et chargent leur butin infecté pour le revendre sur les marchés du pays. Le singe grimpe sur le bastingage du véhicule qui s'en retourne, la besogne accomplie. La nuit tombe, glacée, mais la chaleur du moteur le protège. L'équipée prend fin dans un ancien port aux jetées mortes que ne lèchent plus que des vagues de sable durci. Le chimpanzé saute à terre, atteint les premières habitations. Les heures qui suivent sont un délice. Il grimpe le long des palissades des maisons, entre dans les jardins et, prenant soin de ne pas réveiller les chiens, gobe les œufs des poules, dévaste les réserves de grain, engloutit les fruits séchés pendus dans les remises. À l'aube, comme il cherche une cache pour passer la journée, une odeur violente le frappe. Une odeur d'Afrique ! Il en suit la trace : elle vient d'un grand chapiteau de cirque près duquel, dans une cage, dort un lion.

Et soudain, en clair-obscur, il voit dans la cage contiguë sa femelle de l'ancien temps qui dort, vieillie, hideuse, fripée. Malgré son masque de vieillarde, il sait que c'est elle. Il la réveille, elle le dévisage longuement. Elle scrute la laideur de l'intrus et le reconnaît sous son masque de malade. Chacun a conservé le souvenir de l'autre. Minuscule fragment de mémoire. Fidélité de bêtes.

L'enfant qu'elle a porté lui a été arraché pour rejoindre un cirque.

La femelle a connu plusieurs chapiteaux. Après une blessure, à Minsk, elle a subi une opération chirurgicale. Depuis, sa santé s'est inexplicablement dégradée. La maladie, la faiblesse, la douleur se sont partagé les loques de son corps. Elle s'étiole doucement. Les soigneurs du cirque sont doux avec elle. Elle n'est plus au programme des acrobaties. On l'exhibe, déguisée en tzarine, avec un faux sceptre à tête de chouette qu'elle agite au rythme d'un tango.

Elle se sent si faible qu'elle souhaite disparaître. Le petit singe, ravagé par ses propres douleurs, regarde la femelle en sursis derrière les barreaux de la cage. Les yeux de l'épuisement dans ceux de l'agonie. Les cohortes de vétérinaires convoqués auprès d'elle n'ont rien pu résoudre.

Une lumière s'allume dans une roulotte. Un poste de radio crache les mauvaises nouvelles de l'Est :

« Selon un rapport de l'ONU divulgué cette semaine, le virus du sida a connu une progression insoupçonnée dans les pays de l'ex-URSS, Ukraine et Biélorussie en tête, où les contaminations par HIV atteignent des chiffres records. Une proportion considérable d'opérés récents est susceptible d'avoir contracté le virus. »

Enfer !

Oleg se redresse sur son lit. Il se passe la main dans les cheveux.

– Mais comment ai-je pu attendre ! Suis-je fou ?

On le croirait sorti d'un cauchemar alors qu'au contraire c'est une immense lumière en son âme qui l'a réveillé brutalement. Il se lève. Il est debout, il s'habille, fébrile, comme si la police était à sa porte. La chambre n'existe plus, ni le lit, ni plus rien, ni surtout la nuit qui s'efface devant l'illumination.

Il jette une veste sur ses épaules. Il attrape son fusil. Il ouvre la porte d'un coup de pied. Vlan ! Il plonge dans la nuit gelée. Le grésil n'a aucune chance de l'atteindre. Trop de chaleur en lui irrigue son sang. Trop de lumière interdit à la nuit d'être un obstacle. Trop de fièvre empêche l'horrible hiver sibérien d'arrêter ses pas.

Ses pas ? Combien devra-t-il en aligner pour rejoindre Moscou ? Il ne compte pas. Ce ne sont pas ses jambes qui le portent, c'est la révélation. La certitude qui l'aiguillonne. La limpide route qui s'est ouverte au profond de lui l'aspire et commande à ses pieds une course inconsciente. Combien de semaines durera cet état de grâce ?

Les jours s'en vont. Il est indestructible. Pas la moindre faiblesse. Pas le plus petit signe de fatigue. Le corps n'ose pas trahir. Tant que son cœur bat, ses pieds avancent. Les kilomètres s'abattent, heure après heure. Aller loin, ce n'est pas aller vite, c'est aller longtemps avec la détermination de David devant le Goliath des immensités. Et que pèsent six mille kilomètres devant une volonté ?

La trace de ses pas dans la neige est une ligne implacable qui s'étire sans répit vers l'Ouest. Le soleil tourne autour de la terre, Oleg se sent un astre. Il se précipite lui aussi vers les crépuscules. Il va vers la nuit. Il fuit les aubes qui meurent dans son dos. Ce qu'il a saisi lors de cette nuit de magie a aboli la nuit : il marche sans discontinuer, sous la lune quand elle est là, sous les nuages quand ils la cachent, dans le noir quand la nuit est seule.

À l'aube, au mitan du jour, le soir : il marche. Forêts, marais, collines : il marche. Brouillard, vent, gel : il marche. Lundi et mercredi et dimanche : il marche. Le filet de fumée d'une cheminée, le galbe d'un clocher à bulbe, un arbre dans son champ seul comme un phare, il marche. Des outardes, des chiens errants, un pauvre petit lapin, il marche. Irkoutsk, Tomsk, Kazan, il marche.

– Arrête-toi, camarade ! Le samovar fume !

– Je n'ai pas le temps ! Je suis un train ! Une flèche ! Un cheval !

Ce qu'il connaît, ce qu'il sait, ce qu'il a saisi et qui vit dans les profondeurs de son ventre lui interdit la moindre halte.

Il bat la cadence : un pas, un pas, un pas. Jamais de dernier pas. Un pas. Un deuxième pas. Un autre pas. Si un pas est possible un autre pas se peut. Si une seconde passe une autre peut venir et si une verste tombe une autre peut mourir et ainsi s'avale la route, pauvre petit ruban de poussière qui croit à sa grandeur ! Elle s'épuise sous son pas. Elle est battue par sa semelle comme une triste vaincue. Elle capitule.

Il rencontre des embûches : imaginerait-on traverser l'Eurasie sans le moindre tracas ? Un ours l'effraie un soir. Deux criminels tentent en vain de le rattraper pour lui faire la peau.

Il se blesse en dévalant un talus rocheux. Pauvres broutilles ! Il écrase tout cela comme quand on marche sur du fagot dans la ramée. Un pas, un pas, un pas. Vous savez bien.

La géographie vient à lui et se présente. Voilà Merenga, voilà Spasskoïe et voilà la Volga et Perm et la forêt de Sarapoul qu'on voit poindre et les fumées de Saransk qui font un panache sur la plaine et à présent Riazan ! On approche.

Des pas, des pas, des pas. Oh, tant de pas. Les semelles s'usent, les bottes lâchent, les talons saignent, les pieds souffrent : les pas s'en moquent. Depuis quand a-t-on besoin de ses pieds pour avancer ?

Il mange ce que ses bras peuvent cueillir de part et d'autre du chemin : des racines dans un champ, une patate dans une remise, le saindoux qu'une vieille lui tend et la bonne nourriture, immédiatement, se transforme en force et en une nouvelle salve de pas pour gagner du terrain vers une autre pomme, vers un autre chapon de fortune.

Tout s'incline devant lui : l'hiver qui a vaincu l'armée de France, le vent qui repousse les attelages, la boue qui engloutit les imprudents, l'immensité qui décourage les braves et il finit, un matin, par arriver à Moscou.

Il rentre par les faubourgs pleins de fumées. Ses bottes frappent à présent le ciment des chaussées. Il sait où il va. Il est aimanté depuis qu'il a quitté la cabane. Il s'engouffre dans la rue Victor-Hugo. Il s'arrête au numéro 8. Il embrasse la babouchka qui garde le porche. Il monte deux étages. Il frappe à une porte.

Oxanna ouvre. Elle est effrayée : de quoi a-t-il l'air, couvert de haillons de fourrure avec son air d'outre-temps ? Il pue. Il semble surgir de chez les morts : un squelette hagard qui vient d'avaler à la force de ses os un continent entier.

Mais ses yeux sont deux diamants.

– Toi ? Oleg ? balbutie-t-elle.

– Je t'aime ! Je suis venu te dire que je t'aime.

VIVRE, CE N'EST PAS TRAVERSER UNE PLAINE [1]

Le soir venait dans la vallée du Kyzylsuu. Les hautes parois qui marquaient la frontière entre le Kirghizistan et le Tadjikistan renvoyaient au soleil ses lueurs mourantes. Si on se tordait le cou, on pouvait apercevoir des pics émerger par-dessus les nuages. Au bord de la piste qui montait de la vallée, une *chaïkhana*[2] dont on ne savait si elle était en ruine ou en construction attendait le client. Nous arrêtâmes le camion et entrâmes dans la salle commune.

Trois kolkhoziens étaient assis autour de la table et buvaient de la vodka. Ils avaient passé la journée à rentrer la prairie tout entière sous les toits de la grange communautaire. Étrange activité : ils entassaient du foin pour nourrir au cours de l'hiver le cheval qui les aidait à faucher pendant l'été. Le grand serpent des travaux paysans s'était absurdement mordu la queue tout le jour durant. Ils étaient ivres de vent et de travail. Ils avaient encore dans les oreilles le bourdonnement des lourdes mouches de juillet à qui la faux coupait l'herbe sous les ailes. Ils étaient abrutis par la journée et par les siècles.

Nous nous installâmes, Andréa et moi, juste à côté de leur table. Nous arrivions de Moscou au terme d'une longue route en camion à travers l'Union. Le club alpin caucasien

1. Proverbe cosaque.
2. Maison de thé.

et le comité sportif de Kiev nous avaient subventionnés pour tenter de tracer une nouvelle voie dans le versant nord du pic Troudny – l'une des parois les plus réputées à des dizaines de jours de cheval à la ronde. Andréa sortit de sa poche la photographie d'une sombre muraille et la tendit à bout de bras dans l'axe de la fenêtre. Dehors se dressait le modèle. Nous étudiâmes avec soin la montagne, portant nos regards de part et d'autre de la vitre, tentant de replacer chaque détail que nous livrait le cliché dans la vue d'ensemble grandeur nature.

– Vous voulez grimper le Troudny ?

Les trois faucheurs nous regardaient. Celui qui avait parlé était le plus vieux.

– Oui, répondit Andréa, il n'a été que rarement gravi.

– Et pour cause : cette montagne est maudite, jeunes gens! Foutez le camp, partez au diable, allez vous baigner au bord des mers du Sud, sirotez des vins rosés sur les rives de la Crimée. Puisque vous avez du temps à perdre, perdez-le en gardant la vie, mais ne venez pas réveiller les malédictions qui couvent à l'ombre du Troudny. Il ne faut pas blesser une paroi qui dort.

J'eus le malheur d'esquisser le mot « superstition ». Je crus que les trois faucheurs allaient me punir d'un coup de lame.

– Racontez-nous ! dit Andréa avec cette petite moue qui charmait tout le monde et me rendait jaloux.

– Il y eut d'abord l'épisode de la première ascension, commença le premier kolkhozien. C'était un jour de juin. Un alpiniste d'Alma-Ata, le meilleur de la région, le plus jeune aussi et un autre plus âgé qui avait dépucelé déjà des kilomètres de paroi, s'étaient associés pour vaincre la face. Le vieux est mort affreusement au cours de la grimpée. Pendant des années, on a cru que c'était un accident, mais un jour le jeune salaud, éviscéré de remords – que le cul pèle à ce porc ! – a tout avoué. Ils avaient commencé l'escalade au matin glacé. Le jeune premier avait un plan derrière la tête : il convoitait la fille unique du vieux. Une belle fille des alpages, saine comme une vache, enfin je veux dire… sauf votre respect, *dievouchka*… vous me comprenez, je…

– Je vous en prie, continuez comme si je n'étais pas là, le rassura Andréa.

– Il voulait faire sa demande pendant l'ascension. Il était sûr de son coup. Il avait asticoté la famille pendant des semaines. Il avait tourné autour de la datcha comme un vautour. Il avait lutiné la fille. Il l'avait butinée à chaque fois qu'il pouvait l'attirer dans un coin solitaire. Il tenait son cœur, il ne lui manquait plus que la main, et il comptait bien régler ce détail sur la face, dans le feu de l'action sportive. Il avait dit à ses amis que s'il réussissait l'ascension et obtenait la fille, il nommerait la voie : « La Demande. » Un symbole, comprenez-vous ?

« Une foule de gens du coin les regardait s'élever à la lunette : des nomades kirghizes, des kolkhoziens, des villageois venus pour l'occasion et même une équipe de géologues estoniens. Ils progressaient rapidement. Ils ne furent bientôt plus qu'à quelques minutes du sommet. Déjà on préparait les bouteilles pour annoncer la victoire. De la Kristal et du pain blanc ! Et puis, soudain, un point se détacha de la crête sommitale, décrivit une parabole dans l'air bleu et s'écrasa comme une figue sur un carreau de marbre. L'écho du hurlement nous arriva aux oreilles après l'impact. On fouilla la paroi avec la longue-vue des géologues. Le jeune homme, tout occupé à ses acrobaties, se balançait au bout des cordes, entamant sa descente solitaire pour rejoindre le pied du Mont et revenir au pays des hommes : c'était donc le vieux qui avait versé. La foule se précipita au bas de la falaise pour y découvrir des chairs éparpillées. L'alpiniste, lui, toucha terre après un dernier rappel. Il disparut derrière une haie de bras qui voulaient l'aider, le soutenir.

« Personne ne savait alors ce qui s'était vraiment passé.

Qui pouvait se douter qu'il avait essuyé, là-haut, le refus du père et qu'il s'était vengé en le précipitant dans le vide ? Il affichait un air effondré.

« – C'est une monstruosité, une maladresse horrible, balbutiait-il.

« Qui aurait pu avancer le moindre soupçon ?

« Il bredouilla une histoire d'erreurs dans les manœuvres de cordes que tout le monde accepta comme la version incontestable de l'accident.

« – Et à présent, comment allez-vous appeler cette voie ? hasarda le chef de l'équipe de géologues…

« – "Le Refus" ! répondit-il abruptement avec un aplomb qui, aujourd'hui que nous connaissons le fin mot de l'histoire, apparaît comme le cri d'un cynisme effrayant.

« – Ah !… "Le Refus", entendit-on dans la mêlée des curieux… quel beau symbole… le brave et pauvre petit : c'est la montagne qui les a refusés…

« Il acquiesçait doucement en hochant la tête d'un air triste.

Le deuxième kolkhozien prit la parole :

– Puis il y eut Salambek, le chasseur de chamois. C'était un Kirghiz de la vallée qui partit un jour d'été, accompagné de ses deux fils. Ce sont eux qui nous ont raconté les événements. Ils aperçurent un beau spécimen sur les contreforts nord du pic Troudny, dans les pentes de pierrailles. Ils le pistèrent. Un coup fut tiré. La bête n'en fut que blessée et parvint à remonter vers la crête. Comment réussit-elle à naviguer si longtemps dans les pentes instables, le plomb au ventre, le sang au flanc, la mort aux trousses ? Salambek ne voulut pas se laisser distancer. Il peinait sur le pierrier, dans les scories morainiques qui entravaient sa course. Il se guidait aux traces de sang : perles qui tachetaient la roche. Au bout de quelques heures, les deux enfants flanchèrent. Non pas tant à cause de la fatigue qui commençait à leur scier le souffle mais parce qu'ils croyaient déceler dans le courage et l'obstination de ce chamois un présage obscur. Pour tout dire, ils nous l'ont avoué par la suite, ils avaient peur. Le comportement de l'animal semblait surnaturel. Sa détermination, magique. Son sang coulait sans que faiblisse son allure. Le désespoir peut-il à ce point fouetter les forces ? Au fur et à mesure que se déroulait la poursuite, le Kirghiz lui-même se laissa, paraît-il, gagner par une excitation inhabituelle. Il allait, comme un damné, éructant contre ses fils quand il les voyait ralentir leur course. Les enfants se rebiffèrent et annoncèrent qu'ils ne continuaient plus, que la nuit allait venir et qu'un chamois stupide ne valait pas les dangers d'une nuit passée dans les hauteurs et qu'ils ne comprenaient ni la résistance de l'animal ni l'acharnement du père. Le chasseur, que tout le monde connaissait dans l'*aoul* pour être un éleveur placide et inoffensif, les menaça de leur faire goûter du plomb s'ils ne marchaient pas. Et l'assaut reprit de plus belle. Ce fut presque aux dernières lueurs du jour qu'ils rattrapèrent la bête. Le chamois les avait emmenés, dans la course, derrière le pilastre nord-ouest du pic, à un endroit où l'arête de la montagne s'affaisse et rejoint une douce ligne de crêtes qui provient d'un sommet secondaire. Ce col-rempart oublié, protégé par des draperies de pierrailles, est souvent encombré de brumes et de nuages. Les humidités ne trouvent pas dans le souffle de la vallée la vigueur nécessaire pour s'élever et franchir l'ensellement. Le chamois fit halte sur le fil de l'arête, corps découpé dans le ciel rouge soir. Salambek épaula et tira un second coup. Le chamois tomba. Les trois chasseurs n'eurent même pas le temps de rejoindre le corps de la bête qu'elle se relevait encore et, sanguinolente, rampait derrière de gros blocs en direction de l'arête du Mont. Le Kirghiz humilié enrageait à l'idée que ses enfants pussent imaginer qu'il avait perdu la main. « Bête du diable ! répétait-il ; j'ai pourtant logé la balle entre les deux yeux ! » Ils arrachèrent à la pente les derniers mètres avant la crête. Ils se rétablirent sur l'arête étroite. Ils aperçurent le chamois qui contournait un rocher noir, déroulant derrière lui un tapis de sang. « L'imbécile, dit Salambek, il tente de rejoindre la grotte, là-bas. » Il montrait à ses fils une anfractuosité qui dessinait une tache noire à la base de la muraille du Mont. Ils voulurent le retenir : « Il a mérité que nous le laissions mourir seul ! Rentrons ! » ... De nouveau, il se mit en colère et les força à le suivre. Ils abordèrent à la grotte. Le Kirghiz s'engagea sur le seuil mais n'eut pas le temps de tirer sur sa proie. Un ours noir, tapi au fond de l'antre, dérangé dans son repos, fondit sur lui et le dépeça en quelques coups de crocs. Le chamois gisait dans l'ombre, mort pour de bon, à présent qu'il était arrivé là où il le voulait. L'ours ne poursuivit pas les deux enfants qui dévalaient le versant. Ils se souvenaient que les gens du village appelaient le col « Enteram », en mémoire d'une bataille qui s'y était tenue et que cela signifiait en farsi « le col de la vengeance ».

Andréa qui me regardait bizarrement commanda cinquante grammes au tenancier avant que le troisième kolkhozien commence son récit. Celui-là parlait comme on fauche : par saccades et à-coups, abattant les mots en épis.

– Le dernier drame en date : deux jeunes gens de votre espèce, beaux et gâtés, ayant du temps à ne savoir qu'en faire. Ils voulurent répéter l'ascension du mont Troudny par la voie d'ouverture. On les mit en garde. On leur raconta ce que l'on vient de vous dire. La fille hésitait. C'est qu'elle était du coin, elle. Elle venait d'Och. Envoyée par le comité sportif de l'oblast. Elle savait ce qu'elle risquait à se frotter à cette face. Mais l'homme insista. Il était fier, le salaud, comme à la veille de se battre. Ils partirent. Ils se rendaient compte qu'on les regardait comme des condamnés, mais les alpinistes, ça a toujours besoin pour se flatter la moelle qu'on leur jette des regards lourds de sens, ça aime bien jouer à celui qui monte à l'échafaud en sifflotant. Ils grimpèrent. Quelques-uns d'ici-bas les suivirent à la jumelle. La plupart attendaient l'incident, persuadés qu'il allait se produire. On est bouffi de *superstitions*, vous savez bien, dans le coin (le faucheur m'adressa un clin d'œil coupant). Cela se passa vers quatre heures, à mi-hauteur. La fille tomba. Elle rebondit sur des névés. Et s'écrasa dans une lunule de neige au pied de la muraille. Ceux qui avaient suivi le drame dans les verres des jumelles crurent pendant un moment qu'elle bougeait : il arrive parfois qu'on survive à des chutes de plusieurs centaines de mètres. On se précipita. Le garçon descendait en rappel. Les choses se répétaient. Exactement le même jeu d'acteurs que lors de la première ascension, quelques années auparavant. Tous ces drames à la fin, ça devenait lassant ! On rejoignit la fille, qui était bel et bien morte. Le chef de la brigade kolkhozienne avait un appareil photo et il prit des clichés du corps. On redescendit son cadavre disloqué. Le type finit par arriver du ciel au bout de ses cordes. On l'aida à regagner le village. Il était si abattu qu'il ne pouvait pas marcher seul et il perdit connaissance en voyant, sur les épaules d'un gars de chez nous, le pantin qui avait été sa femme. Les photos parurent dans le journal à la rubrique « accident ». Le lendemain de la publication, nous reçûmes la visite d'un enquêteur en civil qui était monté de la ville en camion. Il passa devant le champ que j'étais en train de faucher et me demanda où il pourrait trouver un guide pour le conduire sur les lieux de l'accident. Je lui mentis un peu en disant que j'étais le meilleur guide du massif et qu'il pouvait compter sur moi. Il m'emboîta le pas. Il soufflait plus qu'un bœuf dans un labour collant. Je crus que j'allais devoir le porter. Enfin, nous atteignîmes le névé, blanc comme un linceul. Au centre de la tache de neige : un trou. C'était l'impact du corps qui avait creusé un caveau. «Vous rappelez-vous comment la jeune femme était disposée au fond de la dépression ?» me demanda le kagébiste.

– Oui, sur le dos, la tête vers la vallée.

Il s'allongea dans la petite doline, tête en bas. Il semblait très content de lui. J'allais lui demander s'il comptait rester longtemps à faire des acrobaties sur le champ de neige ou s'il désirait que j'aille lui chercher une luge, mais il me montra subitement la photo du journal.

– Ce qui est curieux, c'est que la jeune fille tend le bras.

– Elle est tombée dans cette position, c'est tout.

– Regardez bien. Son index est pointé : elle montre quelque chose. L'image m'a frappé dès que je l'ai vue. On ne meurt pas le doigt tendu.

– Mais comment aurait-elle eu le temps…

– N'y a-t-il pas quelqu'un chez vous qui a déclaré à la presse avoir eu l'impression qu'elle bougeait dans l'œilleton de ses jumelles ? Or, si nous nous plaçons exactement dans le logement où se tenait le corps, tête renversée, dans la position que nous suggèrent encore les traces dans la neige, index tendu comme sur la photo, il semble que nous désignions du doigt ce groupe de montagnes, là-bas, vers le sud-ouest et plus particulièrement le grand sommet qui s'en détache.

– Le grand sommet ? Là-bas ? lui fis-je répéter.

– Oui, le plus haut qui surnage, il porte un nom ?

– Oui, monsieur, lui répondis-je. Dans la région, on l'appelle l' «Assassinat».

Les trois kolkhoziens avaient épuisé la chronique lugubre du mont Troudny. Ils commandèrent cent grammes chacun et des zakouskis. Le soir même Andréa et moi partions canoter sur le lac Issyk-Koul, à deux pas de Karakol.

LE MIRACLE DE L'EAU ET DU FEU

Quand on a une statue à son effigie, on regarde les pigeons d'un autre œil.
WINSTON CHURCHILL

Afghanistan, avril 1982.

La section de soldats fut envoyée par le haut commandement de la région pour protéger la ligne de crête de la falaise de Bamiyan. « Protéger » signifiait truffer le sol de mines afin qu'on n'y puisse plus faire le moindre pas sans craindre que ce ne soit le dernier. Le crêt de la paroi était situé en balcon au-dessus d'un cantonnement de fantassins soviétiques, surplomb parfaitement placé pour pilonner la vallée. Il fallait donc empêcher que la résistance puisse approcher du rebord.

– Le Golan, c'est pareil ! expliqua, un soir d'ivresse, le commandant russe de la zone au capitaine Ganaiev, qui dirigeait l'équipe de sapeurs. Regardez : les Syriens ! Ils se sont accoudés à la terrasse. Ils ont Israël à leurs pieds. Ils peuvent pisser dessus. Ils balancent les obus dans les potagers juifs. Les autres, ils cultivent bien proprement leurs plates-bandes et se font labourer les parterres à coups de canon ! Il faudra bien qu'ils le récupèrent un jour, leur balcon… Moi, je ne veux pas me prendre un coup de mortier sur le coin de la gueule. Il faut que vous enfouissiez tout ce que vous pouvez. Je veux que ça saute à la moindre chèvre égarée.

Ganaiev écoutait le colonel d'un air résigné. Son chef puait l'alcool, et Ganaiev trouvait que c'était trahir l'étoile rouge.

Les Russes étaient entrés par la force au nord du pays quelques années auparavant. Dans les zones montagneuses, ils se heurtaient encore à une résistance farouche… Or rien ne jugulait mieux les ardeurs rebelles que les mines dissimulées sous la poussière. On semait les engins et on récoltait des moissons de membres… Un cours d'anatomie dans un feu d'artifice… À chaque explosion, un moudjahid quittait la lutte.

La compagnie du capitaine Ganaiev fut convoyé en camion jusque dans la vallée. Après trois cents kilomètres de piste, ils arrivèrent au pied des peupliers de l'oasis. À la vue de la falaise, Ganaiev, cœur blindé mais âme en friche, sentit s'épanouir en lui une émotion inconnue. Deux bouddhas de plusieurs dizaines de mètres de haut montaient la garde, nichés dans le flanc de la paroi. Ils veillaient sur les environs. Ils portaient le ciel. Des visages, il ne restait qu'un sourire. Le reste avait été emporté par les hordes. Mais le simple plissé des lèvres exprimait la béatitude de l'Éveillé. La pierre paraissait chair. Le drapé des toges cascadait jusqu'à terre. Vêtement de pierre mais parure si légère. Les statues irradiaient une intense force vitale. Il sembla au capitaine qu'elles allaient prendre vie. Il n'aurait pas été surpris par un frémissement du roc. Il voyait déjà les deux bouddhas s'extraire de leur logement pour arpenter la piste à pas de géants glorieux. Il n'avait jamais ressenti qu'une paix puisse ainsi anéantir l'être. Il avait oublié la guerre, les mines, la mission. Il ne voulait pas se souvenir qu'on lui demandait de couronner cet ouvrage d'un diadème de feu destiné à répandre le sang sur un socle de grâce.

Le soir, il pensa aux bouddhas. Il savait que beaucoup de ses compagnons d'armes n'avaient rien vu d'autre dans ces statues qu'un tas de pierres. À la baïonnette, certains avaient gravé leur nom dans les grottes peintes. Mains qu'avaient guidées l'ennui et l'ignorance… Igor, Vassili, Oleg, Pavel, Leonid s'étalaient sur les murs. Assis sur une caisse de mines, Ganaiev roula une cigarette dans une feuille de la *Pravda* où il avait lu un article sur le théâtre de Kiev. Sa voix que l'alcool et le tabac avaient rabotée s'éleva en même temps que le feu se mit à crépiter.

– J'ai été le témoin d'un miracle du Bouddha. Il y a presque vingt ans. Je m'en souviens comme d'hier...

– Racontez, capitaine, dit un soldat... Y a que ça à foutre : vous écouter...

– En 1965, je fus envoyé en mission spéciale en Chine. On m'avait choisi pour ma connaissance des langues ouïgoure et chinoise. Il s'agissait d'infiltrer une troupe de gardes rouges. Moscou voulait des informations sur les agissements de Pékin au Tibet. Les maoïstes battaient le plateau himalayen, s'apprêtant à fondre sur le pays. Bientôt toute trace du passé serait rasée, toute prière tue et tout moine encagé. Presque aucun monastère tibétain n'échapperait à l'acharnement. Des mômes de dix-sept ans tireraient au canon sur des milliers d'années d'histoire et de foi. Les descendants d'un peuple de mémoire allaient se jeter sur la beauté avec une hargne de criquets.

« Je gagnai le Sin-kiang chinois, clandestinement, par les Montagnes Célestes. Racontant que je venais d'Urumqui et que je voulais m'engager dans la garde maoïste, je me fis passer pour un volontaire ouïgour. Avec ma gueule fendue de Kirghiz des steppes, c'était plausible. Il suffisait d'ailleurs de montrer quelque haine pour se faire engager. Je fis preuve d'une telle détermination dans la destruction qu'on me confia des responsabilités. Je reçus des informations. On me mit au courant de certains secrets militaires. J'avais un poignard dont le manche s'ouvrait. Un rouleau de papier y coulissait parfaitement sur lequel j'écrivais en kirghiz tout ce que je pouvais.

« Un jour de 1966, je fus incorporé à une compagnie chargée d'évacuer et de détruire le monastère de Marken. Le travail s'annonçait ardu. Deux cents moines, des bâtiments groupés sur un monticule et piquetés de drapeaux à prières : un vaisseau fantôme cargué d'oriflammes et de voiles déchirées. À côté du monastère, un bouddha était sculpté dans la falaise. Quinze mètres de haut. Il présidait aux destinées des lieux, en vis-à-vis de l'horizon. Il recevait en seule offrande le vent qui s'engouffrait dans la vallée, s'accélérait sur le glacis, et que sa main levée semblait destinée à arrêter. À ses pieds sourdait un filet d'eau claire. Source de vie, eau de roche, liqueur sacrée : les moines y voyaient le don que faisait Bouddha de sa propre substance. Notre colonne de camions arriva en vue du monastère juste avant la nuit. Le commandant de l'opération – un Chinois de Shanghai extrêmement fanatique – nous envoya envahir la cour de la bâtisse. Au bas des marches, nous fûmes accueillis par le lama qui conduisait la communauté. Il voulut nous offrir des katas de soie et du beurre de yack. Les jeunes gardes rouges le bousculèrent et se répandirent dans le dédale des salles intérieures. Les moines talonnés par les ruades évacuèrent les lieux. Quelques gétsuls résistèrent. Ils furent poussés sans ménagement hors des murs, les lames au flanc, la peur au ventre, le pied au cul. L'éclat des lampes à beurre sur les pointes des baïonnettes ôtait vite l'idée de s'opposer. En moins d'une heure, la population monastique fut réunie dans la cour. Le commandant chinois monta sur la première terrasse. Au-dessous, la place bruissait d'un froufrou de robes. Un interprète tibétain passé à l'ennemi traduisit ses déclarations : le temps de la libération était venu. Dans l'écroulement du monastère, il fallait lire la fin du joug théocratique sur le Toit du monde. Les populations du Tibet chinois n'auraient plus à sacrifier leur existence pour nourrir des moines oisifs.

« Il ne reçut en réponse que l'impassibilité des Tibétains. Un mur de visages vides. Des regards comme des glaces sans tain. Il annonça alors qu'on allait démonter pierre à pierre le monastère et incendier boiseries, livres et tentures. Pour que, des dieux, du passé et des croyances, il ne reste que des cendres fumantes.

«Les destructions commencèrent. Les Tibétains étaient parqués dans le camp provisoire que nous avions dressé contre l'enceinte du monastère. On attendait la fin de la besogne pour les déporter vers les prisons de Lhassa.

«Nuit et jour dans la cour abbatiale un brasier accueillait les feuilles du Barkor, les volumes du *Livre des morts* corsetés dans des katas, les frises ouvragées, les statues de bois, les tissus peints et les rideaux brodés... C'était Dieu qu'on brûlait. Il s'élevait dans la nuit des lueurs d'enfer et une odeur âcre de beurre chauffé. Le jour, la colonne de fumée sacrilège indiquait aux alentours que les dieux étaient morts. Les bras des gardes rouges nourrissaient le bûcher sans relâche. On voyait apparaître dans le rougeoiement du foyer des têtes de dragons tordues de chaleur et des bras de bodhisattva mordus par les braises. Ainsi que l'aurait sans doute voulu l'Éveillé lui-même, les éléments de la vénération bouddhique redevenaient poussière et cendre. Les statues de métal, les bols chantants, les cloches et les cymbales étaient fondus pour faire des balles. Les fresques peintes étaient sciées, détachées du mur et pilées au mortier. Les mandalas étaient soufflés à même les tables d'œuvre, d'un revers de manche d'uniforme. Les colonnes de bois, le mobilier ouvragé, les plaques d'imprimerie passaient aux braises. Chacun s'affairait à alimenter l'autodafé. Les statues de pierre étaient d'abord décapitées puis, comme à l'exercice, quelques volontaires, en cadence, attaquaient le roc à la masse. Vlan ! Vlan ! Repos. Vlan ! Vlan ! Repos. Ainsi, des heures durant. La pierre était dure, le travail immense mais l'ardeur des gardes rouges sans limites. Ils détruisaient avec la foi des bâtisseurs. Ils faisaient leur devoir avec un amour d'artiste. La lueur des flammes dansait, en reflet sur la grosse face de lune des Tibétains qui regardaient, inertes, s'éteindre le sens de leur vie à travers les barbelés de leur nouvelle existence.

« Le soir du deuxième jour, on nous prévint que des révoltes avaient éclaté dans la province du Ngari et dans certains villages proches. La radio annonça qu'un vent d'insurrection soufflait dans les prisons de Lhassa. L'engeance éteinte des résistants khampas rejaillissait-elle de ses cendres?

« Le commandant prépara un dispositif de défense. Il fit mettre en batterie des mitrailleuses sur le sommet de la falaise. Dans la paroi même, nous installâmes mortiers et munitions. Nous logeâmes des bouquets de 12,7 et des caisses de balles dans les grottes aériennes qui flanquaient le cou du grand Bouddha sculpté. On atteignait les orifices par un escalier creusé dans le roc. Il y avait, en munitions, de quoi raser l'horizon. De là-haut, pas un pouce carré d'espace n'échappait au regard. On aurait descendu un rat à un kilomètre...

« La révolte ne vint pas d'où on le croyait. Les villageois se tinrent tranquilles. Ils avaient trop à faire avec leurs yacks indociles et l'orge qui ne poussait pas. Ils n'avaient pas de temps pour l'indiscipline. Ce furent les moines qui se rebiffèrent. On ne les attendait pourtant pas! Ils avaient fini par nous endormir avec leur air d'hiberner vivants... Ils se réveillèrent comme des tigres.

« Ce soir-là, nous avions délogé une statue de pierre de quatre mètres qui trônait au milieu de la salle de prière du monastère, placée à l'aplomb d'une ouverture percée dans le toit. Ainsi, pendant la journée, elle se trouvait au centre d'un puits de lumière qui descendait du plafond. Des ombres verticales habillaient la pierre de longues stries obscures jusqu'au coucher du jour.

« Les gardes rouges traînèrent la statue dans la cour, près des brasiers.

« C'était un bouddha de schiste. Il ne ressemblait pas à ses semblables tibétains. Il avait dû être sculpté quelques siècles après le Christ dans un coin de la Sérinde. La vie était douce en ces temps. Les saisons passaient sans qu'un seul drame n'assombrît le ciel. Tout le monde se côtoyait alors en bonne harmonie. Les uns craignaient le ciel et les esprits obscurs. Les autres adoraient le soleil, d'autres vénéraient le feu, d'autres priaient le dieu juif et d'autres encore le Bouddha... Ce Sakyamuni-là avait été accouché de la pierre, par une main anonyme. Certains artistes pensent que le principe des œuvres est déjà contenu dans le roc. Ils disent qu'il n'y a qu'à éplucher la pierre. Mais cette statue dressée dans la cour, attendant l'échafaud, ne se contentait pas de donner un visage au Bienheureux. L'œuvre faisait référence à l'un des miracles que l'Éveillé avait accompli sur son chemin : un jour, il avait fait jaillir l'eau et le feu de son propre corps pour confondre la foule et faire taire les suspicions. Des gerbes de flammes avaient fusé de ses épaules. Des torrents avaient coulé de ses pieds. Dans les textes, on parlait du Miracle de l'Eau et du Feu. Dans la masse de la pierre, l'artiste avait gravé des stries en écheveaux. Elles représentaient d'un côté des jets liquides, des flammèches de l'autre.

« Déjà les Chinois attaquaient le roc. Les pioches cognaient. Les masses enfonçaient. La pierre éclatait.

« On entendit des clameurs du côté des Tibétains. Des cris, des coups de feu, des explosions.

« – Aux armes !

« Nous nous déployâmes, les fusils pointés vers le camp de prisonniers. Des rebelles avaient réussi à forcer le maigre cordon de sentinelles. L'impassibilité des moines nous avait conduits à relâcher la surveillance. Le choc fut violent. Les religieux opposaient la masse de leur chair à l'acier de nos armes. Ils s'offraient avec fureur. Ils venaient à l'immolation. Ils se donnaient farouchement, comptant sur leur nombre pour nous écraser. Mais le plomb fut plus fort. La première salve en faucha beaucoup. Ils s'écroulèrent et leurs robes retombèrent doucement sur leurs corps, telles des corolles. Les gardes rouges qui étaient occupés dans les bâtiments se propulsèrent à l'extérieur aux premières clameurs. L'assaut fut jugulé. Nous repoussâmes les religieux dans le camp. Des monticules vermeils constellaient le sol : cadavres éparpillés de moines sous leurs linceuls, attendant que les vautours descendent du ciel pour qu'ils puissent y monter, eux, débarrassés de leur enveloppe de chair. Il y avait aussi quelques Chinois, tombés çà et là. Le vieux lama qui dirigeait le monastère fut traîné aux pieds du commandant. Il essayait d'éviter les coups de cravache. Il roula sur le sol. L'officier fulminait. La très brève échauffourée semblait l'avoir contrarié au plus haut point. Peut-être considérait-il qu'il perdait en prestige à n'avoir pas su présager la tourmente ?

« – Pourquoi avez-vous tenté cette sortie ?

« Le moine parla d'une voix aiguë.

« – Nous ne vous avions jusqu'à présent opposé aucune résistance. Nous vous avons laissé piétiner notre âme dans une parfaite indifférence. Nous avons enfoui toute colère en nous. Mais vous avez touché la statue, et cette statue est intouchable. C'est à elle que notre communauté voue ses prières. Je ne réponds pas de mes hommes si vous continuez à y porter vos coups. Ils seront comme les avalanches que Chomolungma déverse quand elle lâche ses chiens. Il faut arrêter la destruction de la statue du Miracle de l'Eau et du Feu.

« Un coup de cravache cingla son visage.

« – Qu'oses-tu ? Cadavre ! Tu donnes des ordres à ceux qui viennent libérer ton pays du malheur dans lequel tu l'as plongé ? C'est toi qui commandes ? C'est toi qui donnes la leçon ?

« Le commandant hurlait. À chaque question, un coup à droite, un coup à gauche et une zébrure de plus sur la face du moine en sang.

« – Quel effet cela fait-il de se retrouver à genoux ? De se courber soi-même après avoir si longtemps forcé les siens à se plier ? Chien de moine ! Tu mesures la joie de baisser l'échine ? Tu goûtes le plaisir d'avaler la poussière ? Tu conçois ce que tu faisais subir à ceux qui te vénéraient dans la terreur du Ciel ?

« – Ne touchez pas à la statue du Miracle de l'Eau et du Feu. Ne touchez pas...

« – Animal ! Tu ne penses qu'à tes breloques ! Tu n'es même pas digne de mes coups de canne. Tu es l'enfant du ver qui ronge le Tibet depuis des siècles en le livrant aux superstitions. Non seulement nous allons réduire tes statues en miettes, mais tu vas nous y aider. Et, pour commencer, tu vas abattre toi-même l'idole de la falaise, pour que l'écho de sa chute annonce la victoire du peuple sur ton clergé moisi.

« Il cria des ordres à ses officiers.

« Les Chinois choisirent trois dignitaires du monastère et, les traînant par leur robe, les placèrent en face de la paroi, à côté du lama. On arma des canons antichars et on intima aux religieux l'ordre de tirer sur la statue géante. À coups de bâton, les gardes rouges alignèrent la foule des Tibétains et les firent asseoir derrière les quatre officiants. Le commandant précisa que chaque moine avait ordre de garder les yeux ouverts. On abattrait le premier qui ferait mine de baisser les paupières ou de détourner la tête. Il fallait tout voir. Les Chinois offraient du spectacle. Tout le monde devait en profiter.

« Le soir tombait. Le bouddha recevait la lueur de ce qui devait être son ultime coucher de soleil. Le dernier rayon du condamné. Le crépuscule de l'idole avec celui de la journée. Demain, l'aube lécherait un tas de pierres. Le bouddha attendait sa fin en souriant. Le chef chinois espérait que la leçon porterait, que l'exemple profiterait. Il comptait que la nouvelle de la destruction se propagerait dans les communautés du plateau tibétain, portée par le vent des rumeurs. Les religieux, les insoumis au nouvel ordre, sauraient qu'il n'est pas utile de résister. On allait commencer, au canon, la rééducation du clergé.

« On entendit claquer les culasses. Les Chinois aboyèrent. Les canons se levèrent lentement. Des gardes rouges aidaient les quatre moines à soutenir les tubes d'acier qui pesaient lourd à leurs bras, eux qui n'avaient jusque-là fait tourner que les moulins de prières. Les mains chinoises aidèrent les yeux tibétains à viser, en orientant les bouches de feu des canons.

« – Feu ! hurla le commandant.

« Silence.

« Les doigts étaient restés figés sur les détentes.

« Une grêle de coups de bambou se chargea de répondre à l'affront. Le commandant cria des insultes et proféra des menaces. On les frapperait jusqu'à ce qu'ils s'exécutent, dût-on les achever sous la bastonnade. L'officier voulait en finir avant la nuit : pour que le spectacle frappe les yeux et les mémoires, il fallait profiter du dernier rayon solaire. D'autre part, il sentait poindre un nouveau débordement. Une sourde clameur planait au-dessus de l'assistance. Une rumeur de foule. Les moines avaient entrepris de marmonner des prières. Ils brûlaient l'unique cartouche dont ils disposaient : la stance sacrée. Le bourdonnement grave, montant de deux cents poitrines, enflait comme un tonnerre lointain. Les mantras retenus dans les coffres thoraciques s'échappaient par la mince fente des lèvres à peine entrouvertes. La bulle d'orage s'amplifia. La scène avait des airs de duel. Le bouddha, dressé contre les Chinois, attendait les coups dans une atmosphère de plomb, alourdie par les oraisons que pétrissaient deux cents bouches.

« Quelques ordres fusèrent de nouveau. Quelques coups claquèrent sur les robes.

« Les canons furent ajustés.

« – En joue ! Feu !

« Cette fois les Tibétains tirèrent. Les cravaches avaient vaincu. Deux des roquettes explosèrent à côté du bouddha, contre la falaise, arrachant des blocs de pierre. Les deux autres atteignirent la cible. Des panaches de fumée masquèrent le bouddha. Un impact avait porté à la hauteur des épaules de la statue et l'autre sur ses pieds.

« Le voile se déchira.

« La pierre réapparut.

« Les Tibétains interrompirent leur prière.

« Et dans le demi-soir teinté de feu solaire s'éleva un grondement de joie.

« Les moines se levèrent d'un seul mouvement et marchèrent sur les Chinois qui tiraient à pleines rafales. Indifférents aux leurs qui tombaient fauchés par les balles, ils avançaient, les bras tendus, pour leur tordre le cou à la seule force de leurs mains et de leur nombre.

« L'une des roquettes avait sauté dans le dépôt d'armes que le commandant chinois avait fait installer dans les grottes supérieures de la falaise et dont il avait oublié la présence. L'autre avait ébranlé la faille qui striait les pieds du bouddha et de laquelle sourdait le filet d'eau. Les caisses de munitions avaient explosé. Des bouquets de tonnerre, des faisceaux d'étincelles avaient jailli des épaules de la statue pendant qu'à sa base, dans un fracas de cataracte, fusait le geyser de la source sous pression qui se libérait de l'étreinte dont elle était prisonnière depuis les temps géologiques.

« Colonnes de feu, furies d'eau.

« Sous un déluge de rocailles arrachées par la force du courant et le souffle des flammes, le bouddha de pierre, avant de s'écrouler sur lui-même, répéta pour quelques fidèles le Miracle de l'Eau et du Feu, accompli deux mille cinq cents ans plus tôt pour les aïeux de ceux-là mêmes qui, ce soir, reprenaient courage.

LA DESCENTE DE LA LENA

C'est l'été. La Sibérie frétille de vie. Les ours chassent, les torrents bouillonnent, les mouches vrombissent. Sous les myrtilles se trament des amours. Les mandibules s'emmêlent. Les élytres se soulèvent. Les abdomens s'offrent. Les antennes se caressent. La toundra tout entière s'occupe à procréer. L'orgie ne durera pas. Bientôt l'hiver. La rigueur. Le règne chaste de la glace. La pureté blanche. Alors c'en sera fini des ardeurs et des pâmoisons.

Un chasseur s'en retourne vers le littoral des mers blanches, au nord du continent. Il vient de passer quatre mois dans la toundra. La saison a été fructueuse. Il rapporte des fourrures de bêtes sauvages. Il les vendra aux fournisseurs de la ville portuaire. Les artisans confectionneront des manchons, des chapkas et des manteaux. C'est la vie. Les bêtes meurent pour que l'Homme ait bien chaud. Le loup des steppes devient descente de lit, l'ours des montagnes doublure de gabardine.

Le chasseur apprête un canot. Il va descendre la Lena sur huit cent cinquante kilomètres. À l'embouchure, il retrouvera sa famille. C'est un Yakoute. Descendant de la race des toundras qui court les étendues depuis la nuit des temps. Il est petit et fort. Il peut résister aux hivers qui viennent à bout des étés. Les traits de son visage sont équarris à la gouge. Sa bouche : une balafre dans la face qui ne sourit qu'à la vue du sang de la proie. Ses yeux : des fentes qui percent les brouillards et qui, pour le moment, filtrent un point qui grossit sur le fleuve. C'est un autre canot que le courant apporte.

Le nouveau venu est lui aussi un chasseur. Du même sang. Mêmes traits, mêmes vêtements, même existence. Ils ne se connaissent pourtant pas, le second est originaire d'une autre plaine, plus loin, vers l'est, à quelques dizaines de kilomètres : un autre univers. Il accoste et salue le premier.

– Je m'appelle Nïourgoun.

– Je suis Aïssen.

Ils ont tous deux terminé leur temps dans la toundra. Leurs sacs sont bourrés de fourrures. Chacun dispose d'une fortune. Ils redescendent pour les mêmes raisons : retrouver les leurs, convertir le produit de leur chasse en roubles, jouir du plaisir et du confort de la ville, bien que, chez eux, ces notions soient très relatives. Ils évoquent en riant un petit magasin où, pour quelques kopecks, on trouve une vodka radicale. Pourquoi ne pas descendre le fleuve côte à côte ? Voilà quatre mois qu'ils sont seuls… Qu'ils n'ont vu personne… Marché conclu !

Ils pagaient. Le fleuve n'est pas trop agité. Les rapides naîtront plus tard, dans sa basse section, quand tous les affluents auront jeté au crédit de son cours le débit de leurs flots. Les jours filent entre les rives. Les deux rameurs gagnent régulièrement des degrés vers le nord. Il faut faire vite, avant que les glaces interrompent la course des flux.

Le quatrième matin, une voie d'eau se déclare dans le canot de Nïourgoun. Ils traînent l'embarcation sur la rive pour la réparer. Ils sont en plein travail de couture quand l'ours arrive. Ils ne l'aperçoivent qu'au dernier moment. Un fauve affamé par plusieurs jours de jeûne et blessé d'une mauvaise plaie. La douleur le rend fou. Il charge les deux hommes. Les fusils sont au fond des canots ! Les Yakoutes, sans se parler, se sont compris. Nïourgoun dégaine son long couteau et fait face, prêt à soutenir l'assaut. Aïssen plonge dans le canot, attrape le fusil, le charge tout en visant, tire dans la tête et tue l'ours qui s'écroule sur Nïourgoun. Pas de mal. Le Yakoute se dégage du tas de chair et de fourrure. « Si nous restions ici jusqu'à demain ? » se disent-ils... Une bonne nuit de repos... Avant de reprendre les flots... Ils dépècent l'ours. Se félicitent d'enrichir encore un peu leur butin. Se régalent de ses quartiers grillés sur un feu. Ils finissent de réparer le canot. Ils repartiront demain. Ils bivouaquent sur la rive sablonneuse.

Le jour suivant, ils abandonnent la carcasse de l'ours et abattent une longue étape. Juste avant d'établir le camp sur la rive, le canot d'Aïssen se met en travers dans un courant tourbillonnant. Le Yakoute est un bon navigateur. Il sait agir plus vite que le rapide. Mais cette fois, il gâche quelques secondes. Il est dépassé. Il perd sa rame. L'eau s'engouffre. Il se retourne. Il a le temps de saisir d'une main sa balle de fourrures à laquelle il tient autant qu'à la vie. Le canot sombre. Le froid saisit Aïssen et lui coupe la respiration. Il file, emporté par le courant. La charge de ses peaux qu'il ne veut pas lâcher l'entraîne vers le fond. Soudain, Nïourgoun est là. Il a manœuvré le canot pour le rejoindre. Aïssen s'accroche. Il est sauvé. Nïourgoun pilote jusqu'à la grève avec le rescapé agrippé d'une main au plat-bord. Ils construisent un feu. Aïssen se réchauffe. L'essentiel est épargné : les fourrures et la vie ! Le canot était vieux. On ne le regrettera pas. On continuera la descente, à deux, dans la même embarcation. On se serrera. On se relaiera à la rame. On rira, une fois à la ville, de cette descente de la Lena : la voie d'eau, l'ours, la noyade... Les flammes sont douces. La vie va continuer.

Un feu dans la toundra, cela se voit de loin. C'est un signal, un phare dans l'océan des terres. Le foyer de Nïourgoun et d'Aïssen est repéré par quatre paires d'yeux. Des *blatnoïs* de grands chemins : voleurs professionnels. Quatre bandits qui écument les pistes de Sibérie, du Kamtchatka jusqu'à l'Oural et des mers blanches jusqu'à la frontière mongole. Le chef est un Bouriate, les trois autres sont yakoutes. Ils étudient à la jumelle le bivouac des deux chasseurs. Ils sont enveloppés dans les ténèbres. Ils préparent un plan. Voilà qu'ils fondent sur Nïourgoun et Aïssen. Ils appuient le canon de leurs fusils sur les joues. Ils exigent les fourrures, l'argent, le matériel. Mais les deux Yakoutes ne sont pas des proies tendres. Ils viennent de passer quatre mois solitaires à divaguer dans les horizons, traquant l'ours et le loup. Ils sont eux-mêmes devenus des fauves. D'un coup de pied, Nïourgoun envoie un brandon dans le visage du Bouriate. Aïssen roule sur le côté et saisit un tison en même temps qu'il tire un couteau de sa botte. D'un coup à droite il aveugle l'un des Yakoutes en lui brûlant la cornée, d'un coup à gauche il en saigne un autre. Il s'apprête à porter secours à son compagnon, mais Nïourgoun a déjà égorgé le Bouriate et achève d'étrangler le troisième Yakoute. Il ne s'est pas écoulé une minute. Ils jettent les corps à l'eau. Ils passent la nuit à veiller, scrutant l'obscurité.

Le sort les a-t-il choisis ? Pourquoi s'acharne-t-il ? Faut-il que les deux Yakoutes aient une faute à expier ? Ils s'aperçoivent le lendemain qu'ils n'ont plus de cartouches. Dans la bagarre d'hier, l'une des boîtes a roulé sur les rochers jusque dans la Lena et l'autre s'était renversée la veille lors du naufrage d'Aïssen. De quoi vont-ils se nourrir désormais? Impossible de chasser. Pas de pêche envisageable non plus : les fils et les hameçons d'Aïssen ont roulé avec son canot et Nïourgoun n'en a plus. « On se contentera d'airelles, se disent-ils… On cueillera des baies… On fera chauffer des racines. On a déjà triomphé de pires embûches… On surmontera celle-là. Quinze jours de jeûne ! Un détail… »

Manquait la tempête. En Sibérie, les orages fondent comme des oiseaux de proie. Les gardiens des goulags savent bien que les rigueurs du climat arrêtent les évadés tout autant que les lignes électrifiées. Voilà soudain qu'Aïssen et Nïourgoun, comme deux *zeks* en cavale dans l'hiver sibérien, sont pris dans la tourmente. Deux poissons dans la nasse de l'orage. La Lena est devenue un océan de vagues. Un ciel d'acier cache le soleil et abat la nuit sur la terre. Le vent crache la pluie et arrache des larmes aux deux Yakoutes qui gagnent le rivage pour s'abriter sous le canot. Leurs grands-mères avaient raison : ce sont les dieux du Ciel qui commandent à la Terre et mènent la Grande Danse. Tonnerre des cieux, tremblement des corps, claquement des dents. Puis le ciel sec et clair de nouveau. La tempête est passée. Nïourgoun et Aïssen reprennent la course, portés par la Lena.

De nouveau des jours et des jours en équilibre sur le fil de l'eau. Ils sont épuisés. La faim, le froid, les orages en chapelet, l'accumulation des fatigues pèsent lourd à leurs muscles. L'énergie les quitte. La pagaie devient aussi lourde qu'un roc. L'eau la retient comme une glu. Ils s'arrêtent. Ils tirent le canot avec peine sur la rive. Ils n'ont que des baies à donner en pitance à leurs corps. Construire un feu leur demande une heure. Il leur semble bâtir une hutte alors qu'ils n'amassent qu'un petit tas de mousse. Ils se réchauffent à peine à la maigre flamme. Ils continuent leur descente. Jour après jour, le courant vigoureux porte leurs carcasses pantelantes.

Pourtant, ils trouvent en eux-mêmes une nouvelle nourriture : l'amitié. Les obstacles des dernières heures ont lié leurs cœurs. En quelques jours, ils se sont sauvé la vie plus souvent qu'on n'a l'occasion de le faire au cours d'une existence. Chacun a trouvé dans l'autre son reflet, apparu soudain dans les eaux de leur solitude. Ils font ce qu'ils n'avaient jamais fait au cours de leurs années de chasse sauvage : ils parlent. Ils se racontent des secrets. Ils ouvrent leur sac.

Nïourgoun confie qu'il a une femme, une Yakoute de l'embouchure, une fille du littoral qui sait conduire le renne. Il a pour elle beaucoup d'affection. Il veut la revoir vite. Dans la toundra, il rêvait d'elle. Il regardait l'étoile Polaire en pensant à ses yeux. Il buvait le sang des ours à la santé de sa fécondité. En caressant les mousses et l'écume des lichens, sa main se rappelait ses cambrures. Tout en parlant, Nïourgoun – comme c'est drôle – force sur la rame. Il veut raccourcir ce qui le sépare encore d'elle. Il sait qu'il vivra tout l'hiver à ses côtés, et la perspective des nuits chaudes passées entre le double contact des couvertures et de sa peau blanche le rend heureux. Nïourgoun explique que, comme tous les ans à la même époque, au moment de son retour, sa jolie femme vient se poster sur la rive, guettant les embarcations. Elle veillera sur le ponton. Elle fera des gestes quand elle verra poindre le canot.

Et Aïssen ? A-t-il lui aussi une femme ? Connaît-il le plaisir de souffrir d'une absence ? Oui ! Aïssen aussi est attendu ! Mais c'est plus compliqué. Aïssen n'en a jamais parlé à personne. Nïourgoun est le premier à recevoir la confidence. Il l'a mérité : l'ours ! la tempête ! l'attaque ! le naufrage ! Il est devenu un frère. Il peut tout entendre. Aïssen aime une femme de la ville qui est déjà mariée. Elle l'aime aussi. Il l'a connue l'année passée, à la saison d'été, et n'est pas parti chasser, prétextant une blessure. En fait, c'était son cœur qui saignait. Cette année, il a dû la quitter pour rapporter des fourrures car il manquait d'argent, mais il est impatient de la retrouver. Ils se débrouilleront pour se voir en secret, la nuit, à l'aube, pendant le jour, n'importe quand... Aïssen aime la clandestinité. Il pratique l'amour comme la chasse : aux aguets, sachant l'ennemi partout.

Nïourgoun ne trouve pas bon de partager ainsi le bonheur des autres. Il pense que l'amour ce n'est pas ramasser les miettes de ce que les autres laissent. Mais il ne dit rien à son ami. Il rit même avec lui quand Aïssen raconte ses péripéties nocturnes, ses expéditions furtives... Comment ferait-il un reproche à son sauveteur, son frère ?

Les derniers jours sont les plus difficiles. Pourquoi l'embouchure de la Lena semble-t-elle reculer au fur et à mesure que le canot avance et que les bras rompus mordent le fleuve avec la rame ? Plus la difficulté augmente, plus les corps s'affaissent et plus il semble aux deux Yakoutes que leur complicité se renforce. Le danger a fait naître l'amitié, les épreuves partagées l'entretiennent.

Enfin, un jour, l'horizon s'ouvre. Les perspectives se redressent et fuient, droites, abandonnant les courbes tortueuses. Dans l'air monte un parfum de vase salée. La Lena s'élargit. Après s'être répondues en miroir à travers les toundras, les rives s'éloignent l'une de l'autre. Le courant se dilue dans la masse d'eau étale. Il faut souquer plus ferme. Des colonnes de fumées industrielles soutiennent les nuages. C'est l'embouchure, la mer, la ville au loin. Et bientôt ce sont les premiers faubourgs qu'on aperçoit. Les deux Yakoutes ont triomphé. Ils reviennent alourdis de fourrures et enrichis l'un de l'autre. Jamais ils n'auront fait meilleure chasse : chacun, en plus du butin, rapporte un frère ! On distingue le quai.

Nïourgoun ne s'était pas trompé. Sa femme est là, sur le ponton. Elle a revêtu l'habit yakoute des grands jours, en feutre brodé.

Surprise ! L'amante d'Aïssen est venue ! Comment a-t-elle pu savoir qu'il arrivait aujourd'hui ? Aïssen est ému comme à la première nuit. Jamais une femme ne l'avait attendu au retour d'une campagne.

Spectacle charmant que ces cheveux au vent et ces bras lisses et blancs. Dans le vide boréal, on finit par oublier que de telles merveilles puissent exister. Nïourgoun et Aïssen, à cette vue, sentent la joie monter en eux.

Ils se congratulent.

Chacun, évidemment, est un peu surpris de voir l'autre avec les yeux aussi brillants et si pressé d'accoster.

C'est que, sur le ponton de bois avancé sur les eaux de la Lena, au milieu des enfants qui jouent et des débardeurs qui charrient des caisses, il n'y a qu'une seule femme.

Sur la route, Piotr ne cessait de klaxonner pour réveiller les abrutis qui s'assoupissaient au volant. On les repérait au fait qu'ils avançaient très lentement et que le gros cul de leur remorque oscillait de gauche à droite. Une fois, Piotr avait vu dans un hôtel Formule 1 un concert de gospel retransmis à la télévision. D'énormes femmes noires vêtues de robes violet et jaune étaient agitées de secousses et dodelinaient du derrière tout à fait comme ces camions conduits par des types au bord de l'endormissement.

Les camions passaient lourdement. Au volant du Volvo, Piotr régnait sur l'univers. Dans les cylindres, les pistons allaient et venaient. Le moteur obéissait à ces mêmes lois mécaniques qui régissent la course des astres. À bord, tout était à sa place. Le diesel dans le réservoir, le sang de Piotr dans ses veines et lui, Piotr, à sa place dans le camion et le camion, à sa place sur la chaussée. Les routes ceinturaient la terre et la terre tournait dans l'espace. Et le cosmos lui-même était en expansion. En ce monde, tout n'est que circulation.

Piotr, les yeux mi-clos, tenant le 90 km/h, jouissait de diriger un monde en ordre. Il suffisait d'une impulsion du pied pour que la machine accélère et d'une pression des doigts pour en infléchir l'axe. Rien ne valait de se tenir immobile au carrefour de forces dont l'addition générait le mouvement. La vie n'avait d'intérêt pour lui que si elle défilait : s'arrêter, c'était mourir un peu. Le seul nuage dans le ciel de sa félicité était ces lois françaises qui le forçaient à se reposer toutes les deux heures. Les types de la prévention routière n'ont pas le sens mystique.

Sur le panneau : « TOTAL, 1 000 mètres. » Piotr s'engagea sur la voie de sortie. Les stations-service sont au monde moderne ce que les saloons étaient au Far West, la violence en moins. Les voyageurs de la route s'y croisent, viennent y chercher un peu de chaleur. Piotr aimait observer le peuple des autoroutes : les camionneurs qui allaient dans les toilettes prendre leur douche, les conducteurs nocturnes shootés au Red Bull, les motards frigorifiés qui tenaient leurs cafés entre leurs mains, immobiles, comme les hérons après la pluie. Les stations étaient la vraie maison de Piotr. Une maison dont les pièces seraient séparées les unes des autres par des centaines de kilomètres et reliées par un corridor en forme d'autoroute. Aujourd'hui, la station était décorée de guirlandes et de sapins clignotants.

Piotr fit le plein. À la radio, on expliquait que les Chinois allaient bientôt consommer autant de pétrole que les Occidentaux, que les Américains ratissaient les dernières réserves et que les Saoudiens jouaient des jeux visqueux. Piotr pensa que la civilisation allait s'éteindre en même temps que la lumière lorsqu'on aurait épuisé toutes les ressources. Le carburant alimentait les guerres. Le gasoil était le sang des terroristes et le pétrole, l'énergie fossile d'une religion fossile. Il se dit, en engageant le canon du pistolet dans le trou du réservoir, qu'il était en train de l'appuyer sur la tempe de l'Occident.

Pour couronner le tout, c'était la veille de Noël. Le pire des jours selon lui. Celui où la moitié de la population travaille à ne pas rater sa soirée pendant que l'autre moitié se dit qu'elle a raté sa vie. Chaque 24 décembre, la solitude s'installait aux côtés de Piotr dans la cabine de son camion. La solitude est le passager clandestin de l'âme.

D'habitude, elle ne lui pesait pas, mais à Noël, il en venait à se demander s'il avait bien fait de quitter son Ukraine natale en 1991. Chez lui, en ce moment, près de la mer d'Azov, les siens étaient en train de fourrer les pirojki du réveillon avec les choux du potager. Ensuite, ils dresseraient des planches dans la maison pour le banquet, ils avaleraient des litres de kvas et de vodka et le lendemain personne ne se souviendrait de ce qui s'était passé la veille, garantie d'une fête réussie.

Une montée. Un énorme Renault serrait à droite. Piotr déboîta et grignota la pente. En arrivant à la hauteur de la cabine du camion, il ne tourna même pas la tête et accéléra. Les sept cents chevaux de son FH16 avaient encore des ressources. Il faisait toujours ainsi : mettre la gomme au moment de dépasser les collègues. Sa remorque frôla la paroi de tôle de l'autre véhicule, il y eut un léger phénomène d'aspiration. La route était de nouveau vide.

À la radio, on parlait de la fête. Il n'y avait que les fréquences musulmanes qui n'évoquaient pas la Nativité, mais Piotr n'aimait pas le disco merdique arabo-pakistanais.

Il roula toute la journée vers le nord. Son Volvo était un monstre. Un aigle peint en blanc s'étalait sur la bâche noire au-dessus du logo gothique *East-West-Express.* Piotr charriait n'importe quelle marchandise de l'un à l'autre bout du continent eurasiatique. La dernière fois, il avait convoyé trente-trois tonnes de soutiens-gorge portugais à Moscou et était rentré avec un conteneur de réveils chinois réceptionné à la gare d'Iaroslavl à destination de Skopje. Aujourd'hui, son chargement était plus précieux que d'habitude. Des diamantaires hollandais avaient vendu leur propriété du Luberon, près de Lacoste, et rapatriaient leurs meubles dans les îles Lofoten : buffets des Flandres, textiles de la Hanse, vaisselle espagnole, argenterie russe.

Il neigeait à la hauteur de Valenciennes. Il y avait même quelques accidents : des gens qui se faisaient une joie du réveillon et dont la soirée débutait contre une glissière de sécurité. Piotr changea de fréquence. Bulletin météo. La tempête faisait rage dans le nord de la Belgique. C'est sur l'E 19, un peu avant Anvers, que Piotr fut bloqué. Depuis une heure, les rafales avaient forci et malmené le camion. La remorque donnait prise au vent. La route était saupoudrée de blanc. La neige hachait le faisceau des phares. Les voitures roulaient de plus en plus lentement, puis, soudain, point mort. À la radio, on expliqua qu'une centaine d'automobilistes se trouvaient coincés par la neige entre la sortie 27 et 28 de l'E 19 et que l'autoroute était fermée à la circulation. Piotr se souvint qu'il venait de passer les sorties 27. C'était la première fois qu'on parlait de lui à la radio.

Il descendit de la cabine. On entendait des enfants pleurer. L'éclair orange des feux de détresse éclaboussait les rayures de la neige. Piotr se porta vers des automobilistes qui discutaient à la lueur des phares, recroquevillés sous leurs manteaux, ne sachant pas comment se tenir sous la neige, au contraire des Slaves à qui l'hiver va bien. Piotr n'avait même pas mis sa veste.

La discussion était animée. Les gens se plaignaient : pourquoi les abandonnait-on dans la tempête ? Que faisaient les pouvoirs publics ? On parlait d'« actions en justice ». Pour un Slave, les scènes d'exode provoquées sur les routes d'Occident par la chute d'un centimètre de neige constituent un grand sujet d'étonnement. Qu'on puisse en appeler à l'État pour une menue tempête semblait un mystère à Piotr. Il ne s'attarda pas car une idée venait de lui traverser le cerveau.

Ses yeux s'étaient posés par hasard sur le logo *Transdélikat* d'un camion garé sur la bande d'arrêt d'urgence. Il avait travaillé six mois pour ce producteur lituanien de produits fins. Dans le camion, trente-trois tonnes de délicatesses – petits-fours frais, fois gras et crustacés – attendaient d'être livrées pour le dîner du soir. Le chauffeur, originaire de Vilnius, fut ravi que Piotr s'adresse à lui en lituanien, même si un mot sur deux ressemblait à de l'ukrainien. Piotr n'eut pas de mal à convaincre le Balte.

Offrir un festin de Noël aux naufragés de l'E 19. Ces pauvres types se souviendraient toute leur vie de cette soirée. Piotr tenait sa revanche : lui n'avait jamais été convié à un réveillon. Rien ne vaut, pour se consoler du sort, que de se montrer plus généreux que lui. Il rangea le Volvo sur la bande d'arrêt d'urgence et rallia dix camionneurs : les routes d'Europe du Nord sont pleines de routiers slaves.

On s'occupa d'abord de son camion. Sur le tapis de neige, on déchargea le mobilier des Hollandais. Furent disposées bout à bout les tables de maître qu'on recouvrit de dentelles picardes et qu'on entoura d'une cinquantaine de chaises normandes. Pendant qu'un routier à queue-de-cheval dressait l'argenterie, trois chauffeurs lettons ouvraient les caisses de vaisselle à motifs napoléoniens. Piotr insista beaucoup pour qu'on se serve des porte-couteaux. Le propriétaire d'un Renault 12 cylindres plaçait les verres de cristal. Ce fut pour la forme qu'on installa les chandeliers d'argent car les bourrasques n'autorisaient pas les bougies. Les hommes opéraient à la lueur des phares. Des automobilistes étaient venus prêter main-forte. Quarante personnes s'affairaient à présent autour de la table. Le hasard avait jeté dans cette tempête l'un des majordomes de Buckingham Palace qui partait fêter Noël à Aix-la-Chapelle. Il prodigua de précieux conseils.

Piotr, à l'arrière du camion lituanien, supervisa le déchargement des vivres. Pour nourrir les convives sans laisser de traces, il fallait piocher des quantités minimes dans un maximum de caissons différents. Le tout était de répartir les prises. Piotr s'était souvent exercé à ce jeu-là du temps où il travaillait pour la *Transdélikat* : c'est ainsi qu'il remplissait les colis postaux envoyés à sa famille en Ukraine. Il expliqua au Balte, qu'à l'arrivée, lors de la livraison des marchandises, pour prévenir tout soupçon, il suffirait d'endormir le zèle du manutentionnaire avec un petit billet. Il promit même d'endosser la responsabilité de l'affaire si les choses tournaient mal.

La table était dressée. Elle n'aurait pas déparé le château des Bataves. Piotr, après la fête, n'aurait qu'à nettoyer les meubles et à rempaqueter la vaisselle. Les diamantaires ne se douteraient de rien. Malgré eux, ces Hollandais allaient pourvoir à des agapes que leur esprit, desséché par des siècles de protestantisme et de drainage des terres, ne pouvait même pas concevoir.

Piotr pensa que ses ancêtres scythes, ses aïeux cosaques, fils du mouvement, n'auraient pas renié cette tablée levée sur le bord du chemin. Certes, les conditions avaient changé : le goudron recouvrait la terre, les bagnoles tenaient la place des chevaux, la fête de l'Enfant Jésus remplaçait le culte des dieux plus âgés, et l'on ne buvait plus l'alcool dans un crâne humain. Mais lorsqu'il monta sur le pare-chocs de son Volvo et appela au mégaphone les sinistrés de l'E 19 à venir partager le repas qu'il offrait, sans doute ressemblait-il à un chef *zaporogue* conviant ses *sotniks* à ripailler avant d'enfoncer le cul de l'armée turcomane.

Au moment où il acheva son discours, les équipes de la sécurité civile parvinrent sur les lieux. À la lueur des gyrophares, elles dégagèrent la route. Les chasse-neige crevèrent les congères. Les saleuses déversèrent leur produit. En quelques minutes, la voie fut libre. Personne n'eut un mot pour Piotr. Les portes claquèrent. Chacun remonta dans sa voiture et rentra chez soi. Il y avait encore une chance d'attraper le réveillon au vol. Peut-être même resterait-il du foie d'oie !

La neige continuait à tomber. Le Balte et l'Ukrainien se regardaient, stupides, abandonnés. La neige recouvrait les assiettes. Les voitures fusaient de nouveau sur l'autoroute.

Les conducteurs ralentissaient légèrement à leur hauteur puis disparaissaient dans la nuit. Piotr composa un numéro sur son téléphone portable.

– Youri ?

– Piotr !

– Tu es où ?

– J'arrive de Düsseldorf, je ne suis pas loin d'Anvers, il fait un temps de chien !

Youri était l'ami d'enfance de Piotr. Le destin les avait assis tous les deux devant un volant de camion. Mais Youri ne se contentait pas de convoyer les marchandises. Un double fond aménagé dans sa remorque servait de cache aux immigrés candidats à l'Europe. Il travaillait pour la filière ouzbeke. Piotr n'ignorait rien des affaires de son ami.

– Tu as une livraison ce soir ? demanda Piotr.

– Tu parles ! Six Tatars de l'Oural, un ancien chanteur de Samara, un Tadjik et un Kirghiz. J'ai été les chercher à la frontière biélorusse. Je les conduis à Calais, dit Youri.

– À Sangatte ?

– Ben ouais.

– Écoute, dit Piotr, j'ai une surprise. Amène-toi au kilomètre 268 de l'E 19, entre la 27 et la 28, direction Anvers.

– J'arrive.

Piotr et Youri s'étaient souvent dit que l'amitié, c'est lorsqu'on ne pose pas de question.

Piotr s'assit, se servit un verre d'almaviva chilien, alluma une cigarette et attendit ses invités. Les déracinés de la filière ouzbeke ne savaient pas encore qu'ils avaient accompli tout ce chemin pour finir attablés devant des assiettes de saumon fumé. Le lendemain, ils seraient refoulés. Ils paieraient pour avoir cru à l'idée fausse que pour aller mieux, il suffit d'aller ailleurs. À l'aube, leurs espoirs se fracasseraient contre le grillage du camp. Mais, au moins, ces clandestins allaient passer la plus belle soirée de leur vie. Et sur le chemin du retour, ils pourraient puiser quelque réconfort dans le souvenir de ce festin-là. Puisque ces types avaient voulu goûter le parfum de l'Europe, il était bon, en ce jour, de leur donner une idée de ce que peut être un réveillon de Noël. Cette nuit de mystère où se tient contenu l'Occident tout entier.

LES JARDINS D'ALLAH

Nous aimons mieux la mort que vous n'aimez la vie.
UN RESPONSABLE DU HAMAS

La situation était préoccupante. Depuis maintenant près d'une année on manquait de volontaires. Les jeunes kamikazes prêts à mourir pour Allah se faisaient de plus en plus rares. Il y avait eu cette jeune femme qui s'était suicidée à l'explosif à la terrasse d'un café israélien, tuant trois touristes groenlandais et devenant ainsi le premier martyr féminin de l'histoire de l'intifada, mais depuis, rien. C'était la crise des vocations, comme pour les curés en Occident. Dieu n'attirait plus les jeunes. Le ciel ne payait plus.

– Il faut faire quelque chose, avait dit le cheik Hussein qui dirigeait l'organisation internationale terroriste Svin'Hina.

C'était pour réfléchir aux moyens de redonner aux jeunes gens l'envie de gagner le paradis des martyrs qu'il avait, dans sa propriété de Doha, au Qatar, réuni ses amis : six dirigeants de différents groupes activistes moyen-orientaux.

Les hommes, assis sur des coussins dans une salle vide décorée d'une tenture portant le verset 130 de la sourate 3 brodé en lettres d'or : « Qu'elle est belle la récompense des vertueux », se taisaient. Sur la table on pouvait lire, encadrée, la devise des islamistes modérés turcs : « Dieu est notre but, le Coran notre Loi, Mahomet notre guide, le djihad notre vie, le martyre notre vœu, les minarets nos baïonnettes, les coupoles nos casques, les mosquées nos casernes. » Une femme aux yeux qui disaient plus de sa beauté que ce que cachait son *tchadri* passait entre eux pour leur servir du thé, silencieusement, comme un bateau fantôme toutes voiles dehors.

Le cheik Hussein la fit sortir en agitant la main comme s'il chassait la fumée. Et l'ombre de femme, obéissant à son geste, s'évanouit. Il se tourna vers Hadji Zaher, chef des réseaux du Baloutchistan pakistanais.

– Alors quoi ? demanda-t-il.

– Rien, mon frère. Rien ! Je n'ai eu aucune recrue cette année ! Et pourtant les occasions magnifiques n'ont pas manqué : un déplacement du ministre de l'Intérieur israélien, un voyage officiel de l'ambassadeur des États-Unis.

Le cheik Hussein fit un signe de tête à l'imam Ali Roubaïev qui coordonnait les forces fondamentalistes du Tadjikistan.

– Et chez vous ?

– Personne ! La volonté d'Allah me désoriente. Personne ! Il y a encore cinq ans j'avais des dizaines de candidats qui se battaient pour être le premier à gagner le ciel mais...

– Les petits salauds ! l'interrompit le chef algérien Boumelka. Ils n'ont plus aucun ressort. Imbibés de propagande américaine, ils parlent de stratégie « zéro mort ». Ils veulent un djihad sans martyrs. C'est la décadence. Où est l'esprit de don de soi de notre jeune temps ?

– Moi, j'ai la solution.

Les têtes se tournèrent vers le mollah Ahmed, dignitaire pachtoun du Wardak afghan. Il avait parlé d'une voix douce.

– Donnez-moi de l'argent, donnez-moi quelques mois et je vous réveille les ardeurs sacrificielles de la jeunesse...

Quatre mois plus tard les six chefs sont penchés sur le visage d'un jeune homme qui émerge d'un profond sommeil. Un médecin en blouse blanche les prie de s'écarter et s'adresse à son patient.

– Comment vous sentez-vous ?

– Allah m'a mené en d'étranges jardins…

À ces mots, les dignitaires bousculent le professeur et font autour du jeune homme un cercle de vautours, le cou tendu, l'œil aux aguets. Ils ont l'air d'inspecter leur proie comme les rapaces avant de fondre dessus.

Le mollah Ahmed scrute avec une attention toute particulière les yeux du garçon qui semblent encore remplis de visions interdites. On le dirait sorti d'un rêve, le beau jeune homme, mais c'est peut-être d'un cauchemar qu'il revient.

– Zafar, dit le mollah de cette même voix douce qu'on réserve aux enfants et aux débiles, sois le bienvenu dans le monde des Hommes créé par Allah le Tout-Puissant. Tu es de retour, et c'est grande allégresse dans nos cœurs.

– Je suis de retour, grince le garçon. Ô mollah Ahmed !

– Il faut que tu racontes tes secrets. Ce que tu as vu de l'autre côté…

Pour Ahmed, c'était l'heure de vérité. À la suite de la réunion du Qatar, il s'était jeté à pleine âme dans une opération qui allait changer la face du djihad, et il comptait récolter les moissons de ses efforts en cet instant précis. Quand il avait exposé son plan dans les salons du cheik Hussein, il avait immédiatement séduit tous ses amis. Pour ramener les jeunes musulmans sur la voie du sacrifice, il avait imaginé leur prouver scientifiquement l'existence du paradis ! Il voulait leur brandir sous les yeux les merveilles du *Janat*, comme on allèche le gogo dans une agence de voyages avec les photos glacées des lagons azuréens.

– Quoi de plus enthousiasmant, avait-il expliqué avec ce lyrisme qui aurait fait de lui un poète s'il n'avait choisi l'exercice de la guerre, pour un enfant de vingt ans que d'escompter une place dans les jardins d'Allah où le parfum des jusquiames se mêle aux effluves affolants de pucelles pressées de se débarrasser de leur virginité.

– Où veux-tu en venir ? lui avait demandé, agacé, le cheik Hussein. Tu sais bien que nos fils ne prennent plus le saint Coran au pied de la lettre. Ils interprètent les textes ! Ne les as-tu pas entendus parler, de Tanger à Dacca, de la *lecture symbolique* – cette infamie ?

– Mais c'est justement à ce *pied de la lettre* que je veux les faire revenir, avait répondu Ahmed. Nous allons créer un *pied de la lettre* et faire plier la jeunesse musulmane jusqu'à le lui faire baiser.

Il avait alors expliqué qu'il suffisait d'un seul témoignage sur un court séjour au paradis d'Allah pour provoquer une vague d'adhésions à la cause. Comme ses interlocuteurs ne saisissaient pas sa pensée, il était rentré dans les détails.

– Imaginez la situation ! Sur les postes de télévision du monde entier, un jeune frère musulman raconte son voyage dans l'autre monde, décrit les délices du jardin éternel, chante les houris qui le peuplent et les rivières de miel auxquelles il aura *réellement* goûté. Sa voix aura l'accent de la vérité car son expérience sera *authentique*. Il faut offrir un aller-retour dans les jardins d'Allah à l'un de nos enfants.

– Tu blasphèmes, par Allah ! s'était écrié l'imam Ali Roubaïev.

– Que Dieu qui n'a de nom qu'Allah m'en garde ! Mon projet n'est pas un rêve. Nous allons retourner leur propre science contre les Occidentaux. C'est elle qui va nous servir d'arme. Il va leur en coûter d'avoir abandonné Dieu pour la modernité ! On peut aujourd'hui, grâce à une injection létale, envoyer un patient aux lisières de la mort, l'y maintenir un moment et le rappeler au monde des vivants. Il ne s'agit que de le porter dans le coma clinique le temps qu'il se gorge de visions avant de nous les rapporter !

– Un voyage à l'orée du jardin ! s'était exclamé Boumelka.

– Oui, mon frère, avait confirmé Ahmed. Une visite éclair dans l'au-delà. Quelques heures : de quoi honorer trois vierges aux yeux de biche, se délasser dans un bain de lait d'ânesse, croquer des gâteaux d'amande à l'ombre d'un mûrier. Et hop ! Retour ici pour deviser du pays des merveilles et convaincre les autres de s'y précipiter.

Le mollah avait alors expliqué qu'il s'intéressait, depuis son séjour aux États-Unis, à ces voyages vers l'outre-monde que les Américains appellent *near death experiences*. Il avait lu les ouvrages consacrés à ces expéditions *ad patres*, rencontré ceux qui les avaient vécues. Il connaissait un anesthésiste jordanien, le docteur Amanullah, professeur à l'université d'Amman qui, prêt à servir la cause, acceptait d'envoyer un jeune volontaire en exploration dans les sphères interdites.

Les choses n'attendent pas quand elles sont dictées par l'urgence de l'histoire.

Une cellule spéciale chargée de superviser l'opération baptisée « Les jardins d'Allah » fut installée dans une ancienne base d'entraînement de la CIA, à côté d'un village du Chitral, au Pakistan, dans les zones tribales et montagneuses pachtounes. Le mollah en prit le commandement. Une dizaine de responsables de différents groupes islamistes armés furent mis dans la confidence. On ouvrit un compte dans une banque égyptienne de Londres qui lavait l'argent des seigneurs baloutches de la drogue. Le professeur Amanullah fut débauché de l'université d'Amman et prit ses quartiers dans les installations américaines où les ingénieurs du mollah Ahmed lui aménagèrent un bloc opératoire souterrain équipé d'appareils médicaux détournés de l'aide publique européenne. Le propriétaire de la chaîne de télévision Parcham prépara ce qu'il appelait lui-même « le feu d'artifice médiatique », qui consistait à immortaliser le récit du jeune ressuscité à son réveil puis à en inonder les réseaux hertziens et les satellites islamiques afin que, de l'Albanie à l'Indonésie, l'umma sache ce que lui réservaient de jouissance les prairies du Créateur.

Restait à trouver l'Envoyé. La Providence, qui savait qu'on œuvrait pour elle, livra un jeune candidat au suicide à des activistes qui avaient très heureusement été mis au courant de l'opération « Les jardins d'Allah ». Il tomba pour ainsi dire du ciel, alors qu'on attendait de lui qu'il y monte. Zafar avait vingt-deux ans. Il s'était adressé à une cellule du Hamas de Ramallah pour annoncer qu'il était prêt à quitter cette terre dans une gerbe de flammes en emportant avec lui le plus de Juifs possible. Dans l'enthousiasme, les chefs qui reçurent sa proposition crurent que les vocations reprenaient. Mais Zafar n'avait pas précisé que ses véritables motifs étaient personnels avant d'être religieux. Le jeune garçon venait d'apprendre que l'objet de son amour le quittait, arraché à ses rêves d'avenir par les bras vigoureux d'un hydrologue de Hébron entre lesquels il prospérait heureux. Ne croyant plus à la vie, Zafar voulait épouser la mort et convier quelques ennemis à ses noces. Ce serait le chagrin, et non la foi, qui le pousserait à appuyer sur le détonateur.

On ne laissa pas s'échapper l'aubaine de disposer d'un volontaire. Il fut conduit dans le Chitral pakistanais jusqu'aux installations du mollah Ahmed à qui il fut présenté. Le vieux stratège dévisagea longuement cet enfant qui avait l'âge de son petit-fils et que la pâleur faisait ressembler à une fille.

« Le courage se cache parfois derrière un masque bien joli », pensa-t-il en détaillant les lèvres du jeune homme, sa peau délicate, les ailes fragiles de son nez et ses yeux noirs.

L'insistance du mollah les lui fit baisser. Des larmes y perlaient qu'Ahmed prit pour l'émotion qui prélude aux sacrifices, sans savoir qu'elles coulaient pour le cœur envolé de son amour perdu.

« Pourquoi la mort a-t-elle droit, elle, à de si ravissants tributs », songea-t-il pendant que ses yeux caressaient le corps élastique de Zafar.

Puis s'adressant à l'étudiant :

– Tu vas être un héros, mon enfant !

Il parlait comme un père au jeune éphèbe en sursis.

– Quelle est la cible, maître ? s'écria Zafar en se raidissant. Désignez-la-moi du doigt et j'y fonds comme le faucon sur la gerboise.

Le mollah pensa que la jeunesse était belle quand elle s'enflammait comme de la poudre à balle.

– La cible, mon bel enfant, c'est le mystère. La grande nuit de l'au-delà. Et ta mission est d'en soulever le rideau.

Il ne lui en fut pas dit plus et on le sangla, épouvanté, sur le lit du laboratoire que le docteur Amanullah appelait pour rire sa *piste d'envol vers l'au-delà*. Quand la préparation chimique lui fut instillée dans les veines, il supplia qu'on lui expliquât quelle était cette expérience dont il était le cobaye et pourquoi on l'empêchait de mourir comme il l'avait demandé, c'est-à-dire dans le panache d'une explosion-suicide. Sa dernière pensée fut pour l'être qu'il avait aimé. Le mollah qui assistait à la scène prit soin d'attendre qu'il eût sombré dans le coma pour articuler quelques paroles mêlées à des prières :

– Il n'y a qu'un Dieu qui est Allah, et Mahomet est Son prophète, et toi, martyr-héros, bel enfant de Palestine, heureux homme résigné, tu vas revenir parmi nous, chargé du plus lourd des secrets. Que Dieu nous aide et nous bénisse.

Il se pencha sur le corps de Zafar et lui baisa le front.

– Dieu est grand, dit-il encore.

Puis il se tut.

Le jeune homme fut maintenu pendant vingt-quatre heures à la bordure des limbes. L'équipe du professeur Amanullah surveillait les moindres sourcillements de son cœur par l'intermédiaire des écrans de contrôle qui tapissaient la pièce. Avec des précautions de dentellière, l'anesthésiste fit basculer Zafar pendant un court instant dans la mort clinique. Autour du lit, religieux à turban, hadjis respectés et scientifiques en blouses scrutaient le visage apaisé d'un jeune homme endormi qui naviguait dans des obscurités inconnues, le corps relié par le tentacule des perfusions aux machines les plus sophistiquées de la science infidèle.

On lui fit reprendre le chemin de la vie en coupant subitement l'arrivée dans ses veines des principes létaux. Les appareils de contrôle renvoyèrent l'écho renaissant de son cœur : Zafar retournait paisiblement vers les rives de la conscience et les couleurs qui marbraient son visage indiquaient que s'écartaient peu à peu les brumes de la mort. Quand il ouvrit des yeux hébétés, ce fut pour rencontrer ceux des religieux qui le fixaient comme on regarde un nourrisson longtemps attendu et déjà adulé.

– Alors, Zafar ? Dis-nous d'où tu arrives.

Le garçon remonta le drap blanc sur son menton comme s'il avait voulu se protéger des regards qui le surplombaient.

– Je voudrais retourner là d'où je viens…

Le mollah trouva que ce préambule était bon signe. Ces mots préfiguraient ce qu'il voulait entendre. Un sourire fendit les broussailles de sa barbe. Il caressa le front du garçon et l'encouragea :

– C'est donc si merveilleux, mon enfant…

– Comment pourrais-je dire ce qui dépasse ce que je voudrais dire ? Même un poète ne le saurait.

Le mollah exultait.

– Parle-nous, jeune ami, nous buvons tes mots – puis s'adressant à deux hommes en noir, caméra et micro au poing : Vous tournez ?

Ils lui firent un signe de tête.

– Allons, bel enfant, raconte, répéta-t-il à Zafar.

– Raconter ? Mais raconter quoi, maître ?

Cette fois le mollah eut un léger sursaut. Sa barbe touffue dissimula un rictus de contrariété.

– Mais ce que tu as vu de l'autre côté, bien sûr ! « Les jardins arrosés par les fleuves et les femmes exemptes de toute souillure. »

– De quoi parlez-vous, maître ! Vous récitez le verset 13 de la troisième sourate du saint Coran et…

Le mollah avait perdu l'air paternel qu'il avait affiché en s'adressant à Zafar.

– Je te parle de ce que tu dois nous raconter. As-tu bien mesuré que le sort du monde est suspendu à tes paroles ?

– Mais que dire, ô mon maître ? Ma tête va éclater comme la grenade trop mûre. Ô douleur de mon crâne, cesseras-tu tes coups ?

Le professeur Amanullah se pencha sur l'épaule du mollah.

– Zafar n'est pas en état de subir vos…

Le mollah se retourna avec tant de violence que son turban vacilla. Le professeur sentit le poinçon de son regard lui percer les yeux. Il baissa la tête.

– Si tu te mêles encore de ces affaires, blouse blanche, je te fais lapider. De quel droit prétends-tu retarder d'une seconde la révélation de ce qui va bouleverser la face de la vie terrestre ?

Le jeune garçon, au rythme engourdi des lentes connections qui se reconstituaient dans son cerveau sidéré par les substances, commençait à entrevoir l'enjeu dont il était l'objet. Il rassembla difficilement ses forces. Sa pensée était pâteuse comme les élytres des carabes tout poisseux de rosée quand le matin se lève.

Il parla.

– Je me souviens que la mort a coulé doucement en moi. Un fluide a glissé dans mes veines. Mon sang est devenu aussi clair que l'eau. Un poids irrésistible a oppressé mon cœur, je me suis déshabillé de moi-même. J'étais une conscience en migration. Une existence désincarnée en marche vers la mort. Je suis resté quelque temps à la lisière et je vous ai vus dans cette pièce pressés autour de mon corps. Vous scrutiez mon enveloppe sur le lit alors que c'était ailleurs qu'il fallait tourner vos yeux. Puis le monde illusoire s'est dissous dans un grésil, celui dont crépitent les postes de télévision quand ils s'éteignent, et j'ai sombré dans une nuit immense, encore éveillé.

Le mollah se mordait la lèvre. Il attendait la suite, soucieux comme lorsqu'un de ses lieutenants lui rendait compte d'une opération.

Zafar continuait.

– La nuit fut trouée par une clarté divine. J'ai été plongé dans un flot de lumière dont j'étais moi-même l'une des particules. Comment vous expliquer que je jouissais de la clarté en même temps que j'en étais source ? Je suis resté dans ce bain jusqu'à ce que vous me rappeliez, n'éprouvant rien d'autre que le délice d'être bercé par un courant d'éternité lumineux. J'étais sur un chemin ondulatoire. C'est cela peut-être que le Coran appelle « le paradis »...

– Le Coran, jeune ignorant, coupa Ahmed, parle des jardins d'Allah et des femmes qui les peuplent.

– Ces jardins ne sont pas là où j'étais. Je vous ai décrit l'état dans lequel je flottais. Je n'ai rien d'autre à vous apprendre. Ayez pitié de ma sincérité : j'étais un grain de lumière emporté dans un fleuve de béatitude donnant mon énergie pour porter la lumière dans la nuit de la mort. Et j'avançais dans l'éternité d'où vous m'avez, hélas, tiré.

– Nous n'avons pas besoin d'entendre tes délires, dit le mollah. Tu divagues.

– Maître, ne voyez-vous pas que le Coran utilise des images et procède par symboles ?

– Te voilà exégète à présent, pauvre cadavre débile ! éclata

Ahmed… Et à quel ouléma appartiens-tu, toi que j'ai ramassé dans la boue de Ramallah ?

Le mollah quitta le laboratoire avec un geste de fureur.

Son plan était détruit.

Il ruminait cette sombre évidence, que pour désirer la mort il fallait aux jeunes fils de l'Islam une bonne raison. Si les dires de Zafar le revenant étaient rendus publics, c'était toute l'institution islamique et le dogme avec elle qui étaient emportés dans un cataclysme. Qu'on y songe ! Le paradis : un torrent de lumière ! Ahmed ne savait pas ce qui le tourmentait le plus dans les confessions qu'il venait de recevoir : qu'elles contredisent le Prophète ou qu'elles contrecarrent ses projets. Sa seule certitude était qu'il ne pouvait plus se servir du jeune Palestinien. Il avait attendu son récit comme une nouvelle révélation, il l'avait espéré mystiquement car il était certain qu'il permettrait de lancer une nouvelle hégire dans le sillage de sa publication. Il avait espéré les exploits spartakistes d'un séducteur de femmes célestes. Et Zafar, à la place, lui servait la triste description d'une fièvre post traumatique. Comment lever des troupes avec ce pauvre appât ? Comment allécher le moindre candidat au martyre avec une promesse si misérable ? C'était un fiasco.

Ce fut le soir, pendant qu'il dînait avec le professeur Amanullah et les chefs religieux, que lui vint une idée qui allait sauver du naufrage l'opération « Les jardins d'Allah ». Alors que le médecin jordanien discourait pour tenter de rompre l'atmosphère exécrable que le mollah faisait peser autour de lui et qu'il affirmait que, pour son compte, c'était sa propre femme qu'il aimerait retrouver au paradis d'Allah, une illumination se fit dans l'esprit d'Ahmed. Il en lâcha son os de mouton dans le plat commun où les mains des convives venaient piocher les morceaux de ragoût. Il murmura : « Nous sommes sauvés ! », et, sans daigner livrer une seule explication à ses compagnons qui en attendaient pourtant plus, se leva, quitta la salle à manger, plongea dans l'ouverture de la porte et se laissa happer par la nuit en faisant claquer les longs pans de son patou comme un corbeau furieux.

Elle était si parfaitement belle que Zafar, en lui-même, supplia Dieu de le protéger, car qui d'autre qu'un djinn aurait pu être aussi désirable ? Ses cheveux noirs cascadaient jusqu'à la pliure de ses genoux, mais elle en avait rabattu par-devant elle certaines mèches qu'elle avait ceintes d'une chaînette d'argent pour se cacher le sexe. Elle était la bannière de la Beauté portée par la hampe d'un corps parfait. Elle penchait sur lui un visage qui ne ressemblait pas à ce que Zafar connaissait des femmes. Dans sa Cisjordanie natale, il ne côtoyait en effet qu'une mère et des tantes défigurées par l'insulte des grossesses, des sœurs qui auraient pu prendre un peu soin de leur beauté si on ne les avait pas mises en garde contre le péché d'orgueil, et qui se contentaient donc d'être fécondes quand l'heure des visites conjugales sonnait. « À quel être céleste, se demandait Zafar, pouvait appartenir cette bouche-grenade ouverte comme un fruit mûr sous la pression des pulpes ? Et ces yeux en amande qui faisaient mal à ceux où ils se fichaient ? Et cette peau toujours chaude comme si elle sortait tout juste de l'argile d'où le pouce de Dieu l'aurait défournée ? Et ces formes tellement courbes que le regard, déséquilibré, ne pouvait s'y fixer mais y glissait ? »

Elle n'était pourtant ni une chimère ni le produit d'un songe. Elle s'appelait Marieke et avait été recrutée par le mollah Ahmed à Casablanca, dans un réseau de call-girls. Et elle n'était pas seule. À côté d'elle se tenaient d'autres filles. Pas moins d'une quinzaine de jeunes professionnelles de luxe du monde entier, elles aussi débauchées des sociétés qui les employaient. Mexicaines au sang fouetté, Ukrainiennes aux yeux violets, Lettones aux jambes de phasmes,

Russes à damner un Vieux-Croyant, Françaises de légende, Brésiliennes modelées dans un brasier: elles vouaient leurs soirées à peupler la solitude des hommes d'affaires qui passaient quelques jours dans les grandes capitales du Maghreb et du Machrek où l'œil d'Allah le Pharisien n'interdit pas la gaudriole si elle ne s'étale pas publiquement. Le mollah et son équipe avaient travaillé pour le djihad avec une énergie de soldat. Ahmed après l'échec de la première phase de l'opération «Les jardins d'Allah» avait renvoyé Zafar dans les vapeurs du coma, mais cette fois en construisant lui-même le paradis où le jeune homme était censé parvenir. Le cheik Hussein avait soulevé la bonde d'une autre de ses vannes financières et assuré au mollah qu'elle ne se refermerait pas avant l'accomplissement de son Œuvre.

Il avait donc fallu bâtir un paradis artificiel en l'espace de quelques semaines. Des architectes égyptiens, de la ligue des Frères musulmans, avaient été appelés. Textes coraniques en guise de plans de chantier, ils avaient fabriqué les jardins d'Allah de toutes pièces, conformément aux Écritures. Ils avaient choisi un hangar désaffecté dans une vallée isolée de la zone tribale de Peshawar où le gouvernement central d'Islamabad n'exerçait qu'un contrôle symbolique. Des parcelles de prairies fraîches et prédécoupées à l'image de celles qui tapissent les stades de sport avaient été importées d'un golf que le roi Fahd accepta de sacrifier. On en avait couvert les douces ondulations sableuses que des terrassiers avaient aménagées et sur lesquelles on replanta des oliviers. À l'ombre des peupliers et des cerisiers, des orpins et des cytises colorèrent le pied des petits arbres de Judée. Il avait fallu creuser un canal qui fut rempli et bordé d'ajoncs et de phragmites. On lâcha des perruches, des libellules et des papillons de Malaisie qu'un filet transparent, tendu au-dessus du jardin, empêchait de rejoindre le ciel. On avait dressé des tonnelles que des jardiniers couvrirent de roses et de glycines. D'immenses tentures en trompe-l'œil déployées sur les parois du hangar donnaient l'illusion que de vertes collines développaient leurs houles jusqu'au fin fond des cieux. Des électriciens avaient dissimulé dans les feuillages de puissantes enceintes qui diffusaient les accords aériens d'un *dûtar* afghan. On avait hélas dû refuser les onagres et les saïgas d'Ouzbékistan que les religieux avaient voulu introduire dans le jardin et qui se seraient attaqués aux végétaux avec une voracité qui risquait de transformer en enfer sahélien ce qui devait ressembler au paradis.

Trouver quinze filles qui acceptent de passer trois jours dans un jardin délicieux en compagnie d'un seul jeune homme n'avait pas été difficile. Les réseaux de prostitution que pilotaient depuis l'Ouzbékistan les chefs de guerre du nord-ouest de l'Afghanistan furent un vivier inépuisable. Le cachet proposé aux filles avait dissipé leurs réticences à accomplir un voyage au Pakistan. Le vol qui les avait amenées jusqu'à Peshawar dans le plus grand secret fut l'un des moments les plus exquis de la vie du mollah Ahmed qui avait tenu à les accompagner depuis Casablanca d'où s'était organisé leur recrutement – et qui ne manqua pas de se souvenir qu'un avion dans les airs n'est pas assujetti aux rigueurs de la loi islamique, ni à ses interdits.

Il ne fut rien révélé aux filles de la véritable teneur de l'opération. On les avertit simplement que le fils de l'un des plus riches producteurs de pétrole du monde arabe était pris de l'envie de passer quelques heures en leur compagnie dans un jardin qu'il possédait au Pakistan, et qu'elles devaient à tout prix céder à ses désirs mais sans émettre la moindre parole. Le mollah Ahmed leur répéta plusieurs fois à chacune, en privé, qu'elles étaient condamnées au silence absolu devant le jeune homme, et sans doute sut-il afficher un air suffisamment sévère car aucune d'entre elles n'était encline, au sortir de ces entretiens, à enfreindre la règle. Les filles furent amenées à l'aube et s'égayèrent dans le jardin sous le contrôle d'Ahmed. Une heure après leur arrivée, deux brancardiers apportèrent le corps d'un jeune homme au visage très pur qui paraissait profondément endormi et qui se réveilla peu après sans jamais toutefois recouvrer totalement ses esprits. C'est que les doses que le docteur Amanullah avait injectées dans l'organisme de Zafar excluaient qu'il reprît parfaitement connaissance. C'est donc dans un état de douce divagation que Zafar fut projeté dans le paradis du mollah Ahmed.

Conformément au plan, Zafar ne resta que quelques heures au jardin. « Une visite éclair dans l'au-delà », avait précisé le mollah. Mais quelques heures au paradis de la chair suffisent à marquer l'âme, à faire tourner l'esprit, à éreinter le corps. Les jeunes femmes furent exquises, et le mollah qui observait la scène sur les moniteurs de renvoi vidéo se dit qu'elles n'avaient sans doute rien à apprendre de leurs homologues célestes. Zafar fut enseveli sous la volupté. Sur les tapis fleuris qui recevaient les corps, flottant dans les vapeurs de sa demi-conscience, il fut possédé plus qu'il ne posséda. Quand Marieke approcha son visage pour lui verser dans la bouche le suc d'un millième baiser, il sentit au ventre une intense douleur. Elle l'avait piqué avec une seringue. Le produit l'endormit avec la rapidité que garantissent les poisons. Marieke était, de toutes les houris d'opérette, la seule à savoir l'enjeu de l'opération et à en connaître les rouages. Depuis la mort de son petit frère sous les chenilles d'un char israélien à Ashqelon, elle appartenait au Hamas et utilisait désormais la puissance de sa beauté pour arracher à ceux qu'elle séduisait – diplomates ou hommes d'affaires – des confidences d'alcôves. Elle s'était acquittée de sa tâche : renvoyer Zafar dans les cordes du sommeil. Sa mission s'achevait là en même temps que se terminaient les obligations des autres jeunes femmes. Les aides-soignants du docteur Amanullah emmenèrent Zafar. Dans le silence de la vallée déserte retentirent les premiers coups de marteau et le vrombissement des scies électriques : c'était le paradis qu'on démontait.

Quand Zafar ouvrit les yeux, il eut la désagréable impression que les choses se répétaient. Des visages aux barbes agressives et aux yeux inquisiteurs, des turbans noirs comme des chapiteaux sur des colonnes sévères, faisaient herse autour de lui. Les paroles du mollah Ahmed le cueillirent une nouvelle fois à la porte du réveil.

– Allons, bel enfant… Dis-nous, dis-nous vite.

La différence était que, cette fois, la fébrilité chronique du mollah avait laissé place à une confiance sereine. Il savait la machination huilée comme une mécanique et il attendait d'en récolter le bénéfice comme on attend que les fruits mûrs constellent la couverture qu'on a placée sous l'arbre qu'on secoue. Est-on inquiet quand on a fabriqué soi-même la réponse à la question qu'on pose ?

Les caméras tournaient.

– Dis à nos fils qui s'apprêtent à prendre la route du martyre ce qui les attend au paradis des guerriers. Explique d'où tu reviens à tes frères qui, préparant le sacrifice, ont ceint leur front du ruban vert, ont placé le Saint Livre contre leur cœur et ont enveloppé leur corps des bandelettes sacrées. Raconte les saints lieux que vont découvrir ceux qui meurent en djihad. Où étais-tu, toi qui renais à la vie ?

La caméra s'approcha du visage de Zafar.

– En enfer.

Trop absorbé par l'ampleur de son entreprise, le mollah Ahmed avait négligé d'enquêter sur les mœurs de Zafar qui, le bel enfant, n'aimait que les garçons…

CELUI QUI CHERCHAIT
LA LUMIÈRE

Hello ! le soleil brille, brille, brille.
Chanson américaine

Jake cherchait la Lumière. Étouffé par les clartés de l'Occident, dégoûté des ciels sous lesquels il avait grandi, ignorant que c'est dans les glaces du Nord (là où les hommes blonds vivent dans la nuit en attendant la victoire de l'été) que se trouve le vrai séjour du soleil, croyant que pour jouir des choses il faut aller à leur source alors qu'il suffit de contempler leur fin, il partit pour le Levant chercher le début des aurores.

La grande migration des contemporains de Jake vers l'Orient avait commencé quelque temps plus tôt, dans les années 1960. Des hordes de jeunes Occidentaux, arrière-fils des anciens Celtes, agglutinés en grappes barbares au balancier de l'histoire, avaient alors accompli, par un prodigieux renversement de mouvement, une transhumance vers les terres de l'Est. Leurs ancêtres, il y a six mille ans, avaient fait le voyage inverse, vers le Couchant, quêtant la fin des terres, cet endroit où s'épuise le soleil. Ils avaient atteint la bordure atlantique, et, après des siècles de batailles et de lentes victoires kilométriques sur l'horizon, ils s'étaient installés le long de l'arc de granit où, des Highlands aux Asturies, le soleil se dissout dans l'athanor de l'océan.

– Je pars pour l'Orient, avait dit Jake à ses parents qui tenaient un magasin de luminaires dans la banlieue ouest de Cardiff et pour qui l'indication cardinale d'« orient » n'évoquait rien d'autre que les rivages est de la Grande-Bretagne.

– Que vas-tu foutre ? avait dit le père.

– Chercher la Lumière, p'pa.

Les parents, troublés par l'obscurité de la réponse, n'avaient pas voulu en comprendre plus et avaient expliqué à leur fils que s'il s'obstinait à jouer ainsi sa vie et – par là même – à hypothéquer l'avenir du commerce familial, ils ne le soutiendraient pas, et qu'il ne faudrait pas venir quémander de l'aide à la première embûche. Jake claqua la porte et ce fut le dernier son échangé entre eux.

Il partit à pied pour Douvres, afin de prendre le ferry-boat : première étape vers l'Inde. En posant le pied en France, il toucherait au continent eurasiatique et, à partir de ce moment-là, il n'y aurait plus d'obstacle entre lui et son rêve, entre les débarcadères de Dunkerque et les rives du Gange ; seulement la même route continue, ininterrompue, serpentant jusqu'au but. Il avait cinquante pounds en poche. S'il le fallait, il travaillerait en route, garderait les moutons de Thrace, s'emploierait aux moissons d'Anatolie, tamiserait les sables du Dasht-e-Lut, casserait les pierres de l'Hindu Kuch... Peu importaient les moyens, il avait la voie : un chemin tout tracé *vers la Lumière*.

Jake souffrit sur les routes anglaises. Des pieds de vagabonds ne s'improvisent pas. Les ampoules n'allumèrent en lui que des souffrances, mais il pensait que l'accès à la Lumière demande des sacrifices, qu'on ne goûte le retour des lueurs qu'après un rude hiver, et il se félicita de ses écorchures. Jusqu'au moment où, les plaies s'étant infectées, il ne put plus marcher. Les seules luminescences qui le visitaient étaient les éclairs de douleur qui lui traversaient la tête à chaque fois qu'il posait un pied et relevait l'autre. Il préleva deux pounds de son pécule pour s'acheter des bandages et un ticket d'autobus vers l'embarcadère.

La mer ! Jake savait que prendre la mer, dès les premiers instants passés près du bastingage et aussi courte que soit la traversée, donne la sensation d'aborder à l'infini du monde. Il avait hâte que le ferry traçât sa route vers l'autre rive de la Manche et effaçât de sa vue les falaises qui bordent sa terre natale. Le bateau nageait dans la lumière froide du *channel*. Jake, fouetté par la clarté du Nord, rêvait aux caresses de celle de l'Inde. Mais à peine les houles enclenchées sous les flancs du ferry inclinèrent-elles la ligne d'horizon que Jake tourna de l'œil. Le chercheur de Lumière finit la traversée dans la cale.

Puis ce furent les longues heures au bord des routes à attendre une réponse à l'appel du pouce dressé en direction du sud-est. Et ces battements du cœur quand apparaît une voiture qui semble ralentir, ce gentil sourire que l'on force un peu pour convaincre le conducteur, et la déception quand on entend au bruit du moteur que la bagnole ne s'arrêtera pas, et cette gifle humiliante quand elle vous vrombit au visage, fusant dans un souffle en pleine accélération… Il progressait lentement mais avec la joie de surprendre l'aurore chaque nouveau matin un peu plus tôt que la veille. Et cette constatation qu'il approchait des pays de Lumière, doublée de sa joie d'offrir ses pas à son désir d'Orient l'aidèrent à tout endurer : les froidures de l'Europe centrale, la boue des plateaux turcs, le passage à tabac par quatre drogués dans l'Azerbaïdjan iranien, les poux de Téhéran, la dysenterie qui faillit l'emporter à l'orée du Kevir.

– Je cherche la Lumière ! Je cherche la Lumière ! expliquait-il à ceux qu'il rencontrait – paysans, bergers, cantonniers à qui il mendiait l'hospitalité d'une nuit. Je cherche la Lumière ! Je cherche la Lumière ! scandait-il en lui-même pour rythmer ses marches dans la poussière des terres de ce début d'Asie. Je cherche la Lumière ! riait-il à la face des flics qui le dépouillaient de son argent.

Il maigrit et devint ascète en mouvement. Cuit de soleil, gris de poussière, il promenait ses os dans les déserts surchauffés où il apprit que s'approcher de la Lumière, c'est en subir la fournaise. Il finit dans un hôpital militaire iranien à la frontière afghane et, quand le médecin-major lui eut expliqué qu'il souffrait d'une déshydratation due aux chaleurs trop fortes, il se demanda si Zoroastre et Mazda, prophètes des incendies du ciel, usaient de l'insolation comme d'un moyen pour accéder à l'au-delà.

Quand il reprit la piste, il marchait main dans la main avec Magali, une jeune Allemande qui avait quitté les docks blêmes de Hambourg pour connaître la Vérité du Gange et qu'il avait rencontrée à l'hôpital où elle se remettait d'une anémie.

Sur les chemins d'Afghanistan, ils filèrent un amour extatique. En haillons, ils descendaient enlacés les lacets de l'ancienne route de la soie, faisant revivre par les cris de leurs étreintes les caravansérails abandonnés dans lesquels ils s'aimaient. Ils marchaient, sautaient d'un camion à une carriole, mangeaient du pain trempé dans l'huile chaude, et gardaient juste assez de forces pour se fondre l'un dans l'autre, la nuit, sous les voûtes crevées des ruines qu'ils dénichaient et qui laissaient passer des carrés d'étoiles. Jake connut la Lumière. Car des gerbes d'éclairs lui traversaient le corps quand il possédait Magali. Les illuminations ne duraient que le temps de la jouissance. Au matin, c'était de nouveau la route, main dans la main. Et poursuivaient leur avancée ces deux amoureux détenteurs du secret de la Lumière, qui savaient comment la faire jaillir l'un grâce à l'autre, l'un dans l'autre.

Mais Magali, à Kaboul, rencontra un médecin autrichien et les flambeaux qui illuminaient les nuits et guidaient les jours de Jake s'éteignirent. Désespéré, il sombra dans la fumée des flammes éteintes. Il voulut mourir et se creva à la marche. Il passa l'Indus, traversa le Sind sans s'arrêter, s'engagea dans le Pendjab comme un cadavre. Quand il arriva en Inde, il ne fut pas accueilli par les aubes sonnantes qu'il avait rêvées.

Il était affaibli, malade, fou de douleur, désabusé, las des choses du monde, indifférent aux nouveaux paysages qui le lui rendaient bien.

La seule chose qui le maintint à la surface de la vie fut la rencontre brutale avec les dieux hindous. Vishnou, Ganesha, Anuman, Krishna et Kali lui sautèrent aux yeux. Il voulut entrer dans leur ronde, pensant avoir enfin trouvé dans cette orgie d'énergie céleste le chemin de la grande Clarté. Il désira devenir vapeur d'encens pour s'élever en spirale vers leur panthéon, se faire transpercer de leurs rayons vitaux, se brûler à leur source. La tête lui tournait de ce nouvel appel qui résonnait en lui mêlé au fracas des cloches, à la clameur des fidèles, puis à la vrille des longs silences auxquels l'astreignaient les religieux de l'ashram où il avait trouvé refuge.

Mais il ne résista pas à la complexité de l'hindouisme. Il ne trouva aucune gratification à s'enfoncer dans la broussaille des Gestes sanscrites. Il ne concevait pas où pouvaient le mener ces mythologies qui ressemblaient trop au théâtre des Hommes. Il voulait *s'emplir* de Lumière, quand les yogis ne lui commandaient que de faire le vide en lui-même. Il ne supportait pas de voir les *saddhus* qui l'entouraient ne penser qu'à garnir leurs écuelles de mendiants. Comme il l'avait fait à Cardiff, il claqua la porte de l'ashram. La Lumière n'avait point ruisselé du trident de Shiva...

Il avait ainsi descendu encore une marche dans le dégoût de ce qui l'entourait. Il avait échoué et ne voyait plus dans le profond ruban du Gange qu'un moyen de mettre fin à l'errance. Il était de nouveau dans la nuit, mûr pour s'envoyer dans le sang l'élixir de la consolation. Quelques épaves – ses frères – lui montrèrent la route de la délivrance et le chemin de l'aiguille vers la veine.

Et là, il toucha la Lumière. La vraie. Pas la pauvre décharge électrique de l'orgasme sexuel ni l'apaisement abrutissant de l'inanition yogique. Non ! Le big bang dans un flash ! Tous les orages de toutes les moussons déversés dans le sang ! Et son corps devenu son propre Cosmos portait la carte des constellations qui mouchetaient sa peau…

– Ouais, ouais, la Lumière, la Lumière, ouais… murmurait-il, écroulé sur son *charpoi.*

Il comprit à peine, dans la vapeur de ses visions, que les flics le tabassaient et l'emmenaient. Il était tombé dans le filet d'une rafle et se réveilla le visage écrasé sur le pavement de la prison centrale de New Delhi. Il tremblait de froid. Les effets du manque de drogue commençaient à lui secouer le corps. Un rat lui chatouilla le flanc. Un Pakistanais obèse entreprit de le déculotter, affolé par ce nouvel arrivage de chair fraîche et blanche.

Il détailla la cellule et accrocha le regard des dizaines de prisonniers qui le scrutaient. Il vit des cadavres, des malades, des fous, spectres qui n'attendaient plus rien d'autre de l'existence que la distribution de la ration de soupe.

Un rai de soleil tiré par le soupirail grillagé coupait la salle et faisait une flaque blanche sur le pavé. Jake, grelottant, voulut se baigner dans la tache de jour. Il rampa, se cogna à des jambes. La petite nappe de chaleur était de l'autre côté de la cellule.

– Eh ! le Blanc ! Tu vas où comme ça ? fit une voix.

– La Lumière ! J'ai trouvé la Lumière !

UNE HISTOIRE À PEINE CROYABLE ET POURTANT RIGOUREUSEMENT AUTHENTIQUE

Un salon anglais dans le cœur de Londres aux derniers jours du XIXe siècle. Nappes, napperons galonnés, dais, rideaux, housses de meubles, papiers peints, tentures : où que le regard se posât s'étalaient des motifs à fleurs à vous donner la nausée. Un perpétuel printemps de tissu et de papier. Edward avait été reçu dans l'appartement de Mrs Carpenter, la mère de Juliet, parce que l'heure était grave. La quatrième personne était Mrs Herblay, issue d'une famille amie depuis trois cent cinquante ans, veuve de l'ancien gouverneur du Bengale qui avait fini sa carrière dévoré par un léopard dans une plantation du Sikkim. Elle se tenait très droite dans la bergère malgré les coussins qui l'engloutissaient peu à peu et ruinaient ses efforts de rigidité victorienne. La servante hindoue que le général Carpenter avait ramenée des Indes en même temps que la malaria dont il était mort quelques semaines à peine après son retour, apportait le thé.

– Laissez-nous, Reevha, dit Mrs Carpenter, Mrs Herblay fera le service elle-même, n'est-ce pas, chère ?

– Avec plaisir, chère.

Mrs Herblay, avec une raideur d'automate, saisit solennellement la boîte en fer-blanc remplie de feuilles de Darjeeling et, à gestes très mesurés, s'adonna au rituel de la cérémonie du thé que les Anglais, même s'ils l'accomplissent sans le moindre sens mystique, maîtrisent aussi bien que les Japonais.

– Edward, dit soudain Mrs Carpenter, nous sommes très déçus et, bien pis, nous sommes meurtris.

– Madame, je me suis déjà expliqué : on ne saurait juger de la valeur de l'amour que je porte à votre fille à l'aune de cet incident.

Juliet pleurait en silence dans un carré de dentelle, lequel avait été gagné à une vente de charité organisée en vue d'acheter à la scierie les stères nécessaires à la confection des jambes de bois des officiers blessés à la bataille de la Khyber Pass, en 1878.

– Jeune imbécile ! Ce sont justement les petits signes matériels qui traduisent l'attachement que les uns et les autres se portent. Vous saviez très bien qu'en vous offrant ce médaillon d'or Juliet vous confiait son cœur. Quand une jeune fille se dépouille à votre profit du bijou qu'elle a porté sa vie durant, c'est comme une alliance qu'elle vous passerait au doigt.

– Mais je l'ai conservé précieusement, madame. Jusqu'au jour où je l'ai perdu.

– Juliet, elle, l'a porté dix-neuf ans sans jamais l'égarer.

– À ma décharge, et sauf votre respect, il a disparu dans des circonstances que Juliet, heureusement pour elle, n'a jamais eues à connaître.

Le médaillon de Juliet qu'Edward portait religieusement sur lui s'était en effet détaché de son cou alors qu'il inspectait les grilles d'aération d'une cuve de séchage dans une usine à thé du Bengale où sa société l'avait envoyé en mission. Le médaillon – un centimètre et demi de diamètre – avait été englouti dans un océan de centaines de mètres cubes de feuilles séchées. Edward avait fait arrêter le travail et mis tous les ouvriers à contribution. Deux cents Bengalis s'étaient affairés dans la cuve, plongés dans le thé jusqu'au cou. On avait cherché tout le jour. Et tout le lendemain. En vain. On avait certes retrouvé une botte d'officier de la cavalerie du Pendjab, une sangle de fixation pour palanquin d'éléphant, un monocle cerclé d'écaille et deux ou trois dents de léopard, mais pas de médaillon. Edward était rentré en Angleterre et avait immédiatement annoncé le drame à la mère de sa fiancée.

Mrs Herblay avait fini de remplir la première tasse de thé. Elle la tendit à Mrs Carpenter et plongea de nouveau la cuillère d'argent dans la boîte de fer-blanc afin de préparer les autres.

– Ce qui est tragique, Edward, reprit Mrs Carpenter, c'est que nous ne pouvons célébrer le mariage sans ce médaillon.

– Maman! toussa Juliet dans son carré de dentelle.

– C'est une tradition de notre maison qui remonte à 1587, expliqua-t-elle à Mrs Herblay qui avait entendu l'histoire une trentaine de fois. Ce médaillon a été offert l'année de sa mort par Marie Stuart au noble geôlier qui la gardait et dont nous descendons. Il en fit cadeau à son épouse et, depuis, les femmes de la famille le transmettent à leur fille aînée avec charge de le confier pendant un an – aux fiançailles – au jeune promis qui, lui, se doit de le rendre à sa femme le jour du mariage. Ce petit rituel, qui a pris sa source dans les profondeurs de la cellule royale de la Tour de Londres, symbolise la clef qui scelle pour l'éternité le cœur des époux dans le coffre divin du consentement mutuel. Vous avez rompu la chaîne, Edward, vous avez coupé un lien vieux de quatre siècles.

– Madame, la cuve de l'usine à thé…

– Je me fous de votre usine à thé! hurla Mrs Carpenter.

Mrs Herblay, de saisissement, renversa l'Earl Grey sur les pivoines du tapis de soie.

– Nous ne pouvons célébrer le mariage sans le bijou. Cette tradition décide des destinées. Il ne s'abattrait que malheur et peine sur votre union si nous y manquions. Il faut renoncer à Juliet ou retrouver le médaillon.

– Cela est impossible, madame, vous le savez.

– Alors, bonsoir, monsieur. Nous ne nous sommes jamais rencontrés.

Edward se leva silencieusement.

Juliet sanglotait. Il s'approcha d'elle et lui baisa la main.

– Adieu, amour sacré, lui murmura-t-il. Je ne t'oublierai jamais.

Elle gémit dans son carré, se répandit sur le tapis.

Décomposé, Edward s'avança vers Mrs Herblay pour prendre congé.

La vieille amie ne répondit pas à son salut, ne desserra pas les dents, mais ne put étouffer un petit spasme d'étranglement : c'est qu'elle était en train d'avaler le médaillon qu'elle venait de trouver dans la boîte de thé du Bengale, et qu'elle avait *in petto* décidé de faire disparaître pour empêcher ce mariage secrètement réprouvé. Cet Edward, elle l'avait pensé à l'instant où elle l'avait vu pour la première fois, était un être beaucoup trop désinvolte, un être à évincer.

LA MALÉDICTION DES VACHES

– Ne me laissez pas seul ! Ne me laissez pas !

Jake perdait le contrôle de ses nerfs. Il sanglotait, effondré sur l'unique tabouret d'une pièce aveugle et vide dont la porte était gardée par un milicien.

– On vous avait pourtant prévenu ! grommela le premier secrétaire.

– À quoi bon s'épuiser à vous faire assister à nos réunions spéciales, soupira l'ambassadeur. Le consul vous avait mis en garde ! Il paraît même qu'après la séance il avait envoyé une note écrite à chacun de vous pour que les choses soient bien claires. Mais on parle à des murs… vous arrivez, tout émoustillés à l'idée de découvrir le pays, et vous n'écoutez rien.

Jake leva un rictus baigné de larmes vers les deux hommes :

– Mais vous rendez-vous compte de la folie de leurs lois ?

Le premier secrétaire s'énerva.

– Jeune homme, du haut de votre tabouret de condamné, vous n'êtes vraiment pas en position de juger de l'absurdité ou du bien-fondé des dispositions de l'Inde ! Les lois, on les accepte en posant le pied sur le sol qu'elles régissent, ou alors on ne vient pas. Et vous les connaissiez, nom de Dieu, puisque pendant les trois jours qui ont suivi votre arrivée ici on n'a pas cessé de vous en agiter la menace sous le nez. Je ne sais pas comment il faudrait faire pour vous rentrer les choses dans la tête.

– Si vous êtes venus pour achever de me détruire, foutez le camp, bande de salauds… ! hurla Jake.

– Bien. Arrêtons, coupa l'ambassadeur, ce n'est pas la peine de l'accabler. Écoutez, Jake, on va tenter tout ce qu'on peut. Je dois rencontrer le ministre la semaine prochaine, je lui parlerai de vous, je lui demanderai une grâce…

L'ambassadeur ne croyait pas à ce qu'il disait, mais il fallait rassurer le garçon.

– On ne vous oublie pas, on viendra vous voir souvent. Gardez courage.

Jake n'esquissa pas un mouvement quand les deux diplomates quittèrent la salle. Il entendit seulement, par l'ouverture grillagée de la porte, ces bribes de conversation amplifiées par l'écho du couloir qui menait à la sortie de la prison :

– Quatorze ans, quand même, c'est beaucoup, monsieur l'ambassadeur.

– Pauvre type… Et pour une vache !

– On les supplie de ne pas conduire, mais ils s'en foutent royalement. Ils se croient encore à l'époque de l'empire des Indes. Et quand il leur faut payer leurs fautes, ils s'écroulent. Non mais regardez-le, celui-là : aucun ressort ! une chiffe en pleurs !

– Vous n'aimez pas les faibles, monsieur Carova.

La porte claqua.

Huit jours auparavant, Jake, au volant d'une Jeep japonaise, avait percuté une vache dans les faubourgs de Birendranagar. Il travaillait comme ingénieur coopérant au laboratoire de sismologie franco-indien. Il était arrivé du Limousin, quittant son plateau de Millevaches natal pour passer seize mois à mesurer les secousses du sol, quand les coups de boutoir telluriques déclenchaient l'alarme de l'un des capteurs du laboratoire disséminés le long des failles montagneuses. À chaque millimétrique poussée des crêtes himalayennes vers le ciel, les appareils réagissaient. Même les ondes d'un séisme lointain, qui aurait par exemple fait frémir les pagodes de l'Irrawady, étaient enregistrées. Jake, penché au balcon des Himalayas, surveillait ainsi les chahuts tectoniques du sous-continent. Lors de ses campagnes, il aurait toujours dû se déplacer en compagnie d'un chauffeur. Le consul avait assez recommandé aux jeunes coopérants de ne jamais s'engager seul dans la mêlée de la circulation locale.

– Ce n'est même pas la jungle, car dans la jungle il y a au moins une loi qui est celle du plus fort, avait-il expliqué. Conduire ici, c'est plonger dans l'orgie, dans la grosse partouze de métal hurlant avec l'espoir que la violence de votre Klaxon désintégrera la certitude de vos adversaires que vous n'êtes qu'un mirage et que vous vous dissoudrez quand ils vous arriveront dessus. Que vous vous tuiez ou que vous ayez un accident, je m'en contrefous. Que vous écrasiez quelqu'un, c'est déjà plus embêtant pour vous : vous vous en sortirez sans peine de prison, mais il y aura le poids de votre conscience à porter. Et les démarches administratives pour indemniser la famille du défunt sont très compliquées. Non, ce qui est tragique, c'est la vache.

Un murmure rigolard s'était élevé.

– Vous riez, avait repris le consul, je crains donc le pire. Sachez que percuter une vache équivaut à percer le flanc du Christ. C'est un déicide. Je ne vais pas vous faire une conférence sur les mythes hindous, mais retenez que Shiva, le grand dieu dansant, se déplace sur un taureau blanc appelé Nandi. Le taureau est divin, et vous ne trouverez pas un temple shivaïste du sous-continent dont une représentation sculptée de Nandi ne garde l'entrée. Vous verrez sa statue couchée devant le sanctuaire qui abrite le lingam, le phallus cosmique de Shiva. Les Hindous lui touchent le front et collent de la pâte de santal à l'emplacement du troisième œil. Mais ce que vous verrez, surtout, ce sont des vaches et des taureaux vivants, déambulant dans la ville, s'appropriant les trottoirs, paressant sur les chaussées, que personne jamais ne cherche à écarter de son passage et à qui personne, jamais, n'adresse un reproche. Il y a deux populations ici qui vivent leur vie séparément, se côtoyant dans l'indifférence, l'une sachant que l'autre ne l'agressera jamais : les vaches et les Hommes.

Jake s'était rappelé avoir été bloqué, sur la route qui l'amenait de l'aéroport vers l'ambassade, par une vache vautrée sur la voie. Elle avait fini par faire quelques pas, rendant la rue aux voitures. Il avait regardé l'animal par la vitre, l'avait jaugé en un coup d'œil, habitué qu'il était à soupeser les bovins du regard. Son père tenait un élevage en batterie dans le Limousin ; des milliers de têtes, prisonnières d'un hangar, gavées de farines animales, destinées à quitter les lieux au plus vite pour remplir les étals des supermarchés et pour laisser leurs stalles à d'autres vaches afin que jamais ne se rompe la dynamique de production et que jamais, au bout de la chaîne, ne se vident les assiettes des clients. Ces bêtes naissaient sur le ciment, vivaient à la lumière électrique et finissaient sous cellophane. Une vie bovine entière sans jamais brouter le moindre brin d'herbe ni sentir sous ses sabots l'humidité de la terre. Ce qui est sacré en Occident, ce n'est pas la vache mais le steak. Jake avait imaginé la batterie de son père comme une usine à fabriquer des dieux vivants, pareille aux ateliers de moulage de vierges en plastique à Lourdes.

– Si jamais vous tuez une vache par accident, avait poursuivi le consul, la punition est simple : quatorze ans de prison. Incompressibles. Et encore, vous n'écoperez de la peine que si vous échappez au lynchage.

Il avait continué longtemps son exposé, donnant l'exemple de types qui croupissaient toujours dans les geôles de New Delhi sans que rien pût être fait pour eux. Jake n'avait plus écouté le consul. Son esprit s'était envolé à la recherche d'une explication concernant cette mystérieuse sacralisation des vaches. Peut-être les antiques Aryens, au cours d'une famine, n'avaient-ils plus disposé que de leurs vaches pour maintenir en vie leurs enfants et avaient alors compris qu'un bol de lait est un trésor inestimable dont il convient d'honorer la source…

Jake n'avait pas cru aux exhortations du consul et il les avait mises sur le compte de ce pessimisme paranoïaque qui finit toujours par envahir les diplomates échoués aux antipodes. Moins par bravade que par confiance en lui-même, il s'était très vite essayé à la conduite et avait aimé cette empoignade fumante par bagnoles interposées, où il fallait faire preuve à la fois de virilité et de ruse pour ouvrir sa tranchée dans la muraille des carrosseries. Naviguer dans un embouteillage indien lui était apparu comme un art martial, une sorte de karaté de la tôle, mais sans la silencieuse plénitude ni la calme discipline qui règnent sur les tatamis.

Et puis, dans une rue de Birendranagar un soir, un enfant avait jailli dans le faisceau de ses phares. Jake avait réussi à l'éviter en braquant si violemment que la voiture avait manqué de se retourner. Elle avait oscillé sur deux roues quelques secondes et était retombée lourdement sur son châssis, incontrôlable, pour s'écraser finalement contre une vache qui mâchonnait un morceau de carton sur le trottoir. Jake, indemne, était si soulagé de n'avoir pas touché l'enfant qu'il ne se rendit pas compte qu'il venait de décrocher, au jeu de massacre des dieux, la réincarnation de Nandi, le taureau sacré de Shiva.

Il fut extirpé de la Jeep et tomba sous les coups des rares passants qui, en quelques secondes, par ce mystère de la multiplication spontanée indienne, devinrent une foule. Il ne dut la vie qu'au passage d'une patrouille de police qui se fraya un chemin jusqu'à lui à coups de stick de bambou et l'arracha aux mains des étrangleurs pour le jeter sous le marteau du juge, lequel l'assomma en proclamant une peine de quatorze années de prison.

L'ambassadeur ne put rien faire auprès du gouverneur de la province qui sembla presque navré qu'une telle loi continuât à briser des existences, comme si son édiction était étrangère à la décision des Hommes et avait été irrévocablement promulguée par le Ciel.

La prison de New Delhi est une boîte à rats. Dans les cellules collectives, les détenus, censés purger leur peine et payer leurs fautes, retrouvent en fait un monde gouverné par les vices mêmes qui leur ont coûté la liberté : le viol, le meurtre, le vol. Jake fut propulsé en enfer, un enfer de six mètres sur huit éclairé par deux soupiraux grillagés, pavé d'un ciment humide, nanti d'une pompe à eau manuelle et d'un trou pour l'évacuation ; de latrines *alla turca* enfin, auxquelles s'abreuvaient les rats comme des animaux de savane autour du marigot.

Il oublia l'horreur de sa situation dans la dysenterie qui faillit l'emporter et qui l'empêcha de se défendre quand il fut passé à tabac par des Pendjabis à moitié fous qui se morfondaient là depuis trop longtemps.

Ses premières nuits furent peuplées de songes hideux où des vaches de pierre, ivres de colère, s'échappaient de leur temple et le poursuivaient dans des forêts de lingams pour l'embrocher sur leurs cornes d'or. L'idée qu'on eût pu l'encager pour une raison aussi absurde que la mort d'une vache l'étouffait. Il craignit de mourir asphyxié par le fiel qui montait en lui.

Il devait se défendre sans répit contre ses codétenus, contre les gardiens, contre les rats, contre lui-même. La résignation des demi-cadavres – ses compagnons de cachot – qui l'entouraient et se réjouissaient de l'arrivée de la soupe comme d'un lever d'aurore l'effrayait : « Vais-je devenir comme eux ? »

Il était seul. Il n'avait que les murs à qui offrir ses larmes et il s'enferma donc en lui-même. Il croyait vivre un cauchemar éveillé qui se dissiperait à l'aube suivante, mais chaque matin le cueillait, au sortir d'une nuit troublée, pour lui rappeler que tout était vrai.

Bientôt, on le vit tourner en rond, mâchonnant cette rengaine :

– Pour une vache ! Une salope de vache !

Il fit des projets d'holocauste. Il promit la mort à des millions de vaches quand il sortirait. Il jura de consacrer à cette œuvre toutes les années qui lui resteraient à vivre. Il suffirait d'acheter un fusil à lunette et d'abattre les bêtes l'une après l'autre, méthodiquement, sans répit, jusqu'à ce que le monticule de ses trophées étouffe le feu de sa vengeance.

Puis sa hargne se retourna contre les hommes. Il s'en prit à l'Inde entière. Il en maudit la population. Il vomit des insultes sur l'hindouisme qui « pue le santal, le caveau, l'ordure et le sexe pourri des dieux cannibales ». Il hurlait des jurons sous le nez de ses compagnons de cellule qui le regardaient d'un œil vitreux jusqu'au moment où l'un d'eux, excédé par ses imprécations, se levait et le menaçait de lui enfoncer son poing dans les yeux. Alors, éteignant les incendies de sa bouche par les larmes qui lui montaient du ventre, il se retirait dans un coin de la cellule et pleurait silencieusement jusqu'au sommeil.

La première semaine lui sembla durer quatorze années, et quand il se rendit compte de ce qu'il lui restait à surmonter, il se donna un mois pour s'échapper ou mourir.

La première occasion d'évasion se présenta lors de sa deuxième semaine d'incarcération. Une émeute qui se solda par un carnage manqua de faire imploser la prison. Pour une obscure histoire de rationnement de soupe, quelques droit commun attaquèrent l'un des postes de surveillance. Le gros des prisonniers emboîta le pas. La confusion fut horrible.

On se battait comme à la guerre, regroupés en nations : les Tamoul, les sikhs, les Pendjabis, les Cachemiris ne se mélangeaient pas et montaient à l'assaut séparément.

Trente prisonniers réussirent à s'échapper avant que les pouvoirs publics fassent sonner la troupe et écrasent la rébellion dans un bain de sang dont les prisonniers, à grande corvée d'eau, mirent des semaines à effacer les traces.

Jake n'était pas des trente. Pour son malheur, une nouvelle crise de dysenterie l'avait cloué cette nuit-là sur la paillasse de l'infirmerie, et c'était couché qu'il avait reçu l'écho des clameurs de la révolte et du fracas des luttes. Trop affaibli pour participer aux combats, il n'avait pu que ronger son frein et réfléchir à la cause de son mal : le repas de la veille. On lui avait servi une viande infecte à laquelle n'avaient goûté que les musulmans de la cellule. On lui avait expliqué qu'il s'agissait d'abats récupérés par des cuisiniers non hindous sur un cadavre de vache…

Il rumina longtemps sa malchance et crut y lire les signes d'une malédiction. Il se résolut à ne plus jamais manger de viande bovine – non par compassion pour la bête, mais parce qu'il se persuada que la chair des vaches n'était plus digne de ses propres entrailles.

Quelques jours plus tard le destin entrouvrit de nouveau la porte de sa cage avec une facilité irrecevable pour qui n'a pas goûté, un jour, à ce mélange d'approximation et d'insouciance qui règne dans l'administration indienne. Le directeur de la prison ayant appris qu'il hébergeait un ingénieur dans ses murs fut trop heureux de s'offrir une revanche sur l'histoire en usant d'un jeune occidental comme de son boy : aussi demanda-t-il à Jake de réviser le moteur de son Ambassador. Les quelques heures que celui-ci passa, couché sous les chromes de l'auto, dans le parking privé du directeur lui permirent de constater que le portail grillagé, gardé par deux miliciens, sauterait au premier choc. Les deux gardes sidérés par l'embardée de l'auto mirent du temps à réagir contre la voiture bélier qui venait d'arracher le portail. Hésitant un instant à tirer sur le véhicule de leur directeur, ils firent feu beaucoup trop tard et ne réussirent qu'à loger une balle dans la vitre arrière qui explosa.

Les motos Enfield 500 des gardes prirent en chasse le fuyard qui, forcené, rompu aux rodéos indiens, n'ayant rien d'autre à perdre que quatorze années d'enfer, leur vola un kilomètre d'avance et s'ouvrit un chemin de dément dans le chaos urbain. Les sirènes des motos auxquelles s'étaient adjointes une demi-douzaine d'autos de police hurlaient pour tenter de rouvrir le passage qui se refermait derrière les dérapages de Jake. Il avait déjà décidé d'aller écraser la voiture contre le portail de l'ambassade de France et de sauter par-dessus les barbelés de l'enceinte. Il y serait arrivé si, au détour d'une rue, il n'avait dû écraser le frein pour éviter de percuter une foule en marche qui engloutissait de sa masse la large avenue des ambassades. Il s'engouffra dans une venelle adjacente mais, de nouveau, manqua de pulvériser un fleuve de marcheurs. Dans les rétroviseurs clignaient déjà les phares des motards.

Il quitta la voiture et prit la fuite à pied. Il voulut se noyer dans le flot humain, s'engloutir dans la houle en procession que composaient des milliers de fidèles venus des quatre coins de l'Inde pour célébrer l'anniversaire de la naissance de Nandi, le taureau de Shiva. Mais il ne put percer assez vite la muraille des corps dansants qui s'en allaient vers le sud au son des cloches et des tambours : une foule indienne est plus opaque qu'un mur. Il fut rattrapé et assommé par la matraque des gardes au pied d'un palanquin sur lequel trônait une énorme statue de Nandi, porté par quatorze ascètes qui suaient sang et eau sous le poids de leur croyance.

Les cinquante coups de nerf de bœuf que Jake reçut l'empêchèrent de se coucher sur le dos pendant deux mois et préludèrent au procès qui lui fut intenté pour « acte d'évasion». C'est le directeur de la prison en personne qui insista pour que lui fût infligée la bastonnade, lui reprochant surtout d'avoir utilisé sa voiture pour avoir fui. Jake reçut une condamnation de quatorze années en surcroît de sa première peine. Il accueillit cette fois le verdict sans sourciller, décidé à ne pas figurer longtemps dans le tableau cauchemardesque de la prison centrale.

Si l'année passa sans qu'il tentât rien, c'est qu'il s'occupa, avec la patience des artisans du désespoir que sont les prisonniers, à desceller l'un des barreaux du cachot où on l'avait jeté après son évasion. Il fallut six mois pour que le barreau bougeât, six autres pour qu'il cédât. Une fois la voie libre, le plus dur restait à faire. Car l'ouverture débouchait dans la grande cour de promenade des prisonniers, balayée par le pinceau d'un projecteur. Jake savait qu'il n'avait aucune chance de traverser l'esplanade, même en battant de vitesse le détenu qui, quelques jours plus tôt, s'était fait tuer d'une balle dans le dos en tentant la partie. Il ne prit donc pas pied dans la cour mais, à demi engagé dans l'ouverture, se retourna, se rétablit et grimpa le long de la façade pour rejoindre le toit de la cuisine des gardes. Il surplombait de quelques mètres le potager de la prison, d'où il n'aurait plus qu'à escalader le mur d'enceinte. Une fois dehors il volerait une moto et s'envolerait, dans l'obscurité, vers une aube libre.

Il avait choisi, pour sa fuite, une nuit de ténèbres. L'inconvénient était qu'il ne distinguait rien de l'endroit où il devait atterrir. Il estima à trois mètres cinquante le vide qu'il lui faudrait franchir. Peu importait : il se recevrait dans les plantations qui amortiraient sa chute. Il sauta.

La vache qui dormait fut terrifiée par la masse qui s'abattit à quelques centimètres de ses naseaux. Son petit cerveau crut à l'attaque d'un de ces prédateurs qui, du haut des arbres, fond sur l'échine des herbivores. Elle rua en arrière, ébranla la porte des cuisines, et mugit des vagissements qui déchirèrent les oreilles de Jake en même temps que le silence sépulcral du pénitencier. On fut sur lui en quelques secondes.

Il reçut de nouveaux coups et trente ans de condamnation supplémentaires. La porte d'une cellule se referma sur lui comme la dalle d'un caveau. Alors Jake s'enfonça dans la longue nuit claustrale. Les années, les heures, les secondes, les décennies passèrent sans qu'il fût capable de les distinguer.

Il reçut des nouvelles de sa famille : l'exploitation du Limousin avait fait faillite après qu'une partie du troupeau avait été décimée et l'autre abattue en prévention d'une épidémie fulgurante que les journalistes avaient baptisée : *maladie de la vache folle*.

Ses parents furent autorisés à voir son cadavre après qu'il se fut pendu en pleine nuit.

Il ne laissait qu'un mot glissé dans une enveloppe que leur tendit le directeur de la prison :

Papa et Maman,

Ne se seraient-elles pas vengées sur moi de ce que vous leur infligiez ?

JAKE.

ÉCHEC D'UN VOYAGE

Le soleil, bien entendu, se levait comme chaque matin sur le bazar d'Istanbul et l'aube, chauffée à blanc, annonçait les brûlures de la journée. Ainsi en est-il des ciels d'Islam sans mystères et déjà purs avant même que le jour vienne. Les marchands ouvraient leurs échoppes et le bazar, comme une bête qui se secoue au réveil, commençait à bruire. Barthélémy et Knut, trop impatients pour attendre le milieu de la matinée, furetaient dans les allées du souk endormi. Une épouvantable soirée au *Bosphore*, tripot du port marchand où ils avaient voulu se mesurer au poker avec des dockers locaux, les avait laissés presque ruinés sur les quais huileux et nocturnes. Knut, que le sort – ou l'habileté de ses adversaires à la triche – avait toujours doté d'un jeu exécrable au cours de la partie, avait même dû engager sur la table de feutre sa boîte d'échecs en bois de buis. Elle lui venait de son arrière grand-oncle prussien, champion international, à qui elle avait servi à disputer une partie mémorable de sept jours contre le redoutable Youri Afanasiev. Le grand-oncle avait gagné la partie mais Knut, lui, avait perdu la boîte sous l'assaut implacable d'un quarteron d'as. Knut n'avait pas osé remettre en question la probité de ses adversaires malgré la présence dans son jeu d'un cinquième as qu'il aurait pu brandir comme la preuve indéniable d'une irrégularité. Il avait préféré s'avouer vaincu et quitter les lieux en entraînant Barthélémy.

– Trop idiot de tout compromettre ! La route est encore longue jusqu'au paradis... s'était-il consolé en claquant la porte du *Bosphore*, songeant qu'ils n'étaient qu'au début de leurs peines et que seul importait d'atteindre Katmandou, le but de leur voyage.

Ils étaient repassés par l'hôtel pour y chercher leurs sacs de cuir et, comptant l'argent qu'il leur restait après cette plumerie mémorable, étaient tombés d'accord qu'il y avait assez pour acheter une nouvelle boîte d'échecs – outil indispensable au voyageur qui veut tuer le temps sur la piste monotone. Ils avaient donc guetté les premiers signes d'agitation à l'orée du bazar et questionnaient à présent les marchands avec les misérables rudiments de turc qu'ils possédaient.

– Des *échecs* ? questionnaient-ils.

– Par la grâce d'Allah, non ! Que du bonheur sur ma tête et qu'il en soit de même sur celle de tes proches, s'entendaient-ils répondre jusqu'à ce qu'ils comprissent que le jeu d'échecs porte un autre nom de ce côté-ci du Bosphore.

Ils trouvèrent une jolie boîte tournée dans du bois de cèdre qu'on leur certifia venir des Taurus et plantée de pions si joliment sculptés qu'ils n'hésitèrent pas à l'acheter, marchandant à peine car le bus pour l'Anatolie partait dans l'instant. Le moteur tournait quand ils s'y installèrent. On leur céda les fauteuils près du chauffeur, places qu'on réserve en général aux Occidentaux dans les transports suicidaires des lignes intérieures et qui sont à la fois les plus confortables et les plus dangereuses, si bien qu'ils ne surent jamais si on les avait installés là par déférence ou par cynisme. À peine le bus s'engagea-t-il dans les faubourgs d'Istanbul que la boîte, calée entre l'accoudoir et la cuisse de Barthélémy, hérissée des quatre tours, des quatre chevaux, des quatre fous et du nombre réglementaire de pions et de couples royaux, remplissait déjà sa fonction de terrain d'exercice de l'esprit.

Emportés par l'excitation stratégique qui enfiévrait leurs cerveaux de joueurs malades, ils n'eurent même pas un regard pour la mosquée Sainte-Sophie dont les minarets agressifs comme quatre missiles dressés contre le Ciel leur importaient beaucoup moins que la tour blanche dont Barthélémy venait de libérer le champ d'action.

Eurent-ils un coup d'œil par la fenêtre lorsque les blanches tours de tuf de Cappadoce, percées d'habitations troglodytiques et rangées comme une haie d'honneur sur le passage du bus, saluèrent au garde-à-vous l'aurore irréprochable ? Pas davantage, car cette fois c'était la tour noire de Knut qui, bénéficiant d'un boulevard, menaçait d'enfoncer la garde royale de Barthélémy.

Au lac de Van, le bus fut longuement bloqué par la soldatesque turque qui fouillait chaque véhicule en pleurant deux caporaux disparus la nuit précédente lors d'un assaut mené par les forces de la résistance kurde. C'est tout juste si l'évacuation musclée de l'autocar réussit à extraire de leur concentration Knut et Barthélémy qui justement, eux aussi, enterraient deux pions, un noir et un blanc, tombés au champ d'échecs.

On passa la frontière iranienne et le bus s'engagea dans la vaste dépression aride à laquelle les très antiques peuples du sable qui n'en ont jamais parcouru de plus hostiles ont donné le nom de « désert des déserts ». Alors que les platitudes mortes défilaient sous les roues du bus cuit de chaleur, l'esprit de Knut et de Barth se fondit dans l'immense glacis quadrillé de noir et de blanc qu'une offensive éclair suivie d'une magnifique contre-attaque venait de vider presque entièrement de ses assaillants, ne laissant ici et là qu'un pauvre pion, isolé comme un squelette de chameau blanchi sur la croûte d'un salar noirâtre.

En Afghanistan, un bouzkachi royal accueillit l'autocar à quelques encablures de l'éternelle Herat, ville bleue et belle.

Mais ni les clameurs des *choppendoz* quand ils arrachaient du bout des doigts le cadavre sanglant du bouc déchiqueté, ni les explosions de poussière soulevée dans le fracas des galops, ni même la mort de deux étalons qui s'écroulèrent dans la mêlée et furent déchirés par l'acier de dizaines de ferrures acérées, ne purent détourner l'attention de Knut et de Barth trop préoccupés à déplorer chacun la disparition d'un cheval, emporté d'un côté par la charge d'une reine, de l'autre par la simple attaque d'un des pions survivants de la grande bataille du Kevir.

« C'est la fin de toute vie ! » hurlait le derviche dément que les bras pourtant musculeux d'un policier pakistanais de Peshawar avaient peine à dompter. Le fou réussit à échapper à l'étreinte et, courant à toutes jambes sur la piste à la poursuite de l'autocar qui passait, parvint à se saisir des montants de l'échelle arrière, à y grimper et à s'y accrocher, flottant comme un étendard de haillons au vent, continuant de jeter ses imprécations jusqu'au moment où un cahot plus fort que les autres le précipite dans la poussière de la route à l'instant précis où un pion de Barthélémy fondait sur les défenses de Knut qui, bien que n'ayant pas prêté attention au drame extérieur, se trouva lui aussi à se lamenter fort à propos de la mort d'un fou.

Si Knut et Barth ne ressentirent pas le plus petit pincement en passant le fleuve Indus qui naît dans les ciels himalayens et qui – comme chacun sait – est à la fois la porte des Indes et la limite du monde connu d'Alexandre, c'est parce qu'ils étaient tout entiers absorbés par le franchissement d'une autre ligne : celle des blancs que les troupes noires pourtant très diminuées venaient de pulvériser. La ligne de contrôle dessinée par les Anglais entre le Pakistan et l'Inde, qu'aucun voyageur ne saurait croiser sans frémir, ne les émut guère plus car, à l'instant précis où les soldats sikhs autorisèrent l'autobus à s'avancer, les blancs réussirent non seulement à renvoyer leurs assaillants dans leurs marques, mais à confirmer leur percée en enfonçant leurs avant-postes.

Le coup de feu qui coûta la vie à Indira Gandhi en Inde correspondit – par un de ces recoupements d'événements qui nous font douter de la primauté du hasard dans la marche de l'univers – à l'abattement de la reine de Knut, victime d'une distraction de son maître, et l'on comprend, dans cette situation, que ni l'un ni l'autre des deux joueurs ne se soucièrent de l'extrême agitation populaire qui s'empara du pays par la suite. Le bus s'aventura dans la plaine du Teraï népalais et commença de grimper les contreforts himalayens. La situation politique du Népal était aussi incertaine que celle de l'Inde, mais comment Knut et Barth se seraient-ils intéressés à la rébellion maoïste attisée par le frère du vieux dynaste de Katmandou qui voulait lui ravir le trône alors que, sur l'échiquier, ne subsistaient plus que les deux rois épuisés qui, de case en case, tentaient pathétiquement de survivre l'un à l'autre ? Quand l'autocar s'arrêta à l'entrée de la capitale, les deux amis déclarèrent forfait, se serrèrent chaleureusement la main comme il convient après une belle partie, et se mirent en quête d'un établissement où ils pourraient se reposer l'esprit en risquant quelques milliers de roupies sur un tapis vert. Ils jouèrent un peu, perdirent beaucoup, et la boîte en bois de cèdre des Taurus ne survécut pas à la banqueroute, si bien qu'ils usèrent la matinée suivante à chercher une nouvelle boîte d'échecs chez les petits commerçants de la place Durbar, car il fallait à présent penser au retour.

HISTOIRE DU CORNAC
Fable de la grande plaine

Sonam le cornac aimait par-dessus tout son éléphant Ati, son singe Dwarpal et son margouillat Gulam, car ils s'étaient conduits de remarquable façon. C'était au temps où Sonam se trouvait au service de Sa Majesté Rabindra, rajah d'une province proche du Bengale. Sonam emmenait parfois son maître en promenade sur le dos d'Ati. Le rajah grimpait dans un palanquin de bois décoré et, installé sur des coussins de soie de Chine, surplombant ses terres de la hauteur de l'éléphant, il se laissait conduire aux quatre coins du domaine. Ils allaient dans la forêt inspecter les travaux de débardage des grands flamboyants, s'approchaient de la lisière des plantations de thé pour surveiller la récolte, ou gagnaient la tranchée que les Anglais perçaient dans la jungle pour faire passer le train de Darjeeling.

Un jour, le rajah avait permis à sa fille Surya de l'accompagner. Il avait demandé à Sonam de remonter la piste qui menait aux grandes clairières dans l'espoir de voir fuser le pelage d'un tigre entre les hautes herbes. On ne surprit pas la moindre rayure. Mais Sonam, en revanche, croisa les yeux de Surya. Et se jura de ne jamais oublier ce regard. La jeune fille était comme toutes les filles de roi : belle comme une aube, pure comme les draps de sa couche qui ne connaissaient que son corps, et aussi ignorante du monde que peut l'être l'oiseau fait pour le ciel qu'on a muré dans une cage d'or. Pourtant, que faut-il savoir de l'amour pour le connaître? Sonam était certes le premier homme qu'il fut donné à la princesse de côtoyer, mais l'amour qu'elle lui porta sur-le-champ, beaucoup de ces amants expérimentés qui ont connu le monde et la variété des êtres auraient pu le lui envier. Cet amour fécondé par un seul regard entre la recluse et le cornac naquit donc sur le dos d'un éléphant dans la grande jungle du Bengale, à la barbe du rajah qui ne pouvait imaginer que Sonam, enfant de la race des esclaves, constituât le moindre danger pour sa fille qu'il tenait pour une déesse.

Le soir, Sonam, sur la paille d'ajonc qui servait de matelas à ses os en même temps que de fourrage à sa bête, rêva de Surya. Il imagina le corps de la jeune fille noyé dans la blancheur des draps, séparé du monde par le voile de tulle de la moustiquaire. Il ignorait qu'au même instant elle aussi pensait à lui. Il était le seul être au monde vers lequel pouvaient voler les pensées innocentes de Surya. Et le souffle vivant de la vieille plaine indienne abrita cette nuit-là la communion de leurs esprits comme un temple dans la forêt protège les amours clandestines. Sonam, le lendemain, se planta devant l'écrivain public, vingt-cinq roupies en main, et lui dicta ce poème.

Deux étoiles sont tombées de la grande voûte
Tes yeux les ont ramassées et en ont planté l'éclat en moi qui t'aime
Mon éléphant sait ma peine
Car qui mieux que lui connaît Sonam
Mais nul ne peut imaginer le chagrin de mon cœur
ni la solitude de mon âme.

L'écrivain regarda Sonam, ébahi qu'un simple cornac pût produire pareille prose.

– Je suis étonné.

– Ton métier, c'est d'écrire.

Restait à faire parvenir le message à Surya.

Les hommes de l'Inde, contrairement à ceux de l'Occident, n'ont pas oublié l'amitié qui, au début des âges, unissait tous les êtres vivants. Ainsi Sonam, lorsqu'il se couchait entre les pattes monstrueuses de son pachyderme ou bien se lovait dans l'orbe de sa trompe, ne se glorifiait pas d'être maître et possesseur de sa bête. En l'inconscient brumeux de sa pensée taillée à la serpe, il gardait le souvenir de l'époque où hommes, bêtes et dieux roulaient dans le cours du même fleuve, avant que le chant divin de Brahma retentît pour séparer les êtres vivants, organiser le monde, édifier les paysages, faire jaillir les forêts, les peupler d'oiseaux et jeter les poissons au fond des océans. La nuit, Sonam écoutait la forêt et, reconnaissant l'haleine des dieux dans ses bruissements, récitait des psaumes au cosmos. Ces chants parlaient d'éléphants, de singes et de taureaux vivant dans la voûte céleste, y célébrant la naissance de la terre et ensemençant l'espace des éclairs de leur transe. Aussi ne s'étonnera-t-on pas d'apprendre que Sonam parlait à son éléphant et que celui-ci exécutait ses demandes. Il fallait à présent que la bête rendît un service à son cornac. Et sans doute les dieux du ciel n'attendirent pas de poèmes cette fois-là, car ils savent bien que déclarer son amour à la femme que l'on aime est plus important que de prier le ciel.

– Va porter ce message, murmura Sonam à Ati.

Le moucharabieh derrière lequel Surya brûlait ses années se trouvait au premier étage du palais. Le cornac avait souvent vu briller derrière le grillage l'éclat des yeux de la fille que ne parvenaient pas à éteindre les larmes.

Alors que les milans planaient comme des âmes, que les vautours décrivaient des cercles lents dans le ciel rouge, que les entelles enhardis par l'apaisement du jour s'aventuraient sur les parapets des douves et tentaient de ravir aux servantes les mangues de leurs paniers, que s'enflait dans les feuillages la rumeur immense du peuple ailé et invisible, l'éléphant s'ébranla doucement et, s'avançant sur le parvis palatin, en caressa les dalles de sa démarche élastique et dansante. Les gardes qui connaissaient Ati le laissèrent passer. Sans attirer l'attention des courtisans nombreux à goûter la fraîcheur du soir sous les pipals, Ati frôla le corps du bâtiment princier et, d'un jet de trompe, comme s'il chassait les mouches, déposa le rouleau de papier dans l'un des alvéoles du moucharabieh de Surya. Sonam, pour placer sa bête sous la protection du ciel, allumait pendant ce temps quelques encens à l'intention de Ganesha, le dieu-éléphant, reflet céleste des pachydermes de la plaine, résonance divine des animaux terrestres, double d'Ati dans le miroir cosmique.

Bientôt, au palais, on prit l'habitude des visites vespérales d'Ati. On finit même par apprécier la présence de ce doux vaisseau gris qui glissait sur les ombres du soir comme une chaloupe en promenade. Les billets tendres allaient et venaient. Les uns écrits par Surya sur les feuilles de riz que lui procurait sa servante, les autres rédigés sur les papiers officiels du gouvernement du Bengale par l'écrivain public qui suivait avec intérêt l'évolution de cette passion née sous sa plume. La trompe était le bras messager de l'amour. Ati, le monstre-mammifère sorti du rêve des dieux, contribuait à servir l'amour, cette fusion éternelle qui rend l'homme et la femme égaux devant Brahma lui-même, dieu de l'Union totale. Mais en intercédant ainsi entre un cornac et une princesse, il allait à l'encontre de la loi des brahmanes. Brisé, le dogme des prêtres qui ôtait à Sonam l'intouchable le droit d'être touché par la grâce ! Défaits, les carcans hors desquels jamais la pensée de Surya n'aurait dû s'envoler ! Écroulé, le château de caste dont Sonam représentait les basses oubliettes et Surya les tourelles supérieures ! Par le truchement de l'éléphant, le cœur des deux amants battait en s'écoutant. Et leurs yeux pouvaient connaître les mots que leur inspirait leur âme.

Quand on annonça à Surya qu'elle allait déménager pour gagner une pièce plus spacieuse, au deuxième étage du palais, elle se crut découverte. On voulait installer dans sa chambre sa nouvelle petite sœur, la dernière née des nuits du rajah avec sa femme Indra. Le choc n'aurait pas été pire si on lui avait annoncé la mort de l'éléphant. Elle prit place dans son appartement et ses larmes se reprirent à couler.

Mais Sonam ne capitula pas. Il restait au jeune cornac le recours à son macaque Dwarpal. C'était en la compagnie du singe qu'à présent l'éléphant faisait sa visite du soir dans les allées du parc. Le primate installé sur le crâne de l'éléphant, dans ce renfoncement de la nuque que connaissent bien les cornacs, guettait le moment où les rangs des flâneurs s'éclaircissaient et, jouant des poils d'Ati comme de rênes, lui commandait de se rapprocher du mur du palais. La trompe levait alors le singe jusqu'au moucharabieh du premier étage. Le macaque se rétablissait sur les grilles de fonte puis, longeant la corniche, grimpait le long des pierres d'angle jusqu'à la fenêtre du deuxième étage derrière laquelle Surya attendait qu'il lui tendît le papier qu'il tenait entre les dents. Puis Dwarpal en deux ou trois bonds précis se laissait retomber souplement sur la tête de l'éléphant, et l'équipage reprenait sa route. Les deux animaux retrouvaient alors leur maître absorbé par les prières qu'il adressait cette fois à Anuman le dieu-singe, devant une statue de fer-blanc noyée sous les offrandes de fruits.

Quand Surya fut démasquée, elle crut que son père la tuerait. Le rajah, broyant dans ses poings gras les lettres de Sonam, hurla que sa dynastie était déshonorée et que sa fille paierait cet affront de l'interdiction de voir le soleil. Elle fut enfermée au troisième étage du palais, dans le cachot où les sbires du rajah jetaient habituellement les sujets qui renâclaient à s'acquitter de l'impôt. Une lucarne grillagée laissait passer ce qu'il fallait d'air pour qu'on ne s'y desséchât pas. Sonam n'ayant jamais signé ses lettres ne fut pas soupçonné. Et qui eût été assez impie pour imaginer que le regard d'un intouchable intéressât les yeux d'une fille de rajah ? Pour l'exemple, on frappa quelques servantes, accusées d'avoir communiqué les lettres, mais aucune de celles qui le connaissaient ne trahit sous les coups de verge le secret de Surya.

Cette fois ce fut le gecko de Sonam qui se porta au secours des amants. Désormais, quand le singe atteignait le deuxième étage, il délaçait les cordons d'une bourse de cuir d'où s'échappait le gecko. La bête remontait alors les quelques mètres de mur lisse qui le séparaient de la lucarne de Surya et dont aucun singe n'aurait pu venir à bout. Le lézard apprivoisé portait un petit rouleau de papier lacé autour de son corps par de minces fibres de raphia. Surya, la première fois, dut vaincre la répulsion que lui inspirait la peau luisante du gecko, mais les mots de Sonam valaient l'épreuve. Sonam, lui, attendait le retour de ses bêtes en mandant l'aide du ciel. Bien qu'ignorant si les panthéons célestes recèlent un dieu-salamandre battant les nuées de sa queue gigantesque, il déposait par précaution quelques mangues plantées d'encens devant un mur de torchis constellé de geckos.

Le pachyderme, le primate et le reptile ligués par-delà les luttes du règne animal et protégés à leur insu par les offrandes livrées à leurs dieux totems, sauvaient ainsi chaque jour l'amour humain.

L'harmonie que tous – animaux, hommes et dieux – avaient réussi à bâtir par la vertu de l'entente et de l'intelligence succomba à une indiscrétion. Un serviteur qui savait la raison des acrobaties quotidiennes des trois animaux la dévoila à un garde qui lui-même la répéta à son supérieur, allumant ainsi l'une de ces mèches de poudre le long desquelles les secrets fusent à travers les couloirs d'un palais… Sonam ne dut la vie qu'aux supplications que Surya adressa à son père. Il fut jeté hors du domaine au terme d'une bastonnade où le chef de la garde brisa sa propre canne de bambou.

Le rajah, à la grande surprise de sa cour, n'explosa pas. Sa stupeur était trop immense. Que la chair de sa chair, descendante de la race des dieux, cousine de Brahma, se soit commise avec un cornac intouchable, ébranlait sa représentation du monde et les certitudes sur sa marche. On a raconté que la fureur terrible qu'il avait contenue au cours de ces journées pouvait expliquer la violence des assauts guerriers qu'il lança contre l'armée anglaise dans les semaines qui suivirent l'incident du palais.

Sonam, lui, avait perdu son singe, son éléphant, son margouillat, et la femme qu'il aimait. Il lui restait le ciel des Indes vers lequel tourner ses prières, la terre de Bengale à fouler, la forêt où se réfugier. Ce fut sa science qui le sauva du désespoir. Il pista un jour un pachyderme blessé qui s'était enfoncé dans la jungle jusqu'à la frontière du Bihar. Il le trouva couché, terrassé par la fièvre, avec une profonde entaille sous l'ongle. Il le soigna, l'apprivoisa. Sans doute l'animal reconnut-il en lui un homme-éléphant car il se laissa approcher et traiter. Les onguents de Sonam triomphèrent du mal, et le cornac gagnant le sommet du crâne de la bête redevint l'homme qu'il avait toujours été, figure de proue d'une cathédrale de chair jetée comme un navire sur des routes de poussière.

Il vécut sur l'océan de muscles qui roulait sous ses cuisses. Le crâne de l'animal devint son univers. Il ne redescendit presque plus de ce perchoir, trop heureux de quitter la surface du monde des hommes. Il avalait la route, se tenant droit sur la tête de sa bête, étrave de barque fendant la poussière au rythme de la houle soulevée par les chaloupements de l'éléphant. Ils allaient par les pistes du Bengale, de l'Arunachal et du Bihar, et l'éléphant passait, si souple et si léger, qu'il semblait danser à ceux qui le regardaient. Tous deux se muèrent en couple centaure. Sonam ne put bientôt plus se passer du mouvement de la marche. Il pressait le pachyderme, sitôt l'aube venue, de se réapproprier le long ruban de poussière pour le battre jusqu'au soir. Ils furent heureux. La plaie qui saignait dans l'âme de Sonam ne se referma jamais, mais du moins la douleur s'atténua-t-elle. La peine devint mélancolie. La vie vagabonde était baume. Le souvenir du visage de Surya s'estompait dans la monotonie des jours abattus. Parfois cependant, quand le soleil roulait sur le socle de la plaine, il lui arrivait de revoir la princesse et, comme pris de panique, il commandait à l'éléphant d'accélérer le pas et de s'enfoncer dans la nuit, rallongeant l'étape pour que dans l'effort s'estompât l'apparition. Les années passèrent. C'est à sa bête que le cornac retourna les marques de son affection solitaire. Jamais les villageois qui les croisaient ne virent équipage plus uni. La vie de Sonam coula ainsi au long de ce cours heureux qui finit par transporter les âmes tranquilles vers une mort paisible, jusqu'au jour où, revenant par hasard aux abords du domaine du rajah, le cornac entendit des clameurs.

– C'est Nâlâgiri ! C'est Nâlâgiri ! hurlait-on de toutes parts.

Des villageois couraient sur la piste.

– Que se passe-t-il ? demanda Sonam.

– Si tu tiens à ta vie et à celle de ta bête, retourne d'où tu viens ! lui lança un jeune paysan sans s'arrêter de courir.

La piste était couverte d'une foule en fuite. L'éléphant de Sonam faisait comme un rocher au milieu de la rivière. Le flot humain s'y heurtait, se séparait en deux bras qui longeaient ses flancs et se refondaient sitôt passé l'obstacle impassible.

– C'est Nâlâgiri !

– C'est l'éléphant furieux que Devadatta a envoyé pour tuer Bouddha !

– Il revient pour nous piétiner !

– Il est là !

– C'est le démon !

Soulevant la poussière, un éléphant enragé galopait en effet sur la route. L'histoire de Nâlâgiri que lui racontaient autrefois ses tantes affleura à l'esprit de Sonam. Elle disait que le Bouddha sur sa route avait un jour attendu de pied ferme la charge de l'éléphant de guerre que son cousin, Devadatta, avait lancé sur lui. Les disciples de l'Éveillé avaient fui en tous sens. Le Bouddha, lui, avait levé la main et l'éléphant subjugué s'était agenouillé, vaincu par l'énergie bienveillante du maître. Le miracle avait traversé les âges, transmis de la bouche des femmes à l'oreille des enfants. Et voilà que deux mille cinq cents ans après la charge de Nâlâgiri, l'événement se reproduisait, analogue !

Sonam n'était pas Bouddha mais il connaissait la bête enragée, son ancien animal, l'Ati de sa jeunesse, échappé du parc princier et blessé à la plante du pied par un épieu de bois. L'animal n'avait pas oublié son maître. Le temps n'efface pas les souvenirs de la mémoire d'un éléphant. Sonam n'eut qu'à faire un geste : comme le Bouddha, il leva le bras. Et Ati s'arrêta, et sa trompe rencontra et huma et caressa doucement la main qui l'avait guidé autrefois. Mille Bengalis assistaient pétrifiés à cette reconstitution du miracle de Nâlâgiri. Sonam siffla imperceptiblement. L'éléphant s'accroupit. Le maître retira l'épieu. La bête se releva.

On acclama Sonam.

– C'est l'Éveillé ! C'est l'Éveillé !

Il fut soulevé du sol par mille bras alors que mille voix répétaient :

– Vive le bodhisattva qui a vaincu Nâlâgiri !

On le porta devant le rajah. Il fut couvert de fleurs d'hibiscus et de colliers de santal. Les deux éléphants, îlots monstrueux en marche dans la houle humaine, suivaient le mouvement.

Le Roi était devenu un très beau vieil homme. Il avait vu passer la vie dans le faste et le luxe et attendait à présent la mort sous une tonnelle de jasmin dont il ne bougeait plus, retiré du monde, se contentant d'un verre de lassi chaque matin et chaque soir. Sonam, lui, avait vieilli prématurément. C'étaient deux vieillards qui se faisaient face et se dévisageaient.

– Prince, crièrent les voix, c'est un bodhisattva.

– Il a vaincu l'éléphant fou comme Bouddha, Nâlâgiri !

– Du même geste ! De la même manière !

– C'est un Éveillé, entendez-vous ? Un nouvel Éveillé !

Le vieux rajah dévisagea Sonam mais ne le reconnut pas. Il ne vit qu'un cornac vagabond, sec comme une brindille de bois. Quand il croisa le regard de Sonam, triste comme la plaine sous les brumes de l'hiver, il demanda :

– Quelle peine portes-tu donc dans le cœur, toi qui apaises la fureur des bêtes ?

– Celle d'avoir perdu le cœur qui me faisait vivre et d'avoir dû me contenter du seul mien pour vivre.

– Que puis-je te donner pour te remercier de ce que tu viens de faire et guérir ton âme qui n'a pas de repos ?

– Donnez-moi Surya.

Le rajah le regarda sans sourciller. Le sang afflua dans son cœur de vieillard, mais il sut maîtriser les traits de son visage. Il fouilla ses souvenirs et commença d'entrevoir que le cornac qui se tenait devant lui comme un roseau usé et qui prononçait ainsi le nom de sa fille devait être ce jeune intouchable dont le regard lui avait autrefois emporté le cœur. Il se rappela les tempêtes de ces années lointaines, les accès de fureur, les larmes et les coups. Il ne laissa rien trahir du travail de sa pensée ni des efforts de sa mémoire. Mais il lui en coûta une douleur immense lorsqu'il lui fallut articuler la vérité :

– Elle est morte de chagrin quand je lui ai enlevé l'amour de sa vie.

– Alors, donne-moi Ati, l'éléphant.

Ce soir-là, dans la plaine éternelle qui se préparait à recevoir la nuit, les paysans qui regagnaient leurs maisons purent apercevoir, découpé sur l'horizon rectiligne, un cornac monté sur sa bête suivie d'un autre éléphant, et ceux qui le dévisagèrent se dirent qu'ils n'avaient jamais vu de cornac aussi beau, comme si le Bouddha était redescendu sur la terre, comme si les rayons du soir avaient fait feu sur lui, et comme s'il était au bord du monde, prêt à rejoindre le séjour des âmes où l'aurait attendu une femme vénérée.

ITINÉRAIRE D'UN RAT

Tous ceux qui ne sont pas avec moi sont contre moi.
JÉSUS-CHRIST

Il est six heures du soir. Je rentre dans la dernière nuit de ma vie. J'ai vingt ans et je vais mourir demain. Ils m'ont condamné à la chaise électrique pour haute trahison et je dois être exécuté à l'aube.

Cela, je l'ai accepté.

J'ai perdu et je dois payer.

C'est la règle, et je veux bien m'y soumettre.

Mais ce que je n'arrive pas à pardonner, c'est l'attitude des journalistes. Ils m'ont couvert de leur fiel sans rien savoir de ma vérité. Les gardiens ont cessé de me distribuer la presse ce matin, mais ce que j'ai pu en lire jusqu'alors m'a désespéré. Tant d'incompréhension. Tant de haine. Et de bêtise. Pour tout dire, un tissu de mensonges et d'ignorances diffusé par les plus grands organes de presse du pays, du *New York Times* au *Daily Telegraph*.

C'est pour rétablir la vérité que j'écris ces pages. Je souhaite que ce que j'y livre soit mis au crédit de ma mémoire.

Pour commencer, contrairement à ce que prétend un certain Donald Craddle du *Philadelphy Mirror*, il est faux que j'aie toujours été attiré par les philosophies orientales. Mes parents m'ont élevé dans le protestantisme. C'est au cours de mon premier voyage au Népal que j'ai rencontré l'islam. Habituellement, les jeunes Américains qui y voyagent reviennent emplis de mystère bouddhique, de vapeur de haschich et d'*énergies positives.* Comme eux j'étais parti trouver l'Éveil. J'étais *sur la route.* Je cherchais la Voie, un Kerouac dans la poche : *Le Vagabond américain en voie de disparition*, ce texte où il décrit la pauvre cloche qui s'endort le soir, la main ouverte pour recevoir à la fois une pièce et la pitié du ciel. C'est ainsi que j'ai voyagé. La main ouverte comme une question. À mon arrivée à Lumbini, la terre de naissance du Bouddha, j'ai voulu tout comprendre de cette religion dissimulée dans un recoin obscur derrière la fumée de l'encens. Dans un temple tibétain, j'ai ouvert les bras et dit : « Ah ! ah! maintenant je suis à vous ! » Pendant deux jours j'ai conversé avec les moines. Ils me dépeignirent le dharma, la grand roue de la fatalité, les moyens d'y échapper, le karma qui vous frappe comme un sceau, les bodhisattvas qui sortent du dharma pour nous montrer la voie. Plus ils détaillaient ce fatras, plus je sentais grandir l'ombre et la confusion dans mon esprit. Et quand ils me donnèrent à fumer le haschich, je me crus une guêpe prise au piège d'une toile d'araignée. Je ne comprenais rien à cette gnose. Je me débattis dans un labyrinthe, et chaque question que je posais ouvrait sur une nouvelle chicane. C'est précisément à la fin de ce second jour, dans l'odeur des bougies au beurre de yack, que le bouddhisme m'apparut comme une vaste nuit que les fidèles arpentent à l'aveuglette. Moi, je ne me sentais pas assez solide pour accepter de m'égarer dans le mystère. Je criai : « Laissez-moi partir, je veux sortir des ténèbres ! » Et je quittai les Tibétains pour m'enfoncer dans la belle jungle népalaise et marcher vers l'ouest du pays, en vagabond, poussant des oh ! oh ! ah ! à la manière kerouacienne dès que j'assistais à un spectacle de beauté. J'étais bienheureux.

J'errai jusqu'au district de Dhang, à l'ouest. C'est là que je rencontrai les musulmans wahhabites. Cette petite communauté installée au Népal depuis des siècles prospère dans les collines, à 2 000 mètres d'altitude. Le spectacle de ces musulmans habitant des forêts de rhododendrons géants qui servent de perchoirs aux oiseaux subtropicaux était pour le moins étrange : ce n'était pas l'image que je me faisais du décor de l'islam. Je restai six semaines avec eux. J'aidai d'abord à la réfection du moulin à eau qui avait été emporté par une coulée de boue l'année précédente. Je participai ensuite au débardage du bois. J'habitais chez un célibataire, homme de main de l'imam. Souvent, quand le soir était tombé, on me recevait dans la mosquée en compagnie des amis du religieux, et nous partagions à la lueur de la lampe à gaz les produits étalés au sol sur une nappe : des légumes, de la crème et du riz. Les aliments étaient disposés dans de petits plats, et l'imam distribuait des galettes de blé qu'il déchirait à grands gestes en disant que vivre l'islam, c'est se réveiller le matin en publiant la grâce de Dieu, comme les oiseaux chantent l'aube nouvelle.

La vie était belle et douce. Pas une femme. Pas d'alcool. Pas d'agitation. Rien pour corrompre mon corps. Rien pour entacher la paix qui se répandait en moi comme la chaleur quand elle gagne dans un membre transi. Je me nourrissais de l'air de l'aube, puis de la chaleur de la journée, de la clarté de l'eau, de la rudesse du travail, de la bonne nourriture et, le soir, des paroles simples et profondes de l'imam, miel vivant qui coulait en mon âme.

Et puis je découvris la propreté ! Se laver le corps à l'eau claire. Prier comme on se récure. Refuser ce qui souille. Protéger ses yeux, ses mains de la saleté du monde. Se vider, se vidanger. Devenir pur. Je jetai Kerouac. Finies, les extases devant le théâtre du monde. Point besoin du fatras des écrits des autres quand on a compris que la seule Parole audible vient d'En Haut. Derrière les mots de l'imam, il y avait la force. Ce qu'il me faisait entrevoir était fiable comme le roc. Il me déshabillait l'âme. Il balayait mes scories. En l'écoutant, je me dépolluais. L'islam, c'est ce qui reste quand on a tout enlevé : la simplicité du Sacré et la puissance du Simple.

C'est ainsi que je devins musulman et cessai de m'appeler John Parker pour prendre le nom de Suleiman. C'est ce nom qui a été utilisé lors de mon procès…

Dès le jour de ma conversion, les paroles du Coran cognèrent en moi. Avez-vous déjà senti la brûlure du soleil au-dedans de vous ? On m'avait procuré un Saint Livre en anglais, et l'imam m'apprenait l'arabe. Je répétais sans repos les sourates belles en même temps que saintes. Leur sens, qu'on croit saisir à la première lecture, se révèle en réalité chaque jour plus profond. La prière me faisait toucher le Juste et le Vrai. Et chaque matin, quand je croisais sur le chemin de la forêt les villageois bouddhistes qui partaient à pas désordonnés exécuter leurs rituels compliqués et rendre culte à des dieux imprécis flottant dans les limbes de leur imagination, j'avais envie de leur crier : « Regardez-moi ! Comme je suis droit ! Regardez comme mon âme est claire. Rejoignez-moi ! Il n'y a de Dieu que Dieu. »

L'islam me donna la force du corps. Car l'imam m'apprit aussi la discipline et la contrainte. Il me prépara au djihad : l'extermination de l'ennemi qui est en chacun de nous. Le jeûne, l'abstinence, la prière m'y aidèrent. Je tuai mes derniers démons. Je menais combat dans les replis de mon cœur. Je traquais les lambeaux d'ombre laissés par la nuit d'où je sortais. J'étais musulman. Résigné à Dieu. Soumis au Ciel. Couché aux pieds du Très Saint.

Il m'est difficile de raconter comment je rencontrai les talibans, car j'y vois l'intercession d'Allah et je répugne à réduire cet événement à un enchaînement de faits et d'effets. Je dirai simplement que je gagnai un jour les zones tribales pakistanaises à la frontière de l'Afghanistan après un long voyage à pied à travers le Cachemire. J'avais, en vérité, senti le besoin de reprendre la piste, de renouer avec la vie vagabonde pour mieux approfondir ce que j'avais reçu. Cette fois je ne cherchais plus, je jouissais de ce que j'avais trouvé. Je rencontrai un jour ceux qui allaient sceller mon destin et m'amener là où je suis ce soir et reposerai demain.

C'étaient deux fidèles cachemiris que je croisai dans une petite mosquée. Reconnurent-ils en moi un frère disposé à recevoir leurs propositions ? Ils m'abordèrent après la prière, se présentèrent comme des moudjahidin et me parlèrent de la croisade contre les Américains qui se menait à trois cents kilomètres à l'est, en Afghanistan. Le pays évoquait à ma mémoire l'oasis sur les routes de Katmandou, eldorado de la poudre blanche, dernier caveau pour les candidats à l'overdose ultime.

Ils m'expliquèrent qu'ils étaient en route vers la mêlée afghane et m'adjurèrent de me joindre à eux. Ce sont leurs yeux enfiévrés et la fougue de leurs gestes qui me séduisirent. Ils étaient hantés par le devoir d'échapper à la fange du monde. Ils étaient des chevaliers noirs. Ils s'étaient armés de violence au lieu d'épées. Ils étaient tendus comme l'arc. Je les suivis, fasciné.

Nous rejoignîmes un camp d'entraînement dans les zones tribales pakistanaises et nous fûmes placés sous le commandement d'un officier qui avait combattu contre les Soviétiques en Afghanistan, à l'époque où le pays était un champ d'expérimentations internationales. En ce temps se concoctait dans les éprouvettes de la géopolitique ce qu'on appelle aujourd'hui l'islamisme radical.

J'avais atterri dans La Mecque de la violence en même temps qu'au cœur d'un grand bazar de la race humaine. À l'appel du matin, après la première prière, sur la poussière de l'esplanade, se côtoyaient des combattants ouïgours, des volontaires cachemiris, des repris de justice caucasiens, des barons de la drogue tchétchènes, des miliciens philippins, des religieux indonésiens, des mollahs algériens, des adolescents baloutches, et quelques jeunes recrues d'Occident, fils d'émigrants installés en Europe. Tous volontaires. Soldats d'une armée de colère. Candidats au djihad. Mais à l'autre djihad. Pas à celui qui se livre au fond de l'être, pas à cette guerre lancée contre soi-même et livrée sur le champ de bataille de l'âme, mais à celui qui se vit dans le fracas des batailles et brandit chaque dépouille ennemie comme une preuve de foi.

Je n'étais pas de ce monde-là. Je me trouvais dans le camp de ces guerriers sans être de leur camp. Ma présence ici était une erreur. Je souffrais des vapeurs mortifères qui se dégageaient : fumerolles échappées du couvercle d'une marmite de sorcière qui contenait sous hypnose ces égarés. J'étais étranger au combat sacrificiel auquel on nous préparait. Ce n'était pas pour égorger les agents du Mal que j'étais devenu musulman.

J'aurais pu m'enfuir aisément. Les montagnes des zones tribales sont des refuges. On y vit clandestin aussi facilement qu'un fauve. Je restai pourtant, mais ce ne fut pas pour le djihad. Ce fut pour Esmila. Le commandant m'avait confié la tâche de traduire des documents volés aux Américains. J'étais souvent au travail dans l'une des tentes amirales dressées légèrement à l'écart de nos baraquements. Un matin que je travaillais à la traduction du manuel d'utilisation des Stinger FIM-92A, sa fille, croyant la tente vide, entra. Nous nous dévisageâmes, ce qui, de par notre Loi, suffisait, elle, à la souiller, et moi, à me condamner. Mais cela réveilla en moi le désir d'amour que j'avais enfoui sous la règle religieuse et la discipline militaire. Je pense toujours que c'est un miracle qui a présidé à cette rencontre furtive : l'enfant n'était-elle pas plus sévèrement surveillée que les munitions du camp ? Il nous fallut trouver des trésors de ruse et d'inconscience pour faire ce que nous fîmes.

Personne ne sut jamais ni que nos regards s'étaient croisés, ni comment je réussissais à la revoir, ni ce qui se passa entre nous dans les semaines qui suivirent. Il en aurait fallu moins pour que je fusse fusillé et elle rayée de la surface de la terre. Je n'ai que le plus immense mépris pour ceux qui imagineront que c'est l'abstinence et le jeûne affectif endurés depuis des mois qui me précipitèrent vers elle. Aurais-je été portier dans un hôtel de luxe de Las Vegas, habitué à l'incessant défilé de la splendeur sous mes yeux, que j'aurais suivi tout autant ses pas.

Je n'ai pas le temps non plus que l'envie de décrire ici les traits de celle qui me scella au destin du camp, ni de jeter aux pourceaux les fragments de sa beauté. Je me contente de dire que c'est pour elle que je restai avec mes compagnons de folie, rivé au bateau ivre qui dérivait vers la poudrière afghane nous conduisant à une mort certaine, voulue de tous sauf de moi.

C'est pour être un peu plus longtemps aux côtés de cette femme que je poursuivis l'instruction jusqu'à être jugé apte au combat.

C'est parce qu'il m'était impossible de m'enfuir avec elle que je me résignai à la guerre.

C'est pour être digne de sa fierté que je me portai volontaire lors de la première incursion des nôtres de l'autre côté de la frontière.

C'est pour ne jamais la décevoir que je suivis, plus tard, notre détachement dans la lutte qui nous opposa aux forces américaines et à la coalition du Nord.

C'est pour entretenir l'espoir de la revoir, au fur et à mesure que nos chances s'étiolaient, que je fixai mes pas au pas de notre chef, son père, qui nous emmena vers Jalalabad tombée aux mains ennemies. Je ne quittai plus l'ombre vacillante du vieux commandant projetée sur les murs des galeries souterraines de Tora Bora par nos lampes-tempête. Je fus son dernier appui : resté fidèle au père par amour pour la fille. Chacun des nôtres, en effet, se débandait vers le sud ou se ralliait aux ennemis du Nord. La panique vomissait les traîtres. Quand l'étau se resserra autour de nous, je sus que je ne reverrais plus jamais Esmila. Je me battis alors avec le désespoir acharné de ceux qui ne savent même plus sur quoi, ni pourquoi ils tirent.

Je me rendis à l'heure du grand encerclement de la fin octobre. Ma vie était jouée, Esmila envolée. Je pense que c'est à ce moment que mon visage se voila de ce hâle hagard que les photographes saisirent à mon arrestation et qui fit dire plus tard aux journalistes occidentaux que j'étais drogué de fanatisme, rendu fou de haine.

Un agent américain de la CIA, qui devait avoir mon âge mais n'avait jamais connu l'Amour, m'interrogea dans la prison de Mazar-e Charif où nous étions reclus. Il ne put rien comprendre de la plaie de mon cœur. Je lui cachai Esmila. Je n'aurais laissé aucune oreille souiller mon secret en le recevant. Je fus classé dans la catégorie des *terroristes* et reçus – circonstance aggravante – la mention de *traître à la patrie*. Aux yeux des États-Unis j'étais pire que leur ennemi, j'étais leur fils déchu.

Quand je revins aux États-Unis, ce fut pour entendre ma condamnation à mort et en attendre l'exécution dans une cellule du Nevada.

J'y croupis depuis un an. Esmila occupe tout entière le minuscule espace mental que je me suis composé en attendant de quitter ce monde. Ce sera fait demain. Elle et moi nous nous rejoindrons au ciel. Y sera-t-elle quand j'y arriverai ? Est-elle déjà libre ? Qui, de moi ou d'elle, accueillera l'autre ? Le souvenir de son beau visage n'a pas quitté mes pensées pendant cette année de réclusion. Sauf quand je lisais la presse, le matin.

Or, il y a quelques heures, mes gardiens m'ont apporté un journal.

Pour la dernière fois de ma vie.

Et voilà ce que j'ai lu dans le *New York Times* :

« Il va mourir demain comme un rat
Il pense et se nourrit comme un rat.
Il est sale et laid comme un rat.
Il vivait dans des souterrains comme un rat
C'est normal John Parker est un rat [1]. »

C'est à cause de ces lignes que j'ai demandé du papier à mes gardiens et tenu à écrire ce que vous venez de lire.

C'est pour vous demander à titre posthume, belles âmes et bonnes plumes, ce que vous connaissez de l'Amour roi, ce que vous savez de la vérité intime de ceux sur qui vous bavez.

C'est pour vous signaler que ce rat que vous haïssez s'apprête à quitter votre monde, fort du bonheur ultime et chargé de l'Amour suprême qu'il a connu jusqu'à vouloir en mourir.

Signé John Parker, matricule 738, prison de Helton, Nevada.

1. Texte inspiré par la manchette d'un quotidien américain, décembre 2001.

ARAIGNÉES

L'araignée est un gueux.
VICTOR HUGO

Étoile noire, elle s'étale de tout son long sur la joue rose du visage de l'homme. Elle lève une patte velue et la pose sur le bord de la bouche. Ses huit yeux, sur leur tourelle, surveillent la nuit. Comme un doigt qui fouillerait délicatement les pétales d'une rose, elle écarte les lèvres. Elle glisse lentement la patte à l'intérieur et frémit du bout des poils au contact de la chaude humidité qui y règne. Dans le silence elle regroupe un à un ses sept autres membres velus avec une grâce de danseuse. Elle attend. Elle ne se presse pas, pour ne pas le réveiller. Elle enfonce un peu la patte et balaie la rangée des dents : elle cherche un passage. Elle l'engage encore plus loin quand elle trouve enfin l'ouverture et le bout de la patte vient à toucher la langue. Elle ne bouge plus, laissant passer quelques minutes, comme morte. Elle introduit une autre patte à présent, une troisième et encore une. Elle exerce à présent une légère pression de levier, à peine perceptible mais continue. Les dents s'entrouvrent. La voie est libre. Elle risque sa tête au bord de la commissure et sent le souffle chaud de la respiration. Elle s'immobilise encore, par précaution, guettant le moindre signal d'alerte, puis elle s'immisce, prenant appui de tous ses membres sur la langue, la gencive et l'intérieur de la lèvre.

La tarentule est à présent tout entière rentrée dans la bouche du dormeur et ne perd pas de temps : déjà ses chélicères sectionnent les amygdales, fouillent les chairs, creusent leur voie jusqu'au fond de la gorge.

Ariel Brendel poussa un hurlement et bondit hors du lit. Il n'y avait pas de tarentule dans sa bouche : il venait simplement de refaire ce cauchemar qui, depuis des années, se glissait dans le cours de ses rêves et lui retournait l'esprit.

– Encore une visite ? Je suis jalouse…

– Ce n'est pas drôle. J'ai cru crever.

Il se recoucha près de la fille et alluma la lumière : il n'osa plus fermer les yeux car il lui sembla que les ténèbres grouillaient d'araignées.

– Éteins ! dit la jeune femme.

– Je ne peux pas. Si j'éteins, elles reviennent.

– Tu es fou.

La lumière brûla toute la nuit, chassant jusqu'à l'aube les araignées des songes.

Ariel partait le lendemain matin pour le Népal mener une série d'inspections des ponts suspendus qu'une société hollandaise jetait par-dessus les torrents de l'Himalaya. Il dîna une dernière fois avec la fille qu'il avait connue le mois précédent et qui, comme toutes les autres, ne prêtait aucune attention à ses tourments. Elle ne l'accompagna pas à l'aéroport. Il l'embrassa, il ne la reverrait jamais.

Ariel aimait bien les avions, l'air sec qui y règne et cette propreté aseptisée que craignent les insectes et les arthropodes. Un jour pourtant il avait vu une mouche voler dans la carlingue. Elle avait dû s'embarquer dans le sillage d'un passager négligé. Il ne l'avait pas quittée des yeux et avait passé un très mauvais vol.

Il regardait par le hublot approcher l'Himalaya : une ligne de meringue au-dessus des nuages. Ses yeux glissèrent sous l'aile. L'avion survolait les collines intermédiaires : ces marches d'escalier géologiques qui conduisent au temple des hauts sommets. L'avion volait bas. Il voyait les crêtes rocheuses percer les jungles, l'entaille des vallées noires comme la plaie d'un gouffre, les chevauchées de nuages basculant de l'autre côté des cols, les versants épuisés par la saignée des éboulements, le ruban des rivières qui, du ciel, semblait un faible fil alors qu'elles rugissaient comme des artères d'écume, emportant patiemment des morceaux de la chair himalayenne vers la plaine du Gange.

Il pensa à la vie animale qui devait s'épanouir dans le chaos de ce relief, aux orgies qui s'y jouaient à l'instant même, à l'énergie grouillante de la naissance et de la mort dont personne ne peut prendre la mesure, puis il attacha sa ceinture car on atterrissait.

Au Népal on les appelle *makhura*. Les araignées ont colonisé toutes les altitudes en s'adaptant parfaitement aux conditions climatiques, des touffeurs subtropicales jusqu'à l'hiver permanent des hautes terres. On ne peut y échapper, et Ariel n'y échappa pas. Sur les chantiers des ponts, ouvriers et contremaîtres comprirent très vite que la répulsion d'Ariel n'était pas feinte et chacun dès lors tua les araignées qu'il trouvait pour épargner une crise au chef.

Mieux qu'il ne le pensait, Ariel réussit à maîtriser sa peur de la jungle. Les longs allers et retours à pied du chantier à un campement puis du campement à la route, et de nouveau de la route à un autre chantier ne lui étaient plus insurmontables. Il s'engageait à présent sous la voûte sans craindre que le vent dans les branches n'abattît dans son cou toutes les araignées du ciel. Il osait même lever la tête quand, serti dans la trouée d'un arbre, le diamant d'un sommet de 8 000 mètres, au loin, commandait qu'on s'arrêtât pour le regarder. Cependant, Ariel n'avait aucun mérite car dans la forêt d'altitude on ne voit pas les araignées. Les unes chassent à terre, et qui pourrait distinguer leur corps fondu à la surface du sol ? Les autres tissent des toiles inextricables dans la hauteur des arbres et restent trop loin des yeux pour soulever le cœur.

Loin des forêts, une espèce de makhura affectionne cependant l'intérieur des maisons montagnardes. C'est une araignée vorace qui ne piège pas ses proies dans le repli des toiles mais leur fond sur l'échine comme un fauve de savane, les mandibules en avant. Elle se tient à l'affût, étalée de toute la longueur de ses pattes sur les murs de torchis, à l'intérieur des habitations. Les hommes savent qu'elle n'est pas venimeuse et la laissent veiller à ce que les insectes ne rentrent pas dans la maison. Parfois dans la même pièce quatre ou cinq de ces araignées se partagent les murs et forment une constellation carnassière d'étoiles à branches grasses.

Ariel, qui était souvent logé chez l'habitant au cours des tournées d'inspection, ne put jamais se résoudre à dormir à l'intérieur de ces maisons et demandait toujours qu'on lui installât une couche sur la terrasse. La première fois, quand il avait vu l'une de ces bêtes sur un mur, il avait senti son sang quitter son corps avant même d'avoir saisi l'origine de sa peur. Chez lui, les symptômes de la phobie se manifestaient invariablement quelques dixièmes de seconde avant que son esprit en eût précisément perçu l'objet, comme si c'était son instinct qui se révulsait avant que sa raison paniquât.

– Vous z'avez qu'à pas les regarder ! lui avait dit son guide le premier soir.

– Impossible ! Mes yeux les traquent. Je suis toujours le premier à les voir, et s'il y en a une dans une pièce je la débusque du regard, malgré moi, en quelques secondes.

– Vous chassez aussi vite qu'elles… avait conclu le guide.

À force de demander à la cantonade s'il y avait des araignées dans les lieux où il passait, il reçut le surnom de « mister Makhura » et bientôt, sur les chantiers de la région, on ne le connut plus que sous ce nom-là.

Ce fut à cause d'une *argiope* au corps gros comme un cornichon qu'il eut l'accident. Il inspectait les attaches de câble du pont de la rivière Déobandi quand, posant la main sur un scellement de ciment, il sentit l'araignée sous sa paume. Les articulations des pattes jouèrent sous ses doigts. Il crut que la bête lui rentrait dans le corps. Il bondit, perdit pied sur le bord du talus d'éboulis et chuta de quatre mètres. On le conduisit à pied jusqu'au dispensaire hollandais du village de Sargaon, à une demi-heure du pont. Il avait une plaie à la tête. Il fut accueilli par le régisseur du dispensaire, un Bavarois de cinquante ans qui initiait et dirigeait des programmes sanitaires dans tout le royaume.

– On est allé chercher Marieke, dit-il. C'est la jeune femme médecin hollandaise qui travaille ici depuis deux ans. Elle est au village, elle sera là dans vingt minutes.

Ariel raconta sa peur des araignées.

– Il paraît que c'est psychologique, dit l'Allemand.

– Ouais ? Et d'où tirent-ils ça les psychologues ?

– L'araignée avec ses grosses pattes, ce serait la peur de la mère qui vous retient près d'elle sans vous laisser partir. Peut-être que la vôtre vous a élevé dans sa toile.

– Elle est morte quand j'avais six mois. C'est quand même un comble de n'avoir pas le droit de crever de trouille tranquillement sans être obligé d'en référer à papa-maman !

– Avouez quand même que se jeter dans un fossé parce qu'on a vu une araignée réclame une explication un peu solide…

– Mais je l'ai, moi, l'explication !

– De votre phobie ?

– Mais oui ! L'araignée est une bête monstrueuse et difforme, l'articulation de l'arthropode est insoutenable au regard, mais l'humanité inconsciente ne s'en rend pas compte. Moi, seul contre tous, je m'insurge, par une saine panique, contre cette erreur de l'évolution !

– Vous êtes idiot. Dites-moi la vérité.

– Regardez-en une attentivement, un jour, et vous verrez si je n'ai pas raison. Elle a la couleur de l'obscurité. Elle avance de toute la vitesse de ses membres, mais on ne les distingue pas dans le flou du mouvement : elle ressemble à une tache de nuit en marche. Elle glisse sur le plafond et rejoint l'encoignure d'où elle vous observe, tapie et pleine de ses secrets. Elle vous fixe de ses huit yeux et vous ne savez rien d'elle. Mais elle sait tout de vous et vous observe. Elle est suprêmement intelligente. Si vous êtes une proie, vous n'avez aucune chance car l'araignée est une paire de mandibules dévastatrices montées sur le plus performant système d'articulations du règne animal : huit pattes qui ont la vitesse de l'éclair. Puis quand elle vous tient la gorge, elle vous enveloppe dans le lien de soie qu'elle produit elle-même. Voulez-vous me dire quelle autre bête du monde crache le linceul qui servira à envelopper sa propre victime ? L'araignée est une machine à tuer dans un corps de cauchemar. Une bestiole effroyable.

La jeune doctoresse arriva et salua Ariel. Ils se regardèrent comme deux naufragés qui se croisent sur la plage après cinq ans de solitude. Il lui dit que s'il avait su qu'elle était là il se serait fendu le crâne dès son arrivée dans la région. Elle sourit, eut ainsi l'air d'un petit chat et lui dit qu'elle était contente qu'il soit tombé. Elle commença de le recoudre soigneusement. Ils se parlèrent, ils aimèrent ce qu'ils se dirent, et chacun désira la bouche qui le disait. Il ne lui parla pas des araignées. Marieke avait fini la suture. Elle désinfecta une autre petite écorchure à l'épaule. Ses mains glissèrent sur la nuque d'Ariel et la massèrent. Les doigts couraient sur la peau. Ariel ferma les yeux puis les rouvrit, car il imaginait encore l'argiope, sur le pont, avec ses pattes monstrueuses. Il se leva et l'embrassa.

Il fit dire au contremaître du chantier qu'il passerait la nuit au dispensaire et rejoindrait le pont le lendemain matin. Ils dînèrent en tête-à-tête dans le bureau de la doctoresse.

Ariel voyait les lueurs de la lampe-tempête fouetter la peau de Marieke. Une grosse lune rousse avait accouché d'une crête. C'était l'heure où sortent les makhuras et Ariel jetait des regards sur les murs.

– Venez, souffla Marieke.

Ils entrèrent dans sa chambre en se tenant la main.

Il les vit avant même d'avoir franchi le seuil.

L'une s'étalait sous l'étagère qui portait les livres de médecine, énorme, écartelée dans la tension de son guet. Marieke se déshabillait. L'autre était au plafond, juste au-dessus du lit. Marieke caressa le torse d'Ariel. Une troisième se tenait pattes repliées sur la plinthe de la fenêtre : ils avaient dû la surprendre en pleine course quand ils étaient entrés et elle s'était figée, comme morte. Ils basculèrent sur le lit. La dernière attendait derrière la porte et en dépassait à moitié, petite, musclée, terriblement immobile. Marieke mordillait l'oreille d'Ariel. Il sentait dans son corps pulser les vagues du désir en même temps que monter celles de l'effroi. Marieke, elle, ne soupçonnait même pas la présence des carnassières dans sa chambre. Il ferma les yeux et tenta d'oublier les araignées dans les effluves de la fille. Par éclairs lui revenait l'image des quatre bêtes surplombant le lit : trente-deux yeux qui les fixaient. Il réprima son envie de fuir. La rage qui montait en lui à l'idée que quatre araignées allaient réussir à lui voler la volupté de cette nuit l'aida à oublier les monstres. Il fut tout entier à Marieke et fit glisser ses doigts dans la culotte de la fille. Il respirait profondément pour chasser les visions. Il transpirait, et Marieke aima cette chaleur dont elle se croyait la source. Elle fit descendre sa petite culotte le long de ses jambes. Il lui lécha le ventre. Ses lèvres en même temps que ses yeux descendirent vers le creux de l'aine, ce sillon magnifique où les jeunes filles aiment à se faire tatouer de petits motifs décoratifs.

Sur la peau de Marieke, il y avait une araignée. Très bien représentée.

UNE ÉPINGLE DANS L'HIMALAYA

Mahindra voulait une épingle à cheveux.

Dans le village de Jangibaon, quand on était une enfant, on vivait avec le sommet de l'Himalaya pour horizon et l'étagement des rizières pour patrie. L'unique perspective de vie consistait à devenir l'épouse du cultivateur de riz d'un village voisin, lequel pousserait ses buffles d'une parcelle à l'autre quand viendrait le temps des labours. Et les filles étaient heureuses de cet avenir. Il leur arrivait même d'en appeler l'avènement de leurs vœux, et elles faisaient bien car c'était un bel avenir pour la bonne raison qu'avec lui tout se maintenait en ordre dans l'impassible Équilibre. Une seule ombre pourtant existait au tableau des pensées communes : l'épingle que Mahindra n'avait pas. Et il était piteux qu'un désir inassouvi vînt briser l'harmonie qui régnait ici comme un brouillard tépide.

Dans aucun des villages de l'Himalaya, trop haut perchés pour que les princes s'y intéressent et trop bas situés pour que le regard des dieux y parvienne, on n'avait jamais vu une seule épingle enrayer la course des cheveux sur le cou d'une femme ni corriger leur chute de part et d'autre du visage.

Autour du riz au *dal* qu'elle mangeait en famille en se brûlant les doigts, ou bien sous l'auvent de la maison de ses amies, sur le chemin de l'école, dans la forêt où elle partait cueillir le bambou, au champ comme à la rivière, Mahindra servait sa litanie à qui voulait l'entendre :

– Une épingle !

Elle la réclamait avec des yeux fixes et fous comme les ont les oiseaux de mer et les enfants qui ont su trop tôt que les rêves n'existent qu'en rêve.

Son père arracha un jour la tige d'un bambou qui encadrait un églantier et, de son *kukri*, tailla une lamelle qu'il affûta jusqu'à obtenir une épingle. Il se conduisit pathétiquement. Il croyait bien faire, ce qui est pire qu'agir mal. Il pensait qu'on peut éteindre les exigences des enfants avec des demi-mesures, ignorant que les royaumes enfantins sont des constructions de l'esprit plus axiomatiques et plus rigides que les systèmes qu'échafaudent les adultes. Car ceux-ci prennent en compte la réalité, sachant que leurs fantasmes devront s'y plier et qu'eux-mêmes auront à corriger la trajectoire de leurs ambitions. Devenir grand, c'est rejoindre la race de ceux qui composent avec le réel. Les crises qui provoquent chez les petits êtres les grands écroulements de l'âme viennent de ce que le monde extérieur n'a pas le visage de leurs rêves. Et la tige de bambou ne ressemblait pas à ce qui hantait l'esprit de la petite.

Quand elle eut quatorze ans, elle assura au jeune Gurung à qui elle accordait des baisers quand la nuit se flanquait sur les contreforts granitiques qu'elle lui donnerait beaucoup plus s'il lui obtenait une épingle. Le garçon avait l'esprit retourné par ce qu'il avait entrevu des reflets de lune sur la peau du ventre de Mahindra. Il lui fallait donc l'épingle pour que la fille s'ouvrît… Il partit la nuit avec l'idée de gagner le village de Tashinam où il comptait que l'orfèvre qui y tenait commerce aurait des épingles à lui vendre. Il était disposé à les voler si les roupies qu'il avait emportées n'y suffisaient pas. Mais il n'eut même pas à marchander car il n'arriva jamais à destination.

Le chemin courait en effet le long d'un précipice. C'était une striure vertigineuse dans le flanc de la paroi. Parfois il fallait monter quelques marches. Parfois en descendre. Et toujours regarder où se posait le pied, car à une longueur de bras sur le côté du passage s'ouvrait le vide. Et le garçon glissa et son corps fut aspiré sans un bruit et on le pleura puis on n'en parla plus.

Quand Mahindra se maria avec le propriétaire terrien d'un village voisin, tous se dirent que la vie conjugale viendrait à bout de cette obsession. Las ! Ni les jumeaux qui naquirent de son ventre, ni les travaux des champs qui la tenaient rivée huit heures par jour à la pente, ni l'entretien de la maison de ses beaux-parents dont elle hérita à leur mort ne lui ôtèrent l'idée de l'esprit.

Au propriétaire du nouveau bazar qui s'installa au village, elle promit de payer cinq fois son prix le petit paquet d'épingles qu'il réussirait à lui rapporter. Le commerçant avait un fournisseur *newar*[1] qui venait, une fois l'an, chercher sa liste et retournait ensuite dans la vallée pour satisfaire la commande. Quand le newar avait rassemblé toute la marchandise, une expédition de portage était organisée et une colonne de sherpas composée d'une dizaine d'hommes chacun chargé d'une cinquantaine de kilos montait à pas lents vers le bazar. Il fallait ainsi près d'un mois pour qu'un simple kilo de thé parvînt sur l'étal du bazar de Milkedanda.

La première année, le fournisseur oublia d'ajouter les épingles au chargement et servit à Mahindra une explication embarrassée. La deuxième année il avait une excuse : l'un de ses sherpas – celui qui fermait la marche et portait la commande de la jeune femme – avait été attaqué par un ours à collier à la sortie d'un bois de cèdres. Le porteur avait

1. Nom d'une ethnie népalaise qui a donné au royaume nombre de ses commerçants.

eu le visage emporté par les griffes de la bête, le chargement avait roulé dans le torrent.

Les années suivantes, des moussons violentes isolèrent la région. Les nuages semblaient reprocher aux pics des sommets leur prétention à les atteindre et ils abattaient en conséquence chaque été, comme pour les rabaisser, des cataractes magistrales qui arrachaient les pentes, sapaient les contreforts, décapitaient les crêts et déversaient toute cette géologie en miettes dans les grands torrents collecteurs qui charriaient les débris vers le vaste égout de la plaine indo-gangétique. L'Himalaya s'écroulait, l'Himalaya s'écoulait. Et, en emportant la montagne, la mousson coupait les chemins que les villageois mettaient une année à rebâtir avant que le déluge de l'année suivante balaie leurs efforts dans la gifle d'un seul orage vespéral. Or, sans chemin, pas d'échanges. Privé de ses artères, l'Himalaya s'endormait et les vallées isolées redevenaient des îles. Les villages les plus reculés se repliaient sur leurs ressources : autarcie des âges premiers. Le bazar de Jangibaon ferma ses portes, attendant que la clémence du ciel autorisât de nouveaux arrivages. Et Mahindra, les cheveux ruisselants collés sur ses pommettes, guettait dans le ciel la trouée qui eût signifié l'accalmie.

La crise climatique dura une décennie. Quand les moussons enfin s'apaisèrent, l'activité reprit sur les versants des montagnes. Mais la trêve ne dura que quelques mois car aux colères du ciel succédèrent celles des hommes. Depuis des années éclataient dans la région des émeutes qui opposaient des rebelles aux troupes gouvernementales. Cette année-là, un soulèvement général embrasa tout le pays. Les insurgés se déployèrent sur l'ensemble des districts du royaume tel un glissement de terrain. C'était une armée de gueux, croquants des altitudes, soldats perdus d'une horde de bric et de broc qui compensait la faiblesse de ses forces par l'énergie du désespoir. On y trouvait des adolescents plus apeurés que des antilopes, des femmes aux yeux féroces, des vieillards rompus à la souffrance, des hommes que la haine avait rendus fous. Ils voulaient renverser la vieille monarchie, prétendaient lutter contre la corruption, croyaient que la pauvreté se lave dans le sang des riches. Ils pensaient ramasser les éclats de la couronne qu'ils voulaient briser. Ne possédant rien d'autre que la certitude qu'ils n'avaient rien à perdre, ils se battaient comme les vaches vont à l'abattoir, avec la résignation de ceux qui croient tellement à leur cause que le simple fait de la défendre vaut pour un triomphe. Aussi s'offraient-ils en pâture aux canons gouvernementaux, et souvent leur mépris de la vie et leur nombre leur faisaient remporter des batailles : n'est-ce pas toujours le ressac qui gagne contre les grèves ?

Ils plongèrent le pays dans le chaos, et la réponse de la capitale fut cinglante. L'armée quadrilla le royaume et coupa les routes. Des barrages de contrôle filtrèrent le moindre déplacement. L'économie s'effondra. Le pays s'enfonça dans la nuit. Et l'épingle s'y perdit. Car pendant ces années de tumulte, ni les nouvelles d'en bas ni les marchandises du fond des plaines ne parvinrent plus dans les altitudes.

Puis l'insurrection fut écrasée et ce fut de nouveau le silence et la paix. Les versants ombreux des contreforts himalayens sortirent de la peur et s'ébrouèrent comme une bête qui achève d'hiberner. La vie recommença. Les sentiers furent de nouveau battus, le ballet des colonnes de sherpas reprit son cours lourd, lent. Mais le bazar, lui, n'ouvrit pas ses portes car son propriétaire, convaincu de trahison par les enquêteurs du gouvernement, avait été passé par les armes lors d'une rafle.

Mahindra avait enfoui en elle le souvenir de son épingle mais la pointe qui affleurait à la surface de sa mémoire faisait encore saigner son désir. Nul ne se serait risqué à lui demander pourquoi son visage était voilé de tristesse.

Quand l'organisation humanitaire hollandaise ABUS (A Bridge between US) s'installa au village, les enfants de Mahindra avaient tous l'âge d'être parents. Les ingénieurs devaient construire un dispensaire dans le village et jeter un pont par-dessus la rivière. Ils avaient installé leur base à quelques centaines de mètres de la maison de Mahindra. La jeune femme médecin flamande qui, avant même l'achèvement des travaux du dispensaire, avait commencé la formation des aides-soignants parmi les membres du village, n'oublia jamais le regard d'outre-monde de cette femme qu'elle croisa un jour dans une venelle. Elle demanda à l'interprète qui l'accompagnait qui était ce fantôme aux joues creuses dont les prunelles fiévreuses dévoraient la surface parcheminée du visage…

– C'était une jolie fille, l'une des plus belles d'ici, Mahindra, la fille à l'épingle…

La doctoresse se fit raconter l'histoire. Elles se croisèrent de nouveau quelques jours plus tard. La Hollandaise ne reçut pas de réponse à son sourire. Elle fit signe à Mahindra de s'arrêter et lui prit la main. L'interprète expliqua à Mahindra que l'étrangère voulait lui faire un cadeau. Celle-ci dénoua son chignon roux et en tira une épingle de nickel plantée d'une perle turquoise qu'elle tendit à la Népalaise.

Mahindra ne la prit pas. Elle fixa quelques secondes la Hollandaise dont les yeux fuirent, puis elle dit d'une voix éteinte :

– Non, merci.

Elle passa son chemin et, d'un geste de la main, réajusta le carré de tissu qui lui couvrait la tête et cachait, aux yeux de ceux qui l'avaient connue belle, le crâne à présent chauve que la vieillesse avait méticuleusement dénudé.

ON NE PASSE PAS LES RIVIÈRES !

Je suis née à Rangikot, au bord de la rivière Bandi. Depuis mon enfance, j'écoute les variations de sa musique, son bourdonnement lointain pendant la saison sèche, ses rugissements furieux quand viennent les moussons…

Nous descendons souvent sur la rive. Pour nous y baigner, y faire la lessive, chercher des galets qui serviront à la construction, regarder les crinières d'écume, échapper un peu à la pesante présence des hommes, tous imbibés de bêtise et d'alcool…

Et à chaque fois devant ce spectacle, il me prend l'envie de m'y précipiter. L'autre jour j'ai même eu un mouvement de tout le corps. Par Shiva ! Si Gulum ne m'avait pas attrapée par la taille, je serais partie dans le courant et, à l'heure qu'il est, je serais peut-être déjà parvenue au Gange !

Quand je suis au bord des flots, je me répète à moi-même: « Il ne faut pas, il ne faut pas », et malgré moi mes yeux se portent sur l'autre rive, remontent le talus, et je vois le village de Sidarnagar construit exactement en face du nôtre, et les larmes me viennent aux yeux. J'éclate alors en pleurs, et mes amies se rembrunissent et savent que l'après-midi est gâché car la tristesse y planera désormais.

Je reviens alors à notre maison, portant les baquets d'eau, et je prépare le *dal bat* sur le feu. Arjun, mon mari, rentre des rizières et me raconte qui il a vu passer aujourd'hui sur le chemin : « Damanath et Ashok et même Yam », puis il allume une cigarette, branche le poste de radio et l'on entend s'égrener les nouvelles de Katmandou, la nomination d'un nouveau député. La vapeur qui fuse de la soupape de l'autocuiseur m'enveloppe le visage, et je ne sais plus qui des larmes ou de la sueur me coule sur la peau, mais je crois que ce sont les larmes.

Nous allons nous coucher et pendant qu'Arjun s'affaire sur moi, j'écoute par la fenêtre le fracas de la Bandi. Elle me nargue de toute la puissance de son débit, et je la maudis de toute la puissance de mon chagrin, car c'est à cause d'elle que je ne veux plus vivre, moi qui en bois pourtant les eaux et me nourris de ce qui pousse sur ses rives !

C'était il y a dix ans. Je n'avais que seize ans, mais avec mes amis j'empruntais déjà chaque jour le sentier qui mène du village au bord de l'eau. La rivière voyageait avec fureur devant nous, et parfois nous rêvions d'en remonter le cours, vers les hautes terres, jusqu'à sa source, et nous imaginions que les princes tibétains tomberaient amoureux de nous et nous arracheraient aux garçons si laids qui peuplent nos rizières !

À cet endroit, la Bandi n'est pas large. L'été, pendant la mousson, on dirait que toutes les tempêtes de l'Himalaya se sont engouffrées dans un entonnoir. Personne bien entendu ne pourrait traverser un tel bouillonnement. Aussi, ceux qui voulaient gagner l'autre rive devaient marcher quatre jours vers l'aval afin de passer le pont de Sigilipur et remonter quatre jours vers l'amont pour rejoindre Sidarnagar. C'est-à-dire que les villageois qui vivaient en face de notre rive, nos voisins, dont on pouvait observer les moindres gestes et détailler le visage, étaient éloignés de nous de huit journées de marche ! C'est l'Himalaya : huit journées séparent un regard… et la montagne immense n'a que faire de vos efforts pour rapprocher les horizons, à la seule force de vos pauvres pas.

Lui, je ne l'avais même pas remarqué. Il venait tous les matins tailler des pierres car on bâtissait beaucoup en face, à l'époque. Quelques filles de chez nous lui avaient fait des signes et il leur répondait, gentiment indifférent. Et puis un jour, sans que je sache pourquoi, nos regards se croisèrent, pleins de douceur, tendus par-dessus les fureurs de la Bandi. Nos yeux ne se quittèrent pas. Il était beau et je le voyais distinctement. Le lendemain nous nous regardâmes de nouveau, puis le jour suivant, et bientôt je passai le plus gros de mes journées à laver notre linge et celui de mes voisins pour ne plus quitter mon poste. C'était comme si nous étions rivés l'un à l'autre avec, entre nous, la rivière qui hurlait, tentant vainement de nous séparer alors que nous étions plus solidement unis par nos yeux que je ne l'étais par mon sang avec mes propres sœurs.

La nuit j'écoutais les eaux, me disant qu'il entendait le même roulement, qu'il pensait que je l'écoutais, moi aussi, et j'étais heureuse de cette pensée.

Nous nous faisions de petits gestes : nous posions nos mains sur le cœur, nous nous soufflions des baisers avec les doigts. Il imitait le macaque en se roulant dans le sable, me désignait des nuages, jetait des bouquets d'hibiscus dans la rivière, leur ordonnait du doigt de voguer vers moi : les fleurs étaient englouties et je riais. Un jour il vint avec une fronde et lança un caillou qui tomba dans le courant. Il recommença, et cette fois le caillou atteignit la grève : il y avait un papier roulé autour.

Je m'appelle Vikram, je t'aime depuis que je t'ai vue et je hais la rivière. Je serai dans une semaine à la fête de la Daïsin à Bocekbazar, sur ta rive, à deux jours de marche de chez toi. Viens. Retrouvons-nous là-bas.

Je convainquis mon père de nous emmener à Bocek-bazar sur la crête. On y vend les produits des vallées des alentours et il y a un flot continu de porteurs qui hissent, depuis les profondeurs jusqu'au fil de l'arête, les fruits et les légumes de la Dandikhosi d'un côté, de l'autre, le riz et les poissons de notre Bandi ; les gens négocient les marchandises sur ce balcon rocheux, devant les murailles glacées du Pumcherki.

Le festival de la Daïsin avait déjà commencé quand nous arrivâmes. Je n'avais jamais vu tant de monde réuni. Un camp de toile ceinturait le village. Les gens dormaient sous des bâches tendues entre les arbres, ils avaient apporté leurs chèvres et leurs poulets. Des chants montaient des groupes de femmes assises autour de bougies, des hommes priaient Kali en buvant de l'alcool. C'était une magnifique assemblée. Mon père retrouva des amis qui nous invitèrent à nous joindre à eux, et nous nous enroulâmes dans des couvertures pour passer la nuit.

Je retrouvai Vikram le lendemain. Je l'avais cherché du regard toute la journée et je commençais à désespérer quand, presque sans nous en rendre compte, nous fûmes l'un devant l'autre. Nous restions là, figés, étourdis de pouvoir contempler nos visages que nous n'avions vus que derrière le rideau des embruns.

– Tu es plus belle encore que de l'autre côté, me dit-il.

Nous parlâmes au milieu de la foule, debout, l'un devant l'autre, immobiles, sans oser nous toucher de peur que l'un des nôtres ne nous surprît, et cela était une torture.

– Je t'ai dit que je haïssais la rivière, reprit-il.

– Moi aussi, la nuit je rêve de l'assécher et je bénis le ciel qu'il t'ait fait casseur de pierres.

– Et moi, qu'il t'ait faite laveuse de linge.

Il fixait les yeux sur moi.

– J'ai trouvé une pépite dans le limon de la Bandi, dit-il. C'est toi. Nous verrons-nous cette nuit ?

– Je suis avec mon père !

– Échappe-toi. Deux heures après la tombée du jour, prends le chemin de la Bandi et marche cinq minutes vers le sud : il y a une cabane de bergers sur la gauche du sentier, je t'y attendrai.

J'eus très peur quand il surgit du buisson dans la nuit et m'attrapa aux épaules. Vikram avait tapissé la cabane de foin et, par le toit crevé, on voyait les constellations sur la toile d'encre du ciel. Il m'expliqua laquelle viser pour atteindre les passes du Nord qui mènent au Tibet. Je lui dis que j'aurais aimé vivre sur les hauts plateaux. Il était déjà allé à la frontière et il m'assura qu'il pourrait m'y emmener. Il me dit aussi qu'il n'avait jamais eu de femme et qu'il n'en voulait aucune autre que moi. Je lui répondis qu'il me connaissait à peine. Il se mit presque en colère.

– Et quoi ? Il faudrait avoir vécu des années auprès d'elle pour sonder une âme ? Pourquoi ce que se disent les yeux pendant des mois ne suffirait-il pas à percer les secrets de l'être ? Ce qui est important, ce n'est pas ce que je pourrais connaître de toi mais bien mon amour pour toi, qui est inexplicable et immense.

J'étais abasourdie. Personne ne parle comme ça au village. Je n'avais jamais entendu un si long discours sortir d'une même bouche. La dernière fois que mon père avait adressé la parole à ma mère, c'était pour lui déclarer qu'il n'aurait jamais cru en l'épousant qu'elle perdrait ses dents aussi vite.

Vikram me raconta qu'il aimait la poésie, qu'il avait un recueil des *mahabharatas* qu'il connaissait entièrement. Il aurait aimé devenir ermite pour prier Dieu et se baigner aux sources des fleuves. Il me confia aussi que sur les bords de la rivière, avant de me connaître, il composait de petites chansons qu'il récitait pour lui-même en les rythmant de ses coups de masse sur les blocs de granit. Je lui demandai de m'en dire une.

La rivière a peur du froid et s'échappe des montagnes.
La rivière a peur du vide et s'enfuit sous le ciel.
Rien ne survit à sa course.
Gange, crois-tu vraiment que tu auras la force de l'arrêter ?

– Encore une, lui demandai-je.

– Non.

– Pourquoi ? dis-je.

– À présent, c'est toi mon poème. J'ai arrêté d'inventer de la poésie.

– Alors je t'ai été néfaste.

– Non ! Car la poésie est ce qu'on fait en attendant de rencontrer l'Amour – qui la remplace.

Je regardais ses paumes écrasées par le travail, des mains calleuses, rougies par le froid des eaux et le manche des masses. Et je m'émerveillai que des mains si grossières puissent éponger un front sous lequel naissaient tant de choses délicates. Je le lui dis, et il me répondit que j'étais mûre pour la poésie. Nous restâmes allongés côte à côte sur le foin, en nous tenant la main. Soudain il me dit qu'il voulait m'épouser : que nous étions tous deux de la caste des sudra, nous pourrions nous installer en amont de nos villages, sur la rive que je choisirais, et nous travaillerions avant de partir pour les territoires du Nord. Je lui demandai s'il était bien certain de ce qu'il éprouvait pour moi. Il se fâcha de nouveau.

– Quand on dit de la poésie, on est plus sérieux que la plupart des gens sérieux qui la trouvent légère, me déclara-t-il sévèrement.

Je me pressai contre lui, et nous restâmes ainsi à nous émerveiller d'être si près l'un de l'autre sans que la saignée d'une rivière balafrât notre amour d'une plaie infranchissable.

Nous nous séparâmes à l'aube, et je lui promis de demander à mon père de nous marier. Je rentrai avec ma famille au village, nous retrouvâmes nos grèves respectives et recommençâmes à nous prodiguer des marques de tendresse par-dessus les mugissements des courants.

Je parlai à mon père, certaine que rien ne s'opposerait à mon amour.

– Cela est impossible, ma petite chérie.

Il répondit cela avec la même désinvolture que s'il m'avait interdit d'acheter un ruban, semblant ignorer qu'il signait par là ma mort.

Je lui dis que je ne saurais faire autrement. Il sembla surpris et leva vers moi les yeux, non pas tant à cause de la violence qu'il percevait dans le son de ma voix que parce que je lui avais résisté. Mais quoi ! Il venait de m'annoncer que je devais mourir et j'aurais dû accepter sa sentence en baissant les yeux pudiquement ?

– Tu m'as mal compris, reprit-il. Il est impossible que tu quittes le village. Nous avons besoin de ta présence ici. Ta mère est malade et ses dernières dents seront tombées avant l'hiver. Tu la remplaceras quand elle ne sera plus là, et d'ailleurs elle et moi avons déjà choisi ton mari : Arjun, le fils d'Upendra. C'est un bon garçon et il pense pouvoir acheter des parcelles près du grand plateau.

– Je vais mourir, dis-je.

– Mais non, ma petite. Tu as seize ans, tu es belle, tu vas te marier et tu ne vas pas mourir car tu vas rester ici pour t'occuper de cette maison qui a besoin de nous tous.

– Je suis aimée...

– Par qui ?

– Par un homme de l'autre rive.

– De Sidarnagar ?

– Oui.

– Et tu crois vraiment que nous allons t'allier à un homme

qui habite à huit jours de marche d'ici ? Que nous allons mettre en péril l'avenir de notre foyer parce que tu auras décidé de donner ton énergie à la prospérité de l'autre rive ? Que nous allons laisser nos forces décliner pendant que, d'un simple coup d'œil, nous pourrons contempler les bienfaits que tu apportes à ceux de l'autre côté ? Mais ce serait le pire des gâchis ! Autant que tu te jettes dans la rivière !

– C'est ce que je vais faire.

– Si tu le fais, regarde d'abord une dernière fois tes petites sœurs et ta mère malade pour emporter dans le tourbillon le souvenir de leur faiblesse.

– Je ne peux pas vivre.

– Et peux-tu m'expliquer quand te sont venues ces idées sur l'Amour ?

– Je l'ai rencontré, il y a quelques mois.

– Ici ?

– Non, nous nous voyons d'une rive à l'autre.

– Alors tu ne le connais pas, tu aimes un fantôme.

– Je l'ai vu aussi à la Daïsin.

– Nous n'y sommes restés qu'une journée.

– Cela a suffi à confirmer ce que je savais. Je l'aime.

– Foutaises d'enfant. On n'épouse pas un homme qui vous emmène sur l'autre rive. De mémoire de villageois cela n'est jamais arrivé. On ne passe pas par-dessus les rivières. On est d'une rive et l'on y reste, c'est bien suffisant pour une vie entière. Arjun fera un bon mari, tu l'épouseras et je vais me charger d'accélérer vos noces.

Ce fut son dernier mot et la dernière parole qu'il m'adressa, car à chaque fois qu'il tenta par la suite de me parler, il lisait dans mes yeux de tels éclairs qu'il battait en retraite.

Un garçon du village m'apprit à me servir d'une fronde, et bientôt des cailloux fusèrent par-dessus la Bandi comme des comètes, messagères des tragédies à venir. Vikram m'envoyait lui aussi de tristes nouvelles. Comme en écho à ce qui se disait chez moi, les siens refusaient qu'il épousât une fille de l'autre côté, et quand je lui demandai s'il était prêt à venir vivre ici, il me répondit que personne n'aurait permis cela chez lui, ni ses parents, ni même les habitants du village à qui il fournissait les meilleures pierres d'angle de la région. Un jour un caillou atterrit dans le sable et j'eus le drôle de pressentiment que c'était une météorite qui venait de pulvériser mon cœur.

« Mon amour éternel. La Nature n'a pas voulu de notre bonheur, je la hais pour cela, et désormais chacun des coups de masse que je porterai à la roche sera un coup abattu pour venger notre perte. Les miens vont me marier à une jeune femme de ma rive. Je dois l'épouser à la nouvelle lune et je n'ai devant moi qu'une route de chagrin où ta pensée ne me quittera pas jusqu'à ce que nous nous retrouvions dans la mort. »

On me retrouva inanimée sur la grève. Je me réveillai chez moi. Quelqu'un avait pris la lettre de mes mains, mais personne n'eut jamais l'impudeur de m'en reparler. On me maria dans la précipitation pour m'enchaîner au plus vite. Ce fut le jour de la nouvelle lune. Alors qu'on célébrait mes noces j'entendis les tambours rouler et annoncer, de l'autre côté de la rivière, les épousailles de Vikram.

Ce fut le lendemain que les ingénieurs hollandais arrivèrent chez nous pour annoncer qu'ils allaient entreprendre la construction d'un pont entre nos deux villages parce que – n'est-ce pas – rien n'est plus important que de désenclaver les districts du Royaume.

TU FINIRAS BRÛLÉ

– Björn Thorgüsson, tu finiras brûlé.

– C'est très préoccupant, Vigdis. Vous ne voyez rien d'autre ?

– Non, c'est étrange, répondit la femme aux yeux violets. Les lignes de ta main sont confuses, je n'y lis pas grand-chose sinon une vie très agitée, mais, en revanche le feu y est clairement présent : regarde ce sillon et là, ces plis qui font comme une gerbe… On va savoir ce que disent les runes.

La jeune femme avait lâché la main du garçon et, les paupières fermées sur ses yeux améthyste, elle tira d'une bourse en cuir deux petites rondelles de bouleau sur lesquelles étaient gravés ces signes :

– Regarde ! Voilà Ear, la rune de Hela, symbole de la tombe – c'est-à-dire de ta mort –, et voici Nyd, la rune de Skuld, celle de l'arc enflammé. C'est lui qui te tuera. Méfie-toi du feu, Björn ! c'est tout ce que je peux te dire !

Il remercia Vigdis aux yeux violets et sortit de la maison dans la nuit islandaise, bouleversé.

Il marchait sur la route gelée qui le ramenait au village de Heptavellir. Ses pas faisaient craquer le sol et il était heureux du froid qui régnait car il se disait que le feu n'aime pas le froid, ce qui – soit dit en passant – est une idée reçue, mais le pauvre Björn ignorait tout des flammes, de leurs mystères et de leurs agissements. Il était d'ailleurs si innocent qu'il s'engagea le lendemain comme mousse sur le *Tjhornbür*, bateau de pêche qui ratissait le fond des mers froides avec obstination comme si son capitaine avait particulièrement haï les morues qui y croisaient. Il pensait que pour échapper à la menace des flammes rien n'est plus judicieux que de se fondre dans son principe contraire, donc de se perdre dans le confin des eaux. Ce qu'il ignorait, car il n'était pas marin ni n'avait lu les sagas qui racontent ces choses-là et sont écrites pour en avertir les enfants, c'est que l'ennemi des marins avant le rat, plus que le diable et la voie d'eau, est le feu ! Qu'est-ce qui effraie davantage les vieux boscos de tous les bâtiments du monde que le récit de ces incendies de cauchemar propagés dans le flanc des coques et qui transforment les navires en torchère, trouant la nuit de leur courte lueur et ne durant que le temps d'un craquement d'allumette, car déjà les mâchoires de l'océan – un instant illuminé – submergent cette pathétique étincelle dans les profondeurs de son ventre ? Aussi, quand il eut subi deux ou trois veillées dans le carré du chalutier au cours desquelles les marins racontèrent les plus beaux brasiers de l'histoire de la marine, Björn comprit qu'il avait donné tête baissée dans un piège.

Il démissionna au retour de la marée et ne repassa même pas au village familial. Il s'employa le jour même comme cantonnier sur la route n° 1 qui passe au pied du Higdnajökull. La route serpente, prise en étau entre les flancs du glacier et le rivage de la mer. Dans cet univers de brouillard et de glace, Björn se voyait déjà à l'abri. Régulièrement, des tronçons entiers étaient engloutis dans la boue morainique qui portait à grand mal les pilotis de soutien. Les pluies lavaient presque continuellement la côte. Les vents y propageaient des tempêtes d'embruns. La route souvent servait de lit à ces épanchements et devenait torrent. Et quand, par miracle, le ciel se déchirait un instant, Björn apercevait en direction du nord la calotte blanche du glacier et vers le sud la nappe fracturée de la mer englacée. Il pataugeait dans cet univers d'humidité mouvante et il exultait. Aucun incendie n'aurait pu seulement naître à cet endroit. Hélas tout a une fin, et les illusions de Björn furent réduites en cendres le jour où, au cours d'une réunion avec des géologues, il apprit que le glacier n'était en réalité qu'une carapace de glace posée sur le cratère d'un volcan très actif « qui – selon les propres mots du spécialiste – ne manquerait pas de cracher un jour et il faudrait mieux alors ne jamais être né »... Björn venait de passer à son insu, plusieurs mois de sa vie, au pied d'une centrale de feu bouillant d'impatience de fêter la libération de ses laves par le plus grand feu d'artifice de l'histoire géologique. Son espoir d'échapper aux flambées promises par Vigdis tombait à l'eau. Il fallait trouver autre chose. Deux jours plus tard, il s'employait comme gardien commis à la surveillance d'un refuge de montagne dans un massif enneigé. Pas de magma en fusion, pas de laves épanchées, seulement le désert, la solitude, le vent et le vide. Le travail consistait à entretenir la hutte-refuge, à signaler par radio au poste central qu'il n'y avait rien à signaler, et à accueillir de temps à autre un alpiniste ou un scientifique de passage. Ce fut un botaniste qui un soir faillit déclencher l'incendie en laissant tomber sa pipe sur sa couchette, bien que Björn eût interdit à quiconque de fumer à l'intérieur de la cabine. Quelques coups d'oreiller suffirent à éteindre les flammèches. Mais l'incident fut suffisant pour que Björn comprît qu'il était en péril dans cette cahute qui pouvait prendre feu comme une ramée sèche. Il s'était laissé abuser parce que la montagne tout entière alentour scintillait sous la neige, et cette blancheur lui avait donné l'illusion de le protéger. Il comprit son erreur comme on reçoit une douche et rentra le lendemain à la ville après avoir supplié par radio son chef de lui envoyer immédiatement un remplaçant : il ne resterait pas une seconde de plus dans cette boîte d'allumettes en sursis.

Que faire ? Rien. Et c'est ce qu'il fit. Il vagabonda dans le désert central, regagnant parfois la côte pour s'employer à la fenaison jusqu'à ce qu'il ne pût plus supporter la proximité des bottes de foin qu'il considérait comme des ballots d'étoupe prêts à s'embraser à la moindre étincelle. Il était devenu inapte à la vie. La prédiction le rongeait et se réalisait finalement avant l'heure, puisque sa vie se consumait. «Tu finiras brûlé», lui avait dit la femme aux yeux violets. Ses ailes étaient déjà carbonisées. Sa jeunesse en cendres. Sa force vitale partie en fumée. Personne n'échappe à son destin, mais tout le monde peut l'ignorer. Ceux qui ont eu le malheur de le connaître à l'avance ont encore le choix de l'affronter dignement. Hélas lui, ce pauvre et faible Björn, dénué des armes de l'âme qui sont la volonté et le courage, n'avait pas la force d'accepter les révélations de Vigdis. Au lieu que la prédiction se transformât pour lui en une issue abstraite dans un avenir lointain, elle l'habitait à chaque instant. Ligoté sur le bûcher ardent de sa propre obsession, il vivait dans la fuite permanente de tout ce qui pouvait la lui évoquer.

On perdit sa trace. Les rares personnes qui s'étaient intéressées à son existence sur la terre l'oublièrent très vite. Il avait quitté l'Islande le jour de ses trente ans, en avion, après avoir réalisé ses biens et réuni de quoi gagner la Thaïlande, excité au plus haut point par la découverte qu'il avait faite dans un guide touristique de l'existence d'une zone de marécages sauvages sur les rives du Mékong. «À perte de vue, précisait le texte. L'univers du pourri : 360° de terres inondées où les pluies du ciel mêlées aux eaux de la surface président au naufrage de l'horizon.»

«C'est ce qu'il me faut», se dit-il.

Il s'y installa. Les pieds dans la boue et la tête dans les vapeurs fétides. Il y vécut l'enfer. L'argent qu'il avait apporté d'Islande lui permit de subsister sans travailler. Les années l'engloutirent. Il s'enfonça dans la pourriture. Il se fondit dans les mangroves. Il s'abandonna dans les vases. Il épousa le bourbier corps et âme. L'haleine des lieux imprégna sa peau. Son teint vira au verdâtre. Il habitait une bicoque sur pilotis qui disparaissait chaque matin dans un nuage d'humidité. Rien ne séchait jamais et la pellicule d'humidité qui recouvrait chaque chose faisait le lit de toute une population très entreprenante de mousses et de lichens que venaient bientôt animer de petits organismes grouillants: la vermine.

Il attrapa la malaria et dut rester allongé la plus grosse partie du jour sur son matelas imprégné de sa propre sueur et des exsudations du marais. La dernière année de sa vie, il la dut à une vieille Laotienne, Piupiuwe, veuve d'un coupeur de bois et habitant à quelques encablures une bicoque similaire à la sienne. Elle eut pitié de sa déchéance et vint chaque soir lui porter des bananes et du riz gluant dans un panier de rotin tressé. Elle le regardait en avaler une bouchée puis elle bourrait une pipe d'opium et l'aidait à se redresser pour qu'il pût oublier, chevauchant en rêves sur le dos de dragons de fumée, la gangrène qui lui mangeait le corps...

Il était heureux de cette existence. Il avait trouvé la paix. Vivant dans les bouffées humides du monstre végétal dont il n'était qu'un parasite parmi des millions d'autres, il avait vaincu les menaces de Vigdis. Parfois, dans la tempête de ses cauchemars, il revoyait les yeux violets de la belle diseuse qui lui promettait le bûcher et il se réveillait en tressaillant mais, sentant sous sa peau desquamée la moiteur des draps et inspirant des effluves délétères, il se rappelait qu'il vivait au cœur des « eaux pourries », se félicitait de son sort et se rendormait, apaisé. Il avait éteint le feu qui devait sceller sa mort. Il avait remporté la victoire. Il avait trompé le destin !

Car, en effet, qui aurait réussi à craquer une allumette dans ce hammam méphitique ? A-t-on jamais vu quelque chose prendre feu *dans* l'eau ? Même la pierre de son briquet américain s'était effritée après quelques jours… Et c'était toujours un miracle pour lui de voir la vieille Piupiuwe réussir à allumer ses boulettes d'opium sur les braises qu'elle conservait dans un pot de céramique.

Un dimanche soir, la fièvre s'empara de lui. Il lutta dix jours, Piupiuwe à son chevet pour recueillir le délire de ses paroles qui coulaient de sa bouche pendant que la sueur dégouttait de son front. Il bredouillait des mots et parfois, quand le coassement des crapauds-buffles, la vrille des grillons et le claquement de gosier des geckos devenaient trop assourdissants, il élevait la voix pour qu'on entendît ce qu'il avait à dire.

– J'ai vaincu l'arc enflammé ! Je deviens de l'eau ! Je sens que je deviens de l'eau… Je retourne au liquide…

Puis en laotien :

– Piupiuwe ! Promets-moi de plonger mon corps dans le marais quand il n'y aura plus de vie en moi…

Et la vieille, effrayée, promettait.

Il mourut juste avant l'aube qui, ce matin-là, incendia le socle des nuages.

Puisque personne ne réclamait le corps, ce fut au gouvernement de prendre en charge les funérailles. Piupiuwe s'en fut au village et prévint un fonctionnaire que conformément aux volontés de Björn il fallait jeter le corps dans les eaux pourries. Mais qui aurait écouté les imprécations d'une vieille à moitié folle ? La police lava le cadavre, le sortit du marais et on le transporta au temple de Ban Muong où l'attendait un petit bûcher gracieusement offert par la collectivité, comme c'est le cas dans le pays quand meurt un indigent. La crémation n'attendit pas. Le corps fut long à se consumer, et quelqu'un dit que cela lui rappelait la fois où il avait vu brûler une éponge. Piupiuwe regarda les flammes, puis les braises, puis la fumée. Elle pleura, car Björn lui avait rappelé son fils mais elle n'avait jamais trouvé le temps de le lui dire, et maintenant il n'était plus qu'un petit tas de cendres… Elle ignorait, la vieille Piupiuwe, que les belles et jeunes pythies de l'Arctique qui ont les yeux violets dans la nuit polaire ont toujours raison…

UN RABBIN DANS LA FORÊT VIERGE

Maître et possesseur de la Nature.

Le pilote résista désespérément. Avec un seul moteur en marche sur les quatre que compte un DC 8, il était plus qu'honorable d'avoir réussi à maintenir si longtemps l'appareil en l'air. L'homme avait tenté de rejoindre l'aéroport de Manipur, mais l'avion avait rapidement perdu toute puissance. Le pilote avait donc abandonné l'espoir de dépasser la zone couverte de forêt vierge dans laquelle il redoutait de s'écraser.

Quand les premières branches d'arbres touchèrent la carlingue et qu'une saillie de la canopée creva la tôle comme un couteau d'étripeur ouvre le ventre d'une morue, il appela sa mère, se protégea le visage et laissa la Providence s'occuper de son sort, laquelle devait lui être bien hostile puisqu'il fut le premier à mourir.

Parmi les quarante-cinq passagers, il n'y eut qu'un survivant en la personne de rabbi Jacob qui se servit d'une échelle de lianes entremêlées pour descendre de la fourche du flamboyant dans laquelle il avait eu la miraculeuse fortune de terminer sa course. Il devait la vie à l'effondrement des panneaux à bagages qui s'étaient repliés sous le choc au-dessus de son siège et l'avaient protégé en formant comme une coque autour de lui. Mais il ne s'attarda pas à ces détails et n'attribua sa survie qu'à une banale intervention du Ciel, parfaitement légitime puisqu'il était le seul Élu, l'unique fils d'Israël parmi tous les passagers.

Au pied de l'arbre, il regarda autour de lui et comprit qu'il était prisonnier de la forêt vierge. Il régnait cette pénombre mélancolique des aquariums qui rend neurasthéniques les poissons de restaurants chinois, et le rabbin dut lever la tête pour s'assurer qu'on était bien au milieu du jour. La canopée était percée de taches blanches d'où fusaient quelques rayons filtrés par le haillon des frondaisons intermédiaires.

Il maudit la compagnie aérienne qui lui faisait manquer la conférence œcuménique de Calcutta sur le Monothéisme. Les représentants des clergés des trois religions du Livre se réunissaient chaque année dans une grande ville du monde pour échanger des considérations sur les liens entre leurs fois respectives. Cette année, c'était lui qu'on avait chargé de prononcer un discours sur la Parole judaïque, raison pour laquelle – malgré sa détestation des transports aériens – il avait été contraint de faire le voyage de Jérusalem à Calcutta et s'était retrouvé assis dans un fauteuil à dix mille mètres au-dessus de la surface du sol jusqu'au moment où le pilote avait annoncé « un problème sur les moteurs ».

Le rabbin eut à survivre huit jours dans la forêt avant que les autorités indiennes pussent le retrouver. N'ayant jamais quitté l'atmosphère aseptisée des synagogues fraîches, il n'était pas préparé à l'étuve de la forêt primaire, « ce cadavre végétal à la fièvre fertile », selon les mots qu'il prononça plus tard devant la presse.

On le repêcha, mangé par la vermine, cachectique, plus mort que vif.

Mais le plus grave fut que lui, l'âpre exégète des Saintes Lois Célestes dictées aux Patriarches du désert par un Dieu sévère, avait découvert dans les vapeurs fétides exhalées par l'humus la carnassière loi de la jungle semper virens. Meurtres, mutilations, amours, copulations, rapts, dilacérations, flirts, infanticides, ablations, fouissements : la Nature avait déployé l'éventail de ses vices et délices sous les yeux du rabbin.

En effet, à peine extirpé de l'épave de l'avion, il assista à la parade nuptiale d'un perroquet à sa femelle qui éclaboussait de couleurs la branche d'un arbre aux feuilles en forme de cœur. Puis un léopard jaillit hors des hautes herbes et cloua sur un tapis de feuilles décomposées un pauvre petit rongeur à poils roux occupé à débusquer des vers dans une souche pourrie couverte de champignons dressés comme des phallus. Les amours interminables de coléoptères aux élytres bleus et vernis tachetés de points orange retinrent son attention pendant des heures. Il se demanda ce que pouvaient craindre les écureuils qui se propulsaient en quelques bonds à la fourche des arbres, mais le comprit quand la morsure d'un serpent, fusant comme un fleuret, foudroya l'un d'eux dans sa course. S'il oublia l'ignoble vision d'une panthère à demi engloutie dans la gueule distendue d'un python royal paralysé par l'énormité de sa prise, ce fut parce que ses yeux croisèrent le regard d'un singe macaque posté au sommet d'un flamboyant et qu'il crut alors les plonger dans l'abîme du mystère de l'homme. Le singe prodiguait à une femelle des marques de tendresse et le couple disparut bientôt derrière un rideau de feuilles grasses – hors de la scène. Il envia le tisserin qui achevait les points de tricot de son nid suspendu, alors que lui s'était adossé pour la nuit aux racines-contreforts d'un fromager qu'il fut contraint de quitter à cause des colonnes de fourmis assaillant ses mollets et fouillant rageusement de leurs mandibules sa tendre chair grasse. Il hurla de frayeur quand les brindilles qu'il avait voulu mâchonner pour tromper sa faim s'animèrent sous ses doigts, révélant un bouquet d'orthoptères enchevêtrés. Il cria de douleur en recevant les six cents volts de courant que lui déchargea un gymnote dans le lit d'un ruisseau turbide qu'il traversait à gué. Il ne sut pas que le serpent qui lui fila entre les jambes et qu'il prit pour une couleuvre était le naja mortel dont les crocs sont mieux affûtés que les lames de la Faucheuse. Mais il crut mourir d'épouvante quand il fut pris au piège dans la toile communautaire d'une inoffensive colonie d'*Agelena* chasseresses tendue comme une voile arachnéenne entre deux lianes épineuses. Les orchidées qui dégueulaient en cascadures violettes d'inaccessibles houppiers formaient des vasques remplies par la rosée, où s'ébattaient des grenouilles acidulées dont il contemplait les reflets jusqu'à la tombée du jour. Les pelages des tigres qu'il entrevoyait parfois fuser entre les hautes herbes faisaient monter en lui une terreur inconnue, paléosentiment venu du fond des âges. Il découvrit sur le tapis mouvant de l'humus subhumide l'univers du grouillant, de l'invisible et du dissimulé. Il entendit jusqu'à l'abasourdissement les cris de la jungle sans jamais voir les yeux des crieurs. Il sut qu'on le tenait à l'affût sans jamais surprendre le souffle de ses épieurs. Puis il fut arraché à ce temple primaire par les soldats partis à la recherche des survivants du crash aérien.

On fut très surpris à la conférence œcuménique de Calcutta de voir rabbi Jacob monter à la tribune sans sa kippa. Un murmure de réprobation s'éleva parmi les prêtres, les imams, les rabbins, les mollahs, les diacres, et l'ensemble des fidèles de l'assistance quand, une fois installé devant son micro, il laissa tomber son grand manteau noir et que l'on découvrit la robe de saddhu qui l'habillait.

– Mes frères, je laisserai rabbi Nathan prononcer à ma place le discours que j'avais composé pour vous sur l'Universalité de la Parole judaïque. Les événements de ces derniers jours m'ont conduit sur une autre voie. Je vous quitte à jamais et pars sur les chemins afin de louer Brahma le grand, de chanter la Force du Vivant, de m'émerveiller du souffle créateur de Shiva notre dieu, et de célébrer l'existence de mes frères animaux, des plantes mes sœurs, des arbres mes semblables.

Il descendit de l'estrade et, le visage rayonnant, traversa d'un pas élastique l'assistance pétrifiée, ignorant les faces fermées et barbues qui se tournaient vers lui et les regards sombres qui accompagnaient son échappée, ouvrit les deux battants de la porte d'un geste ample et assuré, et sortit dans le grand jour qu'inondait une lumière véritablement divine.

GUEULE DE BOIS, ET PAPILLONS

Ce matin-là comme tous les matins Katmandou était orange, car le soleil en se levant chauffe l'ignoble bulle de crasse atmosphérique qui recouvre la ville, et les premiers rayons obliques qui transpercent la pollution l'enflamment tout rouge.

Les Népalais sortaient de leurs trous et s'agitaient sur les trottoirs comme si la rue était leur logis et qu'ils s'y affairaient.

« Ils vont, viennent, vaguent, vaquent, les uns balaient le trottoir, certains prient un petit dieu dans un recoin, un mendiant se gratte le cul en laissant une vache lui brouter le bas du haillon, un pousse-pousse passe, les fruits de la marchande sont déjà couverts de mouches, tous les Klaxon de l'Himalaya et du Népal hurlent de concert. Il y a dix minutes c'était la nuit et tout dormait. »

Ivan rangea son carnet de notes dans la poche de son parka de tankiste.

La chorégraphie matinale népalaise, il l'avait observée d'un œil attentif car l'autre ne voyait plus rien : un éclat de verre l'avait emporté au cours d'une bagarre dans le poste d'aiguillage de la gare d'Oulan-Oude, en Sibérie. Son adversaire – un Bouriate sanguin – lui avait enfoncé un tesson dans l'orbite et, depuis, Ivan ne voyait plus que la moitié du monde.

Les muscles encore engourdis de la mauvaise nuit passée dehors, il allait par la vieille ville avec cet air de chat mouillé qu'ont souvent les vagabonds au matin. Hier, c'était l'estrade de pierre du temple dédié à Kali qui avait servi de lit. La déesse de la destruction qui fait tomber la nuit sur le monde avait veillé sur la sienne.

Il cherchait du thé pour se réchauffer. La brûlure du thé dans le gosier d'un corps refroidi lui faisait toujours penser à l'or fondu qui coule dans la rigole vers le moule du lingot. Sur le carnet de notes : « Quelle merveille qu'un petit matin plein de vie, au grand air, au grand air libre, libre que je suis moi-même. »

Il y a seulement dix jours, c'était la taule à Gangtok et lui, un insecte dans une boîte. Il avait croupi au fond du cachot pendant des jours et des jours. Et puis soudain, on lui avait appris sa libération, sans explications, et lui, retrouvant la lumière, avait éprouvé cette impression de ne rien maîtriser du cours de sa vie et de n'être qu'un pantin animé par des fils invisibles.

Il trouva une échoppe à thé.

– *Namaste ! Ek tchae !*

Dans la fumée du thé, il revit en pensée son geôlier, brahmane lascif gonflé de lassi sucré et de l'importante conscience d'appartenir à la race des dieux, qui lui avait montré l'acte d'acquittement du tribunal régional du Sikkim.

– Vous êtes libre à présent, monsieur le Russe, avait dit le flic, mais vous marchez sur des charbons ardents car dans une semaine vous devez avoir quitté l'Inde.

Un expulsé ! Voilà ce qu'il était devenu. Lui, le professeur émérite, directeur de la chaire d'entomologie de l'université de Tomsk, appartenait à présent à la race des bannis, tout comme son *diedouchka*, son pauvre grand-père, relégué en son temps vers la Sibérie par les commissaires soviétiques !

À l'ambassade de Russie à Delhi, les services sociaux avaient bien travaillé pour le faire sortir de sa geôle, mais personne n'avait pu s'opposer à l'expulsion. Personne non plus n'était venu l'accueillir à la porte de la prison. L'amitié est une pauvre tour fragile : flanquée par terre au moindre orage ! Il faut toujours quelque temps aux pestiférés pour bien saisir qu'ils le sont devenus.

« Plus d'amis, nouvelle vie ! » s'était-il répété pour se donner du courage avant de gagner le Népal à pied. Il avait passé la frontière népalaise avec des saddhus auxquels il s'était mêlé par hasard : des renonçants en haillons, mendiants célestes, les pieds nus, la bourse, le regard, le cerveau vidés par le haschich. Ils allaient au saint mont Kailash, rampe de lancement des âmes en quête des séjours de l'au-delà. Ivan, lui, était arrivé à Katmandou la veille, et après une nuit sous les étoiles froides, il cherchait l'ambassade de Russie car il éprouvait à présent la féroce envie de rentrer chez lui. À Tomsk. Sibérie.

Mais d'abord du thé pour se remettre de la nuit.

Il but sa tasse, dépensa les dix roupies qui lui restaient et trouva que c'était un drôle de moment, celui où l'on jette sur une table son dernier sou. Il demanda où se tenait l'ambassade.

– Deux kilomètres, sahib. Vers le Palais royal et puis à gauche après l'hôtel Putali.

Putali ! Étrange chose que les signes envoyés par le ciel ! En pleut-il réellement de là-haut comme des astéroïdes, croisant le fil des destinées humaines ? N'existent-ils que parce qu'il y a des âmes pour les lire et des êtres réceptifs à leur manifestation ?

Putali signifie « papillon » en népalais… Papillons ! La raison de vivre d'Ivan. Il gagna l'hôtel, battit des paupières et poussa la porte du hall. À la réception : une merveilleuse jeune Gurung, la peau lisse, les yeux fendus, les cheveux tirés par un chignon laqué, être de grâce qui n'avait rien à faire ici mais aurait dû être en train de déambuler dans le jardin royal d'un palais de jade.

– Depuis combien de temps cet hôtel est-il là ?

– Quatre ans, sahib, vous voulez une chambre, un massage ou un renseignement ?

– Qui lui a donné ce nom de Putali ?

– Notre patron, sahib : Chang Li. Enfant de putain. Fils d'une Chinoise de Shanghai et d'un lama de chez nous. Homme d'affaires et amoureux des papillons sur les ailes desquels il nettoyait le sang qui salissait ses mains. Est-ce vrai que certains d'entre eux ne vivent qu'un jour ?

– Ce Chang Li était-il collectionneur ?

– Oui, sir. Il en avait des dizaines, épinglés dans des boîtes de verre. Je suis sûre qu'il prenait plaisir à les y crucifier. Il est mort maintenant. D'obésité.

– Et les papillons ?

– C'est M. Kargapolof qui les a récupérés, sir, pour en décorer son bar.

– Un Russe ! s'exclama Ivan.

– Oui, sir : le propriétaire du bar Samara que notre hôtel abrite au premier étage. Il vient d'ouvrir. Vous pouvez monter, ajouta-t-elle à Ivan qui était déjà dans l'escalier.

Samara ! Cité chérie. Ville de son premier amour : Natascha, une tractoriste de la brigade kolkhozienne où il passait ses vacances. Il gravissait les marches cependant que son esprit descendait dans les profondeurs du souvenir chercher les yeux de Natascha. En vain. Il ne se souvint que d'*Apollo* qui s'était posé sur l'épaule de la fille. Il ne se rappela même pas que Natascha lui avait murmuré qu'il était un plus bel Apollon que cet *Apollo*-là. Il tenait son premier papillon, prélude à une vie tout entière passée à battre le ciel avec un filet de tulle ! Ce jour-là, dans les reflets d'argent des ailes apolloniennes, il avait même oublié que Natascha l'attendait derrière la meule de foin.

Kargapolof, derrière le zinc, reconnut sur-le-champ un compatriote. Cet air d'enfant égaré dans un corps d'ours, ces vêtements à mi-chemin entre les hardes vagabondes et l'uniforme de l'Armée rouge, ce crâne plat planté d'épis de paille drue, ces yeux bleus en amande : couleur d'Europe logée dans une fente asiate. Rien n'y trompait : un Russe.

– Camarade, bonjour ! dit Kargapolof… C'est pas tous les jours.

– Ah ça non ! répondit Ivan, je suis heureux. Ivan Dimitrievitch.

Il tendit la main.

– Moi, c'est Youri Kargapolof, né à Samara, échoué dans l'Himalaya. Voilà ma vie. J'ai acheté ce bar pour y mourir. J'ai toujours rêvé d'un cercueil en zinc. C'est ma tournée. Buvons à ma mort !

Ivan posa son sac au pied du comptoir. Il grimaça au premier verre de vodka.

– Elle est rude comme du crin de cheval, dit-il.

– Elle lime comme une salope de pute tatare, dit Kargapolof.

– Elle râpe comme la limaille des hauts fourneaux du Donbass.

– Elle taille le gosier en tout petits copeaux. C'est une gouge mal affûtée : fabrication népalaise. Ils ne connaissent que le riz blanc, ces cochons. Il y a longtemps que je ne peux plus faire venir d'alcool de Russie : trop de taxes, se plaignit Kargapolof.

Ivan vida le deuxième verre et croqua dans un petit concombre.

– Il paraît que vous avez des papillons, hasarda Ivan…

– Vous vous y intéressez ?

– C'est ma vie.

– J'en ai des centaines. Ils vont recouvrir de leurs ailes les murs de mon bar. Je commence la décoration la semaine prochaine.

– C'est la collection du Chinois ?

– Tu parles ! Deux cent cinquante boîtes ! Toutes les espèces du monde ! Je vous les aurai volontiers montrées mais elles sont encore dans les cartons. Vous êtes dans le business papillon ? Petit trafic d'*Amythaon* ? Une filière de *Reine de la Jungle* ?

Kargapolof arborait le petit sourire en coin qui prélude aux affaires.

– Non, je suis chercheur. Les papillons m'attirent comme la lumière. Je vais là où ils sont. Ils me guident. Je mets l'empreinte de mes pas dans le sillage de leurs vols. Je les guette, je les chasse, je les relâche s'ils appartiennent à une espèce connue, sinon je les rapporte chez moi, à Tomsk, à l'université, je les décris, je les étudie, je les dessine, je les nomme.

– Et ça gagne ?

– Je les aime.

– Ah oui, pardon.

Kargapolof remplit le verre d'Ivan et leva le sien.

– Un toast, pour vos petits papillons chéris, proposa-t-il.

– Pour mes petits chéris volants, répondit Ivan.

– Vos petits confettis fragiles qui mettent des couleurs dans le vent.

– Un toast pour les billets d'amour que s'envoient les fleurs.

– Santé aux papillons !

– Longue vie aux éphémères !

Ils burent et la lourde vodka s'abattit au fond de leur estomac pendant que le papillon de l'ivresse commençait à voleter sous leurs fronts.

– Et la chasse a bien marché jusque-là ? demanda Kargapolof.

– Magnifique, jusqu'à la catastrophe. J'ai passé un mois dans les jungles du Sikkim au nord de Gangtok. Je traquais une Nymphalide non répertoriée. Un papillon monstrueux : dix-huit centimètres d'envergure et pourtant encore inconnu ! J'ai battu les sentiers du coin jusqu'à connaître le Sikkim mieux que ma ville natale. J'étais possédé. Je laissais passer des prises superbes parce que je ne pensais qu'à celle-là. Pas de retour possible chez moi, sans elle.

– Crise d'amour ?

– Non ! Stratégie professionnelle : j'ai été mis sur la touche au laboratoire par un recteur nouvellement embauché qui veut réformer l'université. Une saloperie de nouveau riche moscovite qui nous appelle les *Aristotéliciens* parce qu'on continue de recenser les espèces et de peaufiner les nomenclatures de classements. Il nous voit travailler avec des épingles et des petites boîtes de verre étiquetées à l'encre et il nous baptise « les moines copistes du XVe ». Il gueule sur tous les toits que la science n'a plus besoin du nominalisme. Il ouvre à tour de bras des chaires d'éthologie, de comportementalisme, de sociobiologie…

– Il voudrait que vous étudiiez la psychologie du papillon, ce salaud.

– Je suis sur un siège éjectable.

– Vous n'avez pas d'alliés, dans ce panier de crabes ?

– Si, ceux de l'ancienne garde, de vieux professeurs comme moi, les piliers du temple, rongés par les termites. Tous inutiles ! Le seul allié en la matière, c'est le public. Si les journaux publient vos travaux sur une espèce nouvelle, vous êtes sauvé parce que marqué de la sainte Frappe médiatique. Rien n'impressionne plus les scientifiques que le spectacle de leur nom étalé sur les cinq colonnes d'un quotidien à gros tirage. Voilà qui les excite comme de se coucher près d'une grosse putain. Ils trouvent cela délicieusement vulgaire. Pensez si c'est canaille : se vautrer dans les pages d'un journal !

– La Nymphalide, s'exclama Kargapolof, c'est pour coucher votre nom dans les journaux !

– Oui ! Si je la cloue à mon tableau de chasse, je crucifie en même temps le recteur. Je l'anesthésie. Une fois mon nom publié, il ne peut plus m'atteindre.

– Et vous l'avez, le papillon ?

– Non, j'ai mieux : j'ai failli l'attraper au vingt-troisième jour de traque, dans le lit d'un torrent à 2 500 mètres d'altitude. Il ressemblait à une extraordinaire double page de couleurs pliée, dépliée, caressant le ciel, figée tout à coup et battant l'air de nouveau dans un vol aussi puissant que celui d'un oiseau. Je guettais le moment où il se poserait sur l'un des blocs chauffés par le soleil. Je le tenais, mon inconnu. Vous savez comment on appelle le découvreur d'une espèce de papillon ?

– Un inventeur, risqua Kargapolof.

– *Niet*, ça c'est pour les trésors ! Pour les papillons on dit « auteur ». Comme si c'était nous qui composions ce bariolage magnifique sur la face vierge de leurs ailes. J'allais devenir l'auteur d'une Nymphalide de l'Himalaya d'au moins dix-huit centimètres d'envergure !

– Et vous l'avez eue, cette chienne de nymphette ? demanda Kargapolof que l'alcool excitait.

– Non seulement je ne l'ai pas eue, mais c'est moi qui me suis retrouvé dans le filet ! J'ai appris plus tard qu'ils me pistaient depuis plusieurs jours : les membres d'une escouade de gardes-frontière indiens. Ces abrutis ont laissé s'échapper le papillon, ils se sont rendus coupables d'une entrave capitale à la Science. J'étais entré sans le savoir dans la zone d'exclusion frontalière sino-indienne, et le juge du CID[1] local m'a accusé d'espionnage. Voilà comment un chasseur de papillons se retrouve coupable d'« incursion en zone interdite ». Personne n'a cru à mes histoires scientifiques. Les papillons, Kargapolof, c'est un alibi trop léger ! On m'a laissé dix-sept semaines en prison à Gangtok. Les camarades de l'ambassade de Delhi ont finalement réussi à me faire sortir. Je n'ai rien su des tractations. Un jour on m'a ouvert la porte, on m'a rendu mon sac et on m'a dit de foutre le camp du pays sous huit jours.

1. Criminal Investigation Department.

– Pauvre vieux, murmura Kargapolof qui s'envoya un petit verre pour se consoler des malheurs d'Ivan. Mais alors, sans votre bête… pas d'avenir à l'université ?

– C'est précisément ce qui m'a rongé nuit et jour. Si on pouvait se dissoudre dans son propre fiel je crois que je serais déjà mort d'avoir tant maudit ces salopards d'Indiens. Je crevais d'avoir échoué à quelques secondes près.

– Comme si Christophe Colomb s'était fait arraisonner par les gardes-côtes américains juste avant de toucher la grève. Pauvre vieux… Pauvre vieux !

– Ne me plaignez pas, Kargapolof. À ma sortie du trou, j'ai été béni du ciel.

– La femme du geôlier est tombée amoureuse de vous ?

– Kargapolof ! Nous parlons de papillons.

– Elles sont aussi volages qu'eux ! Pardon… Pourquoi avez-vous été béni du ciel ?

– Parce que le jour de ma libération, j'ai découvert ceci dans les mousses qui bordaient le rebord de la lucarne de ma cellule.

Dans la boîte de laque qu'Ivan posa sur le comptoir il y avait un papillon blanc et duveteux piqué sur un lit de coton hydrophile.

– Kargapolof, voici l'une des plus extraordinaires découvertes entomologiques de ces dernières années : un lépidoptère cavernicole, entièrement dépigmenté, dont la cécité a été compensée par un développement démesuré de la trompe. Je suis l'auteur de l'*Hercule des Ténèbres*, espèce inconnue, témoignant d'une adaptation insoupçonnable à la vie souterraine. Mon *Hercule des Ténèbres* va me faire sortir de l'ombre. Ces abrutis d'Indiens m'ont offert un trésor sur un plateau d'argent en croyant me détruire dans leur mitard pourri.

Kargapolof fixait le papillon. Il aspira la vodka qui attendait sa mort au fond du petit verre et disparut sous le comptoir.

– Vous cherchez une bouteille de champagne ? demanda Ivan.

– Non, ceci : c'est drôle, ça y ressemble, non ?

Il tendit une photo qui représentait l'*Hercule des Ténèbres* d'Ivan, l'exact spécimen, l'identique animal, épinglé dans une boîte numérotée et portant la mention : *Apicalis cavernicolae, espèce nouvelle, Népal, auteur : Chang Li.*

– C'est idiot, je l'ai vendu il y a un mois quand je déménageais la collection du Chinois. Un Anglais est passé jeter un coup d'œil dans les cartons, un scientifique de Norfolk. Il a fouillé et est tombé en arrêt devant la boîte. Il me l'a acheté cinq cents dollars et est reparti en Europe le lendemain. Il parlait de découvertes, de publications et de conférences ! Il était comme une chatte en chaleur. Se mettre dans des états pareils pour une chenille volante !

HUIT MOIS POUR RIEN

La gueule de cette ordure ne revenait pas à Nabarek. L'officier ressemblait à la lotte de mer : teint hépatique, yeux bridés comme deux fentes taillées dans la graisse, bouche tombante, balafrant sa large face viandeuse de Chinois porcin.

Le Jaune jeta le passeport sur la table.

– Pas en règle, dit-il.

– Pourtant, se défendit Nabarek, je vous assure que vos propres autorités m'ont certifié que…

– Pas en règle.

– Voulez-vous le regarder encore une fois, je ne…

– Pas en règle.

Le Chinois souriait vicieusement. Il jouissait. Quand les crapauds se savent maîtres incontestés de la tanière que le Roi leur a demandé de garder, ils sont plus fielleux que la vipère. Rien ne rend méchant comme le pouvoir possédé à petite dose.

– Pas en règle, pas en règle. Dehors.

Nabarek rebroussa chemin sur la route par laquelle il était venu. La porte de la Chine se fermait à lui avec le bruit d'une dalle de granit roulée sur un caveau. À cause des humeurs d'un sous-gradé d'arrière-poste-frontière, son rêve céleste s'évanouissait. Il bouillonnait d'avoir été refoulé par ce type et sentait pulser en lui la sève toxique de la haine. Elle soulevait en lui des envies de meurtre peu compatibles avec la paix intérieure qu'il était venu chercher sur les pistes initiatiques du subcontinent indo-bouddhiste. Les larmes qui lui perlaient aux yeux puisaient dans la rage, non dans la déception. Il se découvrit raciste, bien qu'il tînt ce travers pour un péché suprême en vertu de l'éducation moderne et morale qu'il avait reçue en Europe de l'Ouest et qui plaçait, sur l'échelle du Mal, le rejet de l'étranger avant le meurtre ou le viol. Il sut qu'il ne dormirait plus jamais de son sommeil d'enfant avant de s'être vengé du fils de rat qui lui avait barré la route. Il se résolut à tout tenter – et il irait jusqu'à la mort – pour pénétrer en Chine par un autre point d'entrée, traverser le pays dans sa largeur, gagner le poste-frontière par-derrière et y surprendre le douanier pour savourer le bonheur de le voir perdre de sa superbe.

«Je vais prendre ce Chinois à revers», pensa-t-il.

Ce fut la haine qui le maintint en énergie pendant les mois que dura son détour – une boucle de six mille kilomètres qu'il accomplit sans jamais faiblir, bandé comme la catapulte, arqué comme l'ogive. Son cœur était un bloc d'andésite, son âme un coin d'airain, son esprit une masse de plomb: ingrédients nécessaires, dans l'alchimie des tourments intérieurs, à l'obtention de cette vertu qu'est l'obstination.

Combien de temps dura sa course? Il n'en sut rien car, quand on abat l'espace à la force des pas, le temps se fond dans l'horizon. Les secondes deviennent des jours, les jours s'entremêlent dans la longue nuit de l'effort, et la mémoire ne sait plus distinguer ce qui appartient à l'aube de ce qui est crépuscule...

Il traversa des jungles où des hommes hagards, ignorants de l'usage du feu, ne savaient même pas éclairer la nuit préhistorique dans laquelle ils étaient restés plongés. Il escalada des collines en haut desquelles sa récompense se résumait à contempler le spectacle de la colline suivante à gravir. Il passa des gués aux tourbillons si affolants qu'on aurait cru les eaux surexcitées à l'idée de gagner la mer. Aux vermines carnassières qui prospéraient dans les basses plaines, il échangea le droit de pâturer son corps contre celui de partager leurs couches de paille. Il arracha ses pas, un à un, au baiser mortel des marais, et força des ronciers dont les épines laissaient sur ses jambes leur signature sanglante. Il atteignit le socle des hautes montagnes et s'engagea dans l'une des vallées qui saignait les piémonts comme on enfile une venelle vers le cœur d'une citadelle. Il s'acharna, chaque matin, à réimprimer dans les neiges des hautes altitudes de nouvelles traces de pas que les tempêtes du soir balayaient d'un revers. Dès que venait le soir, il espérait l'aurore dans des abris de glace où ses rêves gelaient. Dès que pointait l'aube, il convoitait le soir pour donner répit à ses pieds qui l'auraient imploré s'ils avaient su parler. Il fit tomber les cols les uns après les autres sans que jamais aucun d'entre eux lui laissât imaginer qu'il était le dernier ni que la montagne allait bientôt capituler. Il sut éviter la lèvre des crevasses, ces traîtresses toujours prêtes à donner au marcheur trop confiant un ultime baiser. Il sut échapper aux avalanches qui couvrent d'un linceul les pierriers déjà morts. Quand les reliefs s'inclinèrent respectueusement devant les hauts plateaux et que ce fut la fin des altitudes, il s'engouffra dans la cathédrale des forêts de conifères comme pour y célébrer le deuil de la montagne. Dans les tréfonds de son ventre il essuya les tempêtes qu'y déclenchaient les parasites et qui lui faisaient regretter celles qui se jouaient dans les atmosphères au-dessus des sommets de glace. Il marcha si indéfiniment sur des glacis plans comme la paume d'un mort que le temps finit par se dissoudre, et qu'un jour valut un an. Certains soirs il lui sembla être aussi vieux que les fossiles des lits de calcaire sur lesquels il jetait ses hardes pour la nuit. Il ne mangea rien dont il pût se souvenir car il ne mangeait pas assez pour alimenter sa mémoire. Il ne souffrit pas de la solitude, mais aurait-il pu avoir plus fidèle compagnie que les hallucinations qui peuplaient ses jours et les cauchemars qui visitaient ses nuits ? Les gouttes de sang qui perlaient à ses pieds laissaient dans la poussière des pistes un chapelet en hommage aux kilomètres égrenés. Sur la route personne ne l'aida car, dans les territoires où souffle encore l'esprit des dieux magnifiques, on est peu enclin à s'émouvoir devant les apparitions qui titubent en leurs haillons souillés. Et quand un soir il fut lapidé par un groupe d'enfants frondeurs, sa première pensée fut qu'il était bon de recevoir quelque chose d'un semblable.

Il arriva un soir à destination, cadavre rampant, se traînant au bout de sa peine, volonté en marche affranchie de la chair. Il avait avancé huit mois durant, coulé sous le fardeau de son obstination, et quand il frappa à la porte du poste de douane il sentit une vigueur neuve monter en lui : un sentiment fait de cette réjouissance que procure la chose accomplie et de l'excitation que suscite la récompense à venir.

Le Chinois ouvrit la porte, salua l'étranger, lui proposa d'entrer. Puis il reconnut Nabarek, ne manifesta rien, ne se départant nullement de son air impassible. C'est que lui, hélas, se foutait totalement de le revoir.

TABLE

DU MÊME AUTEUR

Aux Éditions Phébus

En libretto

Vérification de la porte opposée, Libretto n° 312, 2010.

En littérature française

Les Jardins d'Allah, nouvelles, 2004.
Nouvelles de l'Est, nouvelles, 2002.

Chez d'autres éditeurs

Berezina, Guérin, 2015
Sibérie ma chérie, Gallimard, 2012
Dans les forêts de Sibérie, février-juillet 2010, Éditions Gallimard, 2011. Prix Médicis Essai 2011.
Aphorismes dans les herbes et autres propos de la nuit, Éditions des Équateurs, 2011.
Soyez pofigiste! petit traité de l'extrême, Éditions des Équateurs, 2010.
Une vie à coucher dehors, Gallimard, 2009. Goncourt de la nouvelle 2009. Prix de la nouvelle de l'Académie française 2009.
Haute tension, des chasseurs alpins en Afghanistan, photos de T. Goisque, Gallimard, 2009.
Lac Baïkal, visions de coureurs de taïga, photos de T. Goisque, Transboréal, 2008.
Aphorismes sous la lune, Éditions des Équateurs, 2008.

L'Or noir des steppes, photos de T. Goisque, Arthaud, 2007.

Éloge de l'énergie vagabonde, Éditions des Équateurs et Pocket, 2007. Prix Nomad's du récit de voyage 2007.

Sous l'étoile de la liberté, photos de T. Goisque, Arthaud, 2005.

Petit traité sur l'immensité du monde, Éditions des Équateurs et Pocket, 2005.

Les Pendus, Le Cherche midi, 2004.

L'Axe du loup, Éditions Robert Laffont et Pocket, 2004.

Katastrôf! bréviaire de survie français-russe, Mots et Cie, 2004.

Carnets de steppes : À cheval à travers l'Asie centrale, en collaboration avec Priscilla Telmon, Glénat, 2002.

La Chevauchée des steppes : 3 000 km à cheval à travers l'Asie centrale, en collaboration avec Priscilla Telmon, Éditions Robert Laffont, 2001.

Les Métiers de l'aventure et du risque, Hachette, 2000.

Himalaya : visions de marcheurs des cimes, en collaboration avec A. Poussin, Transboréal, 1998.

La Marche dans le ciel : 5 000 km à pied à travers l'Himalaya, en collaboration avec A. Poussin, Éditions Robert Laffont et Pocket, 1998.

On a roulé sur la terre, en collaboration avec A. Poussin, Éditions Robert Laffont et Pocket, 1996.

Cet ouvrage
a été reproduit et achevé d'imprimer
en mars 2021
sur les presses de Normandie Roto Impression s.a.s.
61250 Lonrai
N° d'impression : 2101402

Imprimé en France

Dépôt légal : mars 2021